월든에서
보낸
소로의 시간

- Henry David Thoreau

월든에서 보낸 소로의 시간

초판 1쇄 인쇄 2023년 8월 23일
초판 1쇄 발행 2023년 8월 30일

지은이 | 김옥림
펴낸이 | 임종관
펴낸곳 | 미래북
편   집 | 정윤아
본문 디자인 | 디자인 [연:우]
등록 | 제 302-2003-000026호
주소 | 경기도 고양시 덕양구 삼원로73 고양원흥 한일 윈스타 1405호
전화 031)964-1227(대) | 팩스 031)964-1228
이메일 miraebook@hotmail.com

ISBN 979-11-92073-36-1   (03840)

월든에서
보낸
소로의 시간

김옥림 지음

MIRAE
BOOK

소로에게 배우다

    미국 역사에서 가장 중요한 인물 가운데 한 사람인 헨리 데이비드 소로. 그는 미국의 철학자이자 시인이며 수필가로서 미국 역사에 한 획을 그은 인물로 평가받고 있다. 그는 천혜의 자연조건을 갖춘 메사추세츠주의 작은 마을인 콩코드에서 태어났다. 콩코드에는 월든을 비롯한 여러 개의 호수와 숲과 하천이 있고, 갖가지 동물들이 뛰어노는 동화 속의 마을 같은 고장이다. 그리고 역사적으로는 미국 독립전쟁이 시작된 곳으로 미국인들에게는 의미가 깊은 곳이기도 하다. 또한 초절주의 운동이 활발하게 전개된 곳이기도 했다.

    이러한 콩코드는 어린 시절부터 소로에게 막대한 영향을 끼쳤다. 그는 태어나서 45세에 삶을 마칠 때까지 인생의 대부분을 콩코드에서 지낼 만큼 콩코드를 아끼고 사랑했다. 콩코드는 그의 삶에 있어 정신적인 토양을 쌓게 하고, 자신의 꿈을 자신이 의도하는 대로 펼치게 해준 영혼의 따뜻한 안식처였다.

소로는 어린 시절부터 독립적이고 자기 주관이 강했다. 그런 까닭에 간섭받는 것을 싫어했으며, 홀로 있는 것을 좋아했다. 그래서일까, 그는 무엇이든 자신이 생각하고 의도하는 대로 하는 것을 좋아했다. 그는 머리가 뛰어나 열여섯 살에 수재들만이 들어갈 수 있는 하버드대학을 장학생으로 입학한 후 스무 살에 졸업했다. 그는 좋은 직장을 가질 수 있음에도 고향 콩코드로 돌아와 모교의 교사가 되었다. 하지만 체벌을 당연시하는 학교의 방침에 환멸을 느껴 그만두었다. 그 후 그는 연필제조업, 측량 업무 등에 종사하기도 했지만 문학과 철학에 깊이 심취해 집필활동과 강연에 열중했다.

소로가 문학을 하고 철학을 하는 데 있어 결정적인 역할을 한 사람은 미국의 시인이자 초절주의 사상가인 랄프 왈도 에머슨이다. 그는 소로의 인생에 가장 큰 영향을 끼친 사람으로 그에겐 스승과도 같은 존재이다. 그는 소로의 멘토를 자처하여 지원해주었으며, 소로보다 열네 살이나 많았지만 소로를 통해 에너지를 받곤 했다.

소로는 에머슨의 초절주의 활동에 그 맥을 같이 했는데, 그로 인해 소로는 에머슨과 더불어 위대한 초절주의 철학자로 평가받으며 미국 르네상스의 원천이 되었다. 에머슨을 통해 문학과 철학적 소양을 쌓은 소로는 자신만의 문학과 사상을 만들어 나가는 데 역점을 두었으며, 자신의 사상을 행동으로 보여주었다.

그는 노예제도와 멕시코전쟁에 항의하여 에머슨의 소유인 월든 호숫가 숲에 작은 오두막집을 짓고, 2년 2개월 동안 홀로 살았다. 그는 이때의 경험을 바탕으로 《월든》을 출간했는데, 이 책은 모든 사고방식과 투쟁에 대한 에세이다. 출간 당시에는 빛을 보지 못하고 절판되었지만, 20세기에 들어 환경운동의 교과서로 읽힘으로써 그 진가를 널리 인정받아 미국 문학의 최고 걸작 중 하나로 평가받고 있다.

소로는 인두세 거부로 투옥당하기도 했다. 그가 6년 동안 인두세를 거부한 것은 노예제도를 지지하고 멕시코전쟁을 감행하는 미국 정부에 항의하기 위해서였다. 그다음 날 그는 친척 중 누군가가 인두세를 냄으로써 감옥에서 풀려났다. 소로는 감옥에서 풀려나는 걸 거부했지만, 그는 강제로 끌려 나오고 말았던 것이다. 이 일은 노예운동에 헌신하는 계기가 되었으며, 이때의 경험을 살려 《시민 불복종》을 집필했다.

이처럼 소로는 자신의 생각을 행동으로 보임으로써, 미국 사회와 많은 사람들에게 깊은 영향을 끼쳤다.

소로의 일생은 한마디로 물욕과 인습의 사회와 국가에 항거해서 자연과 인생의 진실에 대해 탐구하는 실험적 삶의 연속이라고 할 만하다. 또한 그는 많은 것을 가질 수 있고 누릴 수 있는 조건을 갖추었음에도 스스로 절제하고 절약함으로써 작은 것에도 감사하며 사는 무소유의 삶을 실천했다. 그의 이런 사상은 간디의 무저항주의와 마틴 루터 킹 목사가 인권운동을 하는 데 큰 영향을 끼쳤다. 또《조화로운 삶》의 공동저자인 헬렌 니어링과 스콧 니어링 부부가 단순한 삶을 지향함으로써 '생태적 자치사회'를 실천하는 데 큰 영향을 끼쳤다. 소로가 평생 지향했던 간소한 삶과 철학, 사상은 그의 저서《고독의 즐거움》,《월든》,《시민 불복종》에 잘 나타나 있다.

현대인들은 물질문명의 혜택을 누리며 살고 있다. 하지만 행복하다고 말하는 사람들보다는 그렇지 않다고 말하는 이들이 많다. 많은 것을 가지고 누릴 것 다 누리는 사람들은 더 많은 것을 소유하기 위해, 힘없고 가난한 사람들을 착취하고 비인간적인 행동으로 논란이 되고 있다.

세계의 강대국들은 자국의 이익을 위해 전쟁도 불사하여 수많은 고귀한 생명이 목숨을 잃고, 평생 힘들여 가꾼 삶의 터전이 잿더미로 변해버렸다. 오직 더 힘 있고 부강한 나라가 되기 위해 그들이 벌이는 전쟁놀이는 세계인들의 자유와 평화를 짓밟고, 질서를 무너뜨리고 있다. 그런데도 그것이 잘못인 줄 모른다.

지금 국제정세는 그 어느 때보다도 혼란스럽고 위기에 처해있다. 언제 어느 때 무슨 일이 일어날지 모르는 예측 불허의 상황에 놓여 있다. 또한 극심한 온난화로 기후 변화가 심각하다. 이런 영향으로 인해 홍수가 나고, 해일이 일고, 지진이 나고, 코로나 19와 같은 바이러스성 질병이 창궐하고 있다. 지구가 병들어 곪을 대로 곪아버린 것이다. 이 모두는 무지한 인간들이 벌인 결과이다.

전 세계가 한마음으로 똘똘 뭉쳐 지구를 살리는 일에 앞장서도 모자랄 판에 국가는 국가끼리, 개인은 개인끼리 서로를 불신하고 공격하는 것을 예사로 한다는 것은 도적적인 타락을 넘어 인간성이 상실되었다는 것을 의미한다. 지금도 늦었지만 더 늦기 전에 서로 힘을 모아 협력함으로써 병든 지구를 살려야 한다. 또한 지금 가진 것만으로도 충분하다. 더 잘 먹고, 더 잘살기 위해 노력하기보다는 가진 것을 나누고 협력함으로써 동물적인 탐욕을 버리고 잃어버린 인간성을 찾아야 한다. 타락한 인간성을 떨쳐버리고 순결한 인간성을 지니게 될 때 위기에 처한 지구도 살리고, 그 안에서 살아가는 우리도 건강하고 행복하게 살아갈 수 있을 것이다.

지금으로부터 200년 전에 태어난 소로는 오늘날 이 지구가 황폐화되고, 인간이 자유와 평화를 잃고 위험에 처하리라는 것을 예감했을까? 자연을 사랑하고 보존하며 간소하게 더 간소하게 살아야 한다고 주장했다. 이런 선견지명이 작금의 시대에 소로를 더욱 위대한 사상가로 바라보게 한다. 더구나 그는 얼마든지 좋은 직업을 갖고 부를 축적하며 호의호식하고 살 수도 있었다. 하지만 그는 초절주의 철학자로서 자연주의를 지향하고, 참된 지식인의 품격이란 무엇이며, 참된 지식은 어떻게 활용되어야 하는지를 -자연의 순리를 거스르지 않는 삶을- 행동으로 보여준 참된 지식인이었다는 데 그 의의가 크다고 하겠다.

지금의 인류는 탐욕에 빠져 그와는 배치된 삶을 살아왔고, 살고 있다. 소로는 지금 우리 인류를 어떻게 생각할까. 아마 통탄하며 가슴 아파할 것이다. 그리고 인간들의 허황된 욕망에 대해 분노할 것이다.

이 책은 소로가 평생 일관되게 지향했던 자연주의적인 삶과 철학과 사상이 담긴 《월든》을 비롯한 그가 남긴 말을 바탕으로 나의 사상과 철학을 가미시킴으로써 그의 삶을 배우는 기회로 삼고자 집필했다. 나는 이 글을 쓰며 어떻게 하면 독자들에게 그의 생각을 쉽게 전달할 수 있을까 매우 고심했다. 그의 글은 은유로 가득한 까닭이다. 어떤 부분은 마치 시구와 같이 모호하기까지 하다. 그런 까닭에 어떤 대목은 쉽게 다가오지 않는다. 이에 나는 최대한 쉽게 그리고 여러 이야기를 가미하여 독자들의 이해를 돕고자 했다. 또한 소로의 철학과 사상을 이해하는 데 도움을 주고자 동서고금의 수많은 철학자와 사상가, 학자와 정치가, 예술가 등이 했던 말도 함께 수록했다.

소로가 에머슨의 명저 《자연》을 평생 간직하며 에머슨의 가르침에 큰 영향을 받고 인류를 위해 귀중한 삶을 살았듯이, 이 책을 통해 독자들이 소로를 이해하고 배움으로써 참다운 삶을 살아가는 데 도움이 되었으면 한다. 또한 행복하고 자기다운 인생을 사는 데 힘이 되었으면 한다. 이 책을 대하는 모든 이들에게 축복과 행복이 함께 하길 기원한다.

김옥림

Contents

제1부

절망하지 않는
지혜

제2부

소로가 월든 호수
숲속으로 간 까닭은

제3부

소로가 말하는
성공한 삶의 정의

제4부

자신이 상상해온 삶을
살려고 노력하라

제1부

절망하지 않는 지혜

절망하지 않는 지혜

Henry David Thoreau Walden

대부분의 사람들은 절망의 삶을 묵묵히 살아가고 있다. 소위 체념이라는 것은
고착된 절망에 불과하다. 우리는 절망의 도시를 떠나 절망의 시골로 들어가서,
밍크와 사향쥐의 용기에서 위안을 찾아야 한다. 진부하지만
무의식적인 절망은 인류의 경기와 오락이라고 불리는 것 밑에도 숨어 있다.
거기에 놀이는 전혀 없다. 놀이는 노동 뒤에 오는 것이기 때문이다.
하지만 절망적인 행동을 하지 않는 것이 지혜의 한 특징이다.

월든 〈경제생활〉

절망은 한자로 '끊을 절(絶)', '바랄 망(望)'이 조합된 낱말로 '바라
볼 것이 없게 되어 모든 희망을 끊어버림 또는 그런 상태'를 뜻한
다. 그래서일까, 절망이란 낱말은 그 자체만으로도 처참함, 비극적
인 상황을 떠올리게 만든다.

덴마크 출신으로 실존주의 철학의 선구자인 키에르케고르는 절
망을 일컬어 '죽음에 이르는 병'이라고 설파했다. 이는 '절망'에 대
한 은유적인 표현으로 절망이 인간의 삶에 끼치는 영향이 얼마나
큰지 잘 알게 한다. 많은 사람이 자신에게 처한 돌이킬 수 없는 일

로 인해 절망함으로써 삶을 포기하고 목숨을 끊는 일이 비일비재하다. 그만큼 절망이란 낱말은 '죽음'을 떠올릴 만큼 부정적이고 극단적이다.

물론 같은 상황에 놓였다 하더라도 사람에 따라서는 절망하지 않는 이도 있다. 그것은 그 사람이 지닌 마음의 근육에 따라 나타나는 현상이다. 즉, 긍정적인 마음을 지닌 사람은 절망적인 상황도 충분히 극복할 수 있다는 말이다. 긍정적인 마음은 마음의 근육이 탄탄해 긍정적인 에너지가 넘친다. 이러한 긍정의 에너지는 절망을 한낱 감정의 이변쯤으로 생각한다. 그리고 마침내 절망적인 상황을 희망적인 현실로 바꾸어 놓는다. 그러나 마음의 근육이 부실하면 부정적인 마음이 되어 부정적인 생각으로 가득 차게 된다. 그런 까닭에 어렵고 힘든 일을 만나면 쉽게 무너지고 급기야는 절망에 사로잡히게 된다.

이처럼 절망적인 상황도 그 사람이 긍정적인 사람이냐 부정적인 사람이냐에 따라 주어지는 것이다. 즉, 절망에 빠지기도 하고 그렇지 않기도 하다는 것이다. 이는 마음가짐의 문제인 것이다. 그러니까 마음 근육을 키워 긍정적인 마인드를 기르면 얼마든지 절망적인 상황도 극복해 낼 수 있다는 말이다. 하지만 그럼에도 절망에 빠지는 사람이 많다는 것은 마음 근육을 길러 긍정적인 마인드를 갖는다는 것이 쉽지 않다는 것을 뜻한다. 그렇다면 절망적인 상황에 놓이더라도 이를 극복할 수 있는 방법은 없는 것일까.

이에 대해 소로는 매우 확신적이고 단호한 어조로 말한다. 소로는 "대부분의 사람은 절망의 삶을 묵묵히 살아가고 있다. 소위 체념이라는 것은 고착된 절망에 불과하다"라고 말하며, 절망을 이길 수 있는 가장 현명한 지혜는 "절망적인 행동을 하지 않는 것"이라고 말했던 것이다. 이 말은 지극히 당연하고 평범한 말처럼 들릴지 모르겠지만, 상당히 설득력 있고 실제적인 말이 아닐 수 없다.

가령, 사람은 누구나 자신이 하는 일이 자신의 뜻대로 되지 않거나, 사랑하는 연인이 자신의 곁을 떠나거나 세상과 이별을 했을 때 극심한 고통 속에서 절망하게 된다. 그런데 이를 극복할 수 있으려면 절망적인 상황에 빠지지 않도록 적극 노력해야 한다는 것이 소로의 생각이다. 소로의 말에 대해 '사람이 살다 보면 뜻하게 않는 일에 봉착하게 되는 일이 많은데, 어떻게 그처럼 할 수 있느냐'고 반론을 제기할 수 있을 것이다.

물론 그렇다. 하지만 그런 상황이 생길 땐 생기더라도 최대한 절망적인 행동을 하지 않도록 노력해야 한다. 만일 그럼에도 절망적인 상황에 맞닥뜨리게 된다면 절망적인 행동을 하지 않는 노력을 하지 않을 때와는 분명 마음가짐이 다르다. 절망적인 상황에 빠졌을 때 그 상황을 극복할 수 있는 마음이 어느 정도는 단단하게 길러졌기 때문이다.

그렇다. 그런 까닭에 '절망적인 행동을 하지 않는 것'이 '절망을 이기는 지혜'라는 소로의 말은 충분히 설득력을 지닌다고 할 수 있다.

로마군에 패한 유대인들이 세계 도처로 뿔뿔이 흩어져 살았음에도 절망하지 않고 희망으로 이끌어 오늘날 자타가 인정하는 최고의 민족이 될 수 있었던 것은 그들의 믿음 때문이다. 그들의 마음속에는 어떤 상황에서도 자신을 지켜주고 구원해준다는 하나님에 대한 확신으로 가득 차 있었다. 물론 이는 종교적인 관점에서 볼 때 그렇다는 말이다. 하지만 인간은 누구나 자기가 확신하는 믿음, 즉 그것이 종교든, 신념이든, 사랑하는 사람이든 그 무엇일지라도 함께 할 때 어려움을 이겨내는 긍정적인 에너지가 크다는 것을 알 수 있다.

이렇게 볼 때 절망적인 행동을 하지 않기 위해 노력한다면 충분히 절망에 빠지는 기회를 줄일 수 있고, 설령 빠지더라도 충분히 극복해 희망으로 바꿔놓을 수 있다.

1992년 스페인 바로셀로나 올림픽 여자 100미터 금메달리스트인 미국의 게일 디버스. 그녀는 매우 심한 갑상선샘 병을 앓고 있었다. 그로 인해 그녀의 얼굴은 물론 육상선수에게는 생명과도 같은 다리가 퉁퉁 부어 걷는 것조차도 불편함을 느꼈다.

"지금 이 상태로 운동을 한다는 것은 자살행위와도 같으니, 당장 그만두세요. 그리고 꾸준히 치료받기 바랍니다."

"아니요, 선생님. 전 할 수 있어요."

"디버스, 자칫하면 다리를 절단해야 하는 상황이 벌어질지도 몰라요."

의사는 측은한 눈빛으로 말했다.

"설령 그런 일이 벌어진다 해도 저는 포기할 수 없어요."

디버스는 이렇게 말하며 입술을 깨물었다.

"알아요. 당신의 마음이 어떤지를. 하지만 이건 의사로서 양심을 걸고 하는 말이니 마음에 새겨주었으면 해요."

디버스가 운동을 계속 해야 할지의 여부를 가리기 위해 진료 후 의사는 그녀가 납득할 수 있도록 말했지만, 디버스는 말없이 자리에서 일어나 진료실을 나왔다.

'내가 운동을 할 수 없다니, 이건 말도 안 되는 소리야. 운동을 못한다면 나는 더 이상 내가 아니다.'

디버스는 속으로 이렇게 말하며 두 주먹을 불끈 쥐었다. 디버스의 검진결과를 통보받고 고심에 고심을 거듭하던 코치는 그녀를 불러서 포기하도록 종용했다. 하지만 그녀는 자신의 뜻을 꺾지 않고 이렇게 말했다.

"이건 선수로서 조국과 나를 위해 반드시 해야 할 일이에요. 그러니 운동을 하다 쓰러지더라도 나는 이를 영광스럽게 생각할 겁니다. 코치님, 이런 제 마음을 믿고 지켜봐 주세요. 제 선택이 옳았음을 반드시 증명해 보이겠습니다."

그녀의 말에 코치는 더 이상 반박할 수 없었다. 그녀의 눈빛이 간절한 열망으로 가득 차 있음을 보았던 것이다. 그날 이후 디버스는 자신이 지극히 정상적인 선수라고 생각하며 훈련에 임했다. 코치 역시 그녀를 위해 열심히 운동을 지도했다. 디버스는 너무도 힘들어 그 자리에 그대로 주저앉고 싶은 걸 꿋꿋하게 참아냈다. 그렇게 시간은 흘러갔고, 놀라운 일이 벌어졌다. 디버스의 몸 상태는 놀라울 정도로 좋아졌다. 연습기록도 매우 좋아 지금 이대로라면 메달권 진입도 가능했다.

마침내 올림픽이 시작되었다. 디버스는 경기가 있는 날 거울에 비친 자신의 모습을 보고 스스로에게 다짐했다.

'디버스, 그동안 잘해줘서 고마워. 드디어 오늘이야. 내가 이날을 얼마나 기다려 왔는지 알지? 나는 오늘 내 인생에 새로운 역사를 쓸 거야. 그것은 조국을 위해 내가 할 수 있는 최선의 일이니까. 나는 널 믿는다.'

디버스의 얼굴은 굳은 의지로 환하게 빛났다. 디버스는 예선과 준결승을 마치고 드디어 결승에 진출했다. 결승 스타트 라인에 선 디버스는 '나는 할 수 있다. 반드시 나와의 약속을 지켜서 내 선택이 옳았음을 증명해 보이겠다'라며 스스로를 격려했다.

'탕!' 하는 소리와 함께 디버스는 앞을 향해 달려갔다. 그녀는 놀라운 속도로 질주했다. 그녀를 바라보던 코치는 우승을 예감했다. 그리고 잠시 후 결승선을 제일 먼저 통과한 선수는 바로 디버스였다.

절망을 극복하고 자신의 인생을 정점(頂點)으로 끌어올린 또 다른 이야기이다.

음악의 어머니라고 불리는 바로크 시대의 위대한 음악가 프리드리히 헨델. 그는 독일에서 태어나 이탈리아에서 음악 활동을 펼치면서 명성을 얻었다. 그 후 그는 영국으로 가서 영국을 주 무대로 활동했다. 그가 영국에 발을 붙인 것은 오페라 〈리날도〉가 런던에서 큰 호응을 얻었기 때문이다. 그는 〈앤 여왕의 생일을 위한 송가〉를 작곡해 앤 여왕의 총애를 한몸에 받았다. 영국의 귀족들은 물론 지식인들에게도 진정한 음악가로 존경받았다. 그는 1726년 영국 국민이 되었다. 그는 왕실 예배당의 작곡가가 되었고, 왕립 음악 아카데미의 음악 감독으로서 상연되는 오페라를 대부분 작곡했다. 그는 음악가가 누릴 수 있는 명성을 누리며 부유하게 살았던 음악사에서 가장 축복받은 음악가였다.

그런데 그런 그에게도 불행은 찾아왔다. 그는 1737년 뇌일혈로 발작을 일으키며 병을 얻게 되었다. 오페라의 쇠퇴로 그가 운영하던 극장이 파산했고 그는 빈털터리가 되었다. 하루아침에 화려했던 지난날의 모든 영광이 날아가 버렸다. 살아있다는 자체가 스스로에게 짐이 될 만큼 하루하루가 헨델에겐 고통이었다. 절망에 사로잡힌 헨델은 암흑 같은 현실에서 벗어나고 싶었다. 그는 희망을 포기하지 않았던 것이다. 어떻게든 활기찼던 예전의 자신으로 돌아가고 싶은 마음을 굳건히 한 채 하루하루를 버텼다.

헨델의 나이 56세이던 어느 겨울날이었다. 초췌한 몰골로 그는 어깨를 잔뜩 움츠린 채 런던 거리를 걷고 있었다. 사람들은 그가 지난날의 화려한 명성을 가진 음악가 헨델이라는 것을 모르는지 그냥 스쳐 지나갔다. 일장춘몽이란 말처럼 과거는 그저 한여름 밤의 꿈과 같을 뿐이었다. 거리를 떠돌다 지쳐 집으로 돌아온 헨델은 책상 위에 놓인 낯선 봉투를 발견했다.

'이게 대체 무슨 봉투지?'

그는 의아해하며 봉투를 집어 안의 내용물을 꺼냈다. 종이에는 '신에게 바치는 오라토리오'라는 글씨가 적혀 있었다. 찰스 제네스라는 시인이 보낸 것이었다. 헨델은 별로 관심 없는 표정으로 제네스의 글을 대충 훑어보았다. 편지는 오라토리오를 즉시 작업할 수 있는지 여부를 묻는 내용이었다. 잠시 주춤하던 그가 봉투를 내려놓으려는 순간이었다. 그는 한 대목에서 눈길이 멈추었다. 그의 눈길을 사로잡은 대목은 다음과 같다.

그는 사람들에게 거절당했으며 또한 비난까지 당했다. 그는 자신에게 용기를 줄 누군가를 찾고 있었다. 그러나 그 어디에도 없었다. 그 누구도 그를 편하게 대해 주지 않았다. 그는 하나님을

믿기로 했다. 하나님은 그의 영혼을 지옥에서 건져 주었다. 하나
님은 당신에게 안식을 줄 것이다.

헨델은 이 글을 읽고 나서 가슴이 뭉클해졌다. 마치 어려움에 처
한 자신을 향한 말처럼 느껴졌기 때문이다. 그 순간 자신도 모르게
눈물이 흘러내렸고 가슴이 뜨거워지며 불덩이가 이글거리는 것 같
았다. 그의 입에서는 탄성이 흘러나왔고 머릿속에서는 알 수 없는
멜로디가 떠올랐다. 그는 즉시 펜을 들고 악보를 그려나갔다. 그는
식사도 거른 채 작곡에만 열중했다. 작곡을 하는 동안 그는 마치 혼
이 나간 사람 같았다. 앉았다 일어서기를 반복하고, 이리저리 움직
이며 머리를 쥐어뜯기도 했다. 마침내 그는 작곡을 시작한 지 23일
만에 곡을 완성했다.

곡을 완성한 헨델의 얼굴에는 기쁨이 가득했다. 온누리를 환히
비추는 밝은 아침 햇살처럼 환희에 잠긴 모습이었다. 그가 작곡한
〈메시아〉는 많은 사람의 기대 가운데 상연되었다. 상연 후 극장에
있던 사람들은 감동에 젖은 얼굴로 들떠있었다. 당시 국왕이었던
조지 2세가 합창을 듣고 감동한 나머지 벌떡 일어났던 일화는 지금
까지 전해져 내려온다.

헨델은 화려했던 자신의 인생이 끝났다고 절망하기도 했지만, 결
코 희망을 놓지 않았다. 그러다 뜻밖에 찾아온 기회를 잘 살린 끝에

불후의 명곡을 쓸 수 있었다. 그리고 그는 세계 음악사에 길이 남는 음악가가 되었다.

디버스가 최악의 상태를 극복하고 올림픽 금메달리스트가 될 수 있었던 것은 소로의 말처럼 '절망적인 행동을 하지 않는 것'을 실천했기 때문이다. 그녀의 가족도, 의사도, 코치도 다 그녀를 만류했지만 그녀는 '절망하지 않는 지혜'로 최악의 상황에서도 최고의 상황으로 바꾸어 놓았던 것이다. 헨델 또한 비참한 상황에서도 희망을 잃지 않은 끝에 일면식도 없는 시인 찰스 제네스의 제의를 받아들여 고통의 숲에서 빠져나와 희망의 동산으로 향해 나갈 수 있었던 것이다.

누구나 살다 보면 절망적인 순간에 놓일 때가 있다. 이때 절망해 자신을 포기하면 저 앞에 기다리고 있는 희망의 손을 놓치게 된다. 절망을 극복하고 나면 반드시 희망이 다가와 손을 잡아준다. 나는 이를 누구보다도 잘 안다. 지금까지 살아오는 동안 내가 깨달은 진리이기 때문이다. 나는 이를 누구나 알기 쉽게 한 편의 시로 표현해 보았다.

삶을 알아가기 시작할 땐
무엇이든
마음먹은 대로 할 수 있을 것만 같았지

그러나 오래지 않아 그것이 얼마나
잘못된 생각인지를 알게 되었지

금방 다 이룰 것만 같다가도
어느 순간,
저 절망 끝에 이르기도 했으니까

그런데 신기한 것은
그 절망 끝에 다다랐을 때 그 절망은
절망이 아니라 새로운 시작을 하라는
삶의 뜻이라는 걸 알았지

절망을 딛고 일어섰을 때
기쁨이 더 큰 것은 절망을 이겨냈기 때문이지
사는 게 너무 힘들다고 낙심하지 마
눈물이 나면 그냥 울고,
소리치고 싶으면 그냥 소리쳐
그리고 툭툭 털고 일어나는 거야

그러면 아무리 죽을 만큼 힘들어도

또다시 걸어갈 길이 보이거든

그래, 그렇게 가는 거야
날마다 너의 하늘을 바라보며
흔들리지 말고 씩씩하게 가는 거야

삶은 내가 살아가는 것 같지만
다 살아지게 되고,
어느 순간 내가 바라던 길에 이르게 되더군

설령, 그렇지 않더라도 속상해하지 마
그렇게 살아왔다는 것만으로도
충분히 인생을 잘 살아왔으니까

이 시는 〈다 살아지게 되더라〉라는 시다. 내가 이 시에서 표현했듯이 아무리 절망적인 상황에 놓이더라도, 포기하지 않고 극복하기 위해 노력하면, 절망을 딛고 일어설 수 있다는 것을 알았다. 그리고 절망은 절망이 아니라 '새로운 시작을 하라는 삶의 뜻'이라는 걸 알았던 것이다.

그렇다. 인간은 미숙한 존재이다. 그러니 어떻게 완벽하게 살 수 있겠는가. 실패는 늘 만나게 되는 친구와 같고, 절망은 자신을 힘들게 하는 나쁜 친구일 뿐이다. 그렇다면 문제는 간단하다. 실패를 두려워하지 말고 맞서 이겨내면 된다. 그리고 절망은 극복하면 된다. 그러면 골방에 갇혀 세상을 원망하고, 자신을 탓하고, 삶을 포기하겠다는 생각으로부터 벗어날 수 있다. 그리고 마침내 자신이 바라던 일을 성취함으로써 행복의 기쁨을 누릴 수 있다.

언제나 마음의 근육을 탄탄히 해 긍정적인 마음이 되게 하라. 그리고 '절망적인 행동을 하지 않는 것이 절망을 이기는 지혜'라는 사실을 마음 깊이 새겨 힘들고 고통스러울 때마다 이겨내야 한다. 그러면 절망은 절망이 아니라 새로운 시작이라는 걸 알게 될 것이다. 그리고 희망으로 가득한 그날을 향해 씩씩하게 나아가라. 그러면 희망이 웃으며 두 팔 벌려 기쁨으로 맞아줄 것이다.

고착화된 편견을 버리기

Henry David Thoreau Walden

잘못된 편견은 지금이라도 버리는 게 낫다.
아무리 오래된 사고방식이나 행동방식이라고 해도, 입증되지 않으면 믿을 수 없다.
오늘은 모두가 한목소리로 진실이라고 말하거나 묵인하는 것일지라도
내일은 거짓으로 판명될 수 있고, 밭에 단비를 뿌려줄 구름이라고 믿었던 것이
사실은 연기처럼 덧없이 사라질 단순한 의견으로 밝혀질 수도 있다.

월든 〈경제생활〉

편견(偏見)이란 매우 편협한 생각에 불과하다. 그런 까닭에 편견에 사로잡히면 그것에 고착화되어 매사를 부정적으로 바라보게 된다. 부정적인 사고에 사로잡히게 되면, 부정적인 인생을 살게 된다. 이것이 편견의 모순이고 편견을 경계해야 하는 절대적인 이유인 것이다.

그런데도 사람 중엔 편견에 사로잡혀 매사를 삐딱하게 보는 경향이 있다. 그런데 문제는 그것을 모른다는 것이다. 그러다 보니 상대의 상황이나 감정은 아랑곳하지 않고 자신의 생각을 마구 쏟아놓곤

한다. 이는 상대에 대한 대단한 결례이며, 스스로를 졸렬하고 생각이 없는 사람이라고 인정하는 거와 같다. 그래서 편견에 사로잡힌 사람은 주변 사람들로부터 경계의 대상이 됨은 물론 그와 함께 하는 것을 달가워하지 않는다.

특히, 지독한 편견은 인간관계를 무너뜨리고 단절시키는 패악과 같다. 생각해보라. 편견에 사로잡힌 사람과 과연 잘 지낼 수 있는지를. 이는 생각하는 것만으로도 숨통을 막히게 한다. 편견의 어리석음에 대해 프랑스 계몽주의를 대표하는 작가 볼테르는 이렇게 말했다.

"편견은 분별없는 견해다."

볼테르의 말을 좀 더 확장시켜 말한다면, 편견은 분별없이 지껄이는 철모르는 어린아이의 말과 같고, 아집에 빠진 에고이스트의 쓸데없는 지껄임과도 같다. 그러나 사람 중엔 편견에 사로잡히지 않고, 자신이 추구하는 일에 전념함으로써 편견이 얼마나 쓸데없고 천박한 생각의 모순인지를 보여준 이들도 있다.

IBM의 창업자 토머스 왓슨. 그는 컴퓨터 혁명을 이끈 불세출의 CEO이다. 그가 1960년대에 컴퓨터 개발을 꿈꾸고 도전장을 내밀었을 때 많은 사람은 그를 무모하다고 손가락질하며 비아냥거렸다. 그도 그럴 수밖에 없었던 것은 컴퓨터 개발에는 수백만 달러를 투자해야만 했기 때문이다. 이 돈은 그 당시로써는 어마어마한 돈이었다. 그런데 이 큰돈을 확실한 성공도 보장되지 않은 사업에 투자한다고 하니, 다들 그를 정신이 이상해진 게 아니냐는 식으로 바라보았던 것이다.

그러나 그의 생각은 달랐다. 에디슨이 멍청할 만큼 무모해 보이는 연구를 통해 성공을 이끌어냈듯이 왓슨 또한 모든 것을 감내해야 했다. 그는 자신이 선택한 결정을 믿었다. 자신이 자신을 믿지 못하면 그 일은 해보나마나 실패할 게 뻔했기 때문이다. 물론 그에게도 두려움이 있었을 것이다. 만에 하나 잘못되기라도 하는 날엔 모든 것이 끝장이었다. 하지만 그는 자신의 마음으로부터 두려움을 거둬내고 자신감으로 가득 채웠다. 그러자 한결 마음이 가벼워졌다. 그리고 그는 언제나 할 수 있다는 신념으로 연구에 박차를 가했다. 그러자 연구 결과가 서서히 나타나기 시작했다. 그는 이에 더욱 용기를 내어 성공으로의 질주를 멈추지 않았다. 그리고 마침내 360기종 컴퓨터를 만들어내는 데 성공했다.

놀라운 꿈이 이루어지는 순간이었다. 아니, 그것은 기적과도 같은 일이었다. 그가 이뤄낸 연구를 바탕으로 컴퓨터는 진화를 거듭한 끝에 오늘날과 같은 혁신을 이끌어낸 것이다.

생각해보라. 왓슨을 공상가처럼 쓸데없는 생각에 빠진 무모한 사람이라며 보편적인 편견에 사로잡혀 손가락질을 하며 비아냥거렸던 사람들의 초라한 모습을. 왓슨은 멋지게 그들의 삐뚤어진 편견과 비웃음을 날려버리고 세계사에 한 획을 그은 멋지고도 유쾌한 삶을 살았다.

편견을 깬 또 다른 이야기이다.

20세기 건설사상 세계 최대의 역사라고 불리는 사우디아리비아 주베일 산업항건설 공사는 30m 심해저 암반에 30m의 기초 공사를 12km나 하는 난공사로써 현대는 전혀 해 본 적이 없는 어마어마한 공사였다. 이러한 외항유조선 정박시설 공사는 뛰어난 기술력을 가져야 할 수 있다. 이 공사에 들어간 콘크리트 소요량은 5톤짜리 트럭으로 연 20만 대가 되었고, 철강 자재만도 1만 톤짜리 선박 12척이 들어갔다. 그리고 자켓이라는 철 구조물이 있는데 이것은 그 하나의 크기가 가로 18m, 세로 20m, 높이는 36m이고 무게는 자그마치 550톤이나 되었다. 그 규모가 10층 건물과도 같았으니 상상이 안 갈 정도로 컸다. 그런데 이런 자켓이 무려 89개가 필요했다. 정주영은 이 자켓을 설치하기 위해 울산조선소에서 제작한 1600톤급 해상 크레인을 가져다 썼다. 그리고 공기 단축을 위해 이 공사에 소요되는 모든 철 구조물을 울산조선소에서 제작해 해상으로 운반한다는 계획을 세웠다.

"우리는 공기 단축이 필요합니다. 그러기 위해서는 울산조선소에서 제작해 가져다 쓰도록 하시오."

"그건 큰 무리가 따르는 일입니다. 울산서 이곳까지 오려면 풍랑으로 인해 운반선에 문제가 생길 수도 있고, 그러다 보면 공사에 큰 차질을 빚을 수도 있습니다."

석·박사 출신의 연구원들과 고학력자 임원들은 무모한 일이라며 정주영의 지시를 모두들 달가워하지 않았다.

"해보기나 했습니까? 왜 해보지도 않고 무조건 안 되는 쪽으로만 생각합니까. 그런 생각은 능히 할 수 있는 일도 하지 못하게 한다는 걸 모르시오? 긍정적인 생각을 갖고 하세요. 그러면 능히 할 수 있습니다."

정주영은 연구원들과 임원들의 반대를 무릅쓰고 이를 실행에 옮겼고, 그런 노력을 기울인 결과 40개월 공기인 공사를 8개월이나 앞당겨 32개월 만에 준공해 세계건설업계를 놀라게 했다.

"기업은 그때그때 상황에 맞게 재빨리 적응할 수 있는 임기응변적 민첩함이 반드시 있어야 한다고 생각합니다. 이것이 나의 소신이고 철학입니다. 그러나 이를 잘 이해하지 못하는 이들이 많다는 것을 나는 잘 압니다."

정주영은 자신의 말대로 이해하지 못하는 많은 이들의 편견을 멋지게 날려버리고 보기 좋게 성공을 이뤄냈던 것이다. 이 이야기에서 보듯 정주영은 상황에 따른 대처능력이 매우 뛰어났다. 석·박사 출신의 연구원들과 고학력자 임원들은 모두 보편적인 편견에 사로잡혀 불가능하다고 반대했지만 정주영은 그들의 고착화된 편견을 부숴버리고 성공적으로 일을 끝냈다.

여기서 우리는 중요한 사실을 알 수 있다. 연구원들이나 임원들의 생각은 이론적이고 과학적인 견해에만 몰입되어 있다는 걸 말이다. 물론 충분히 그렇게 생각할 수 있다. 그러나 이 또한 보편적인 편견에 불과할 뿐이다. 그러나 정주영은 이론적으로나 과학적인 지식은 부족했지만, 그에게는 직접 몸으로 부딪치고 깨우친 경험이란 지혜가 있었다. 경험에서 체득한 지혜에는 그 어떤 이론도 과학적인 지식도 능히 뛰어넘는 혜안이 담겨있다. 그런데 연구원들과 임원들에겐 이러한 경험적 지혜가 없었다. 정주영은 자신이 체득한 경험의 지혜로 이론적이고 과학적인 사고에 사로잡힌 연구원들과 임원들의 편견을 여지없이 날려버린 것이다.

토머스 왓슨과 정주영의 경우에서 보듯 무언가를 크게 이루어내는 사람들에겐 대개의 사람이 갖는 보편적인 편견에 사로잡히지 않는 자신만의 생각을 갖고 있다. 이러한 생각이 남들이 아니라고 말하는 보편적인 편견을 가차없이 깨트려버린다. 만일 토머스 왓슨이나 정주영이 반대하는 사람들의 편견에 동조해 시도하지 않았다면 자신들의 위대한 역사를 쓰지 못했을 것이다.

"잘못된 편견은 지금이라도 버리는 게 낫다. 아무리 오래된 사고방식이나 행동방식이라고 해도, 입증되지 않으면 믿을 수 없다. 오늘은 모두가 한목소리로 진실이라고 말하거나 묵인하는 것일지라도 내일은 거짓으로 판명될 수 있고, 밭에 단비를 뿌려줄 구름이라고 믿었던 것이 사실은 연기처럼 덧없이 사라질 단순한 의견으로 밝혀질 수도 있다."

소로 역시 편견이 지닌 모순이 얼마나 무모하고, 비효율적인 생각인지를 잘 보여준다. 소로가 이처럼 말할 수 있었던 것은 당시의 미국 사회에서 벌어지는 일들과 자신이 목격한 일들을 통해 성찰한 결과이다. 다시 말해, 소로 역시 자신의 경험에서 체득한 지혜를 통해 이처럼 말할 수 있었던 것이다.

동서고금을 막론하고 사람들의 생각은 같다. 다만 시대적인 상황과 제도 및 정치와 경제적 상황만 다를 뿐 사람 사는 일은 같았던 것이다. 그런 까닭에 변함없이 흐르는 강물과 같이 생각 또한 같을 수밖에 없다.

지금 우리 사회는 편견에 사로잡혀 있는 사람들이 벌이는 해괴망측한 일로 조용할 날이 없다. 특히, 정치권은 편견의 집합장과도 같다. 무조건 자신들의 생각만 옳고, 상대방의 생각은 틀리다고 주장한다. 더구나 정치적인 성향에 따라 자신의 생각을 내려놓고 무조건 추종하는 사람들을 보면 한심하다 못해 어리석기 짝이 없다. 이는 무엇을 말하는가. 한마디로 편견에 사로잡힌 이들을 동조하는 편견동조자일 뿐 아무것도 아니다.

편견은 위험한 패악과 같다. 그것은 마치 바람 앞에 등불처럼 자신은 물론 상대방과 주변 사람들을 위태롭게 할 수 있다. 세상에서 벌어지는 몰상식하고 끔찍한 일들 가운데에는 편견으로 인한 일들이 상당수 있다는 것이 그것을 잘 말해준다고 하겠다. 그런 까닭에 비생산적이고, 비도덕적이고, 비인간적이고, 비윤리적인 편견에 사로잡히게 않게 늘 자신을 돌아보고 살핌으로써 편견이란 굴레에 갇히는 일이 없도록 해야겠다.

그렇다. 불필요한 편견에 사로잡히지 않도록 심지(心地)를 바로 세워야 한다. 그렇게 하지 않는다면 편견으로 인해 삶으로부터 스스로를 추락시키고 패퇴시키는 우를 범하게 될 것이다.

내적으로 부유한 삶을 살아가기

Henry David Thoreau Walden

대부분의 사치품과 이른바 생활 편의품은 대부분 필수불가결한 것도
아닐뿐더러 오히려 인류의 진보에 걸림돌이 되고 있다.
사치품과 생활 편의품에 대해 말하자면, 역사상 현명한 사람들은
가난한 사람들보다 더 소박하고 궁핍한 생활을 했다. 중국, 인도, 페르시아,
그리스의 고대 철학자들은 외적으로는 누구보다도 가난했지만 내적으로는
누구보다도 부유한 사람들이었다.

월든 〈경제생활〉

"진정한 부자는 누구인가?"라는 물음은 다소 철학적인 의미가 다
분하다. 부자란 물질적으로 풍요로운 사람을 일컫는데 굳이 '진정
한 부자는 누구인가'라고 하는 것엔 다분히 의도적인 의미가 숨어
있기 때문이다. 이에 대해 소로는 한마디로 '내적으로 부유한 사람'
이라고 단언한다. 내적으로 부유하다는 것은 마음이 가난한 자, 즉
가진 것은 없어도 마음이 풍요로운 자를 뜻하는 것이다. 소로가 이
리 말하는 것은 그 스스로 자발적 가난을 택한 사람이기 때문이다.
그러니까, 그의 가난은 가난이 아닌 것이다. 남들이 볼 땐 외적으로

만 보기 때문에 그의 삶은 가난한 삶이었다.

그러나 내적으로 볼 땐 그는 누구보다도 부유한 사람이었던 것이다. 그는 미국의 전통적인 명문 하버드대학교를 나온 인재이다. 대개의 사람이라면 좋은 직장에 들어가 물질적으로 풍요로운 삶을 살았을 것이다. 하지만 그는 자기만의 철학에 의거해, 자발적인 가난을 선택하고 그에 따른 삶을 지향했던 것이다.

소로가 가난한 삶을 선택한 것은 그의 말에서 알 수 있다. 그는 "역사상 현명한 사람들은 가난한 사람들보다 더 소박하고 궁핍한 생활을 했다. 중국, 인도, 페르시아, 그리스의 고대 철학자들은 외적으로는 누구보다도 가난했지만 내적으로는 누구보다도 부유한 사람들이었다"라고 했다.

소로의 말대로 동서고금을 막론하고 철학자나 사상가는 대개 자발적 가난을 택했다. 물론 그렇지 않은 이들도 있지만 이는 어디까지나 각자가 추구하는 삶의 방향에 따른 문제이다. 어쨌든 자발적 가난을 선택한 대표적인 인물로는 소크라테스가 그러하고, 에픽테토스가 그러하고, 아우구스티누스가 그러하고, 노자가 그러하고, 공자가 그러하고, 맹자가 그러하고, 장자가 그러했다.

그러나 그들은 가난을 가난이라고 하지 않았다. 내적으로 그들은 충만했기 때문이다. 내적으로 충만하면 하루 한 끼 죽을 먹어도 마음이 풍요로웠던 것이다. 이는 현대에 와서도 마찬가지다. 이를 잘 알게 하는 이야기이다.

《조화로운 삶》의 공동저자인 스콧 니어링과 헬렌 니어링 부부는 번잡한 도시를 떠나 버몬트의 작은 마을로 이주했다. 그리고 20년이 넘은 세월을 그곳에서 살며 노동 4시간, 지적 활동 4시간, 친교 활동 4시간을 원칙을 삼고 실천하는 삶을 살았다. 스콧 니어링은 저술과 강연으로 사람들에게 널리 알려진 저명한 교수 출신 인사다. 헬렌 니어링은 바이올린을 전공하고, 유럽 여러 나라를 자유롭게 여행을 하는 등 문명 생활을 즐기며 살았다. 화려한 경력을 가진 이들이 버몬트로 이주한 것은 자본주의와 제국주의 사회의 대안으로 '생태적 자치사회'를 실천하기 위한 것이었다. 이들은 기계를 사용하지 않고 되도록 손을 이용해 일했다. 자급자족을 통해 최소한의 먹을 것을 생산했으며, 돈을 모으지 않고, 고기를 먹지 않는 단순한 삶을 살았다. 이들의 삶은 전 세계적으로 귀농과 채식의 붐을 일으켰으며, 한마디로 새로운 삶을 모색해 제시한 이상적 삶의 구현자라고 할 수 있다.

스콧 니어링 부부가 실천한 삶 역시 자발적 가난을 택한 삶이었다. 그럼에도 그들 부부는 자신들이 선택한 것에 대해 매우 만족스러워했다. 보통 사람들이 생각할 땐 그 좋은 학벌에, 대학 교수이고 바이올리니스트인 조건들을 마다한 그들이 이상한 사람들이라고 여겨질 수도 있다. 하지만 그들 부부는 자신들의 선택에 아주 행복해했던 것이다.

　스콧 니어링 부부가 선택한 자발적 가난은 그들 부부를 내적으로 충만하게 했으며, 마음을 풍요롭게 했다. 물론 이들처럼 산다는 것은 쉽지 않다. 하지만 삶을 단순화하고 최소화할 수 있다면, 자신의 내면을 보다 맑게 살아가는 데 큰 도움이 된다는 것만은 분명하다. 다만 그렇게 하지 않아서 느끼지 못할 뿐이다.

　　모란꽃도 천천히 몸을 닫는 저녁입니다

　　같은 소리로 우는 새들이 서로 부르며

　　나뭇가지에 깃드는 걸 보며 도끼질을 멈춥니다

　　숲도 오늘은 여기쯤에서

　　마지막 향기를 거둬들이는 시간엔

　　나무 쪼개지는 소리가 어제 심은 강낭콩과 감자에게도

　　다람쥐와 고라니에게도 편하지 않을 듯싶습니다

　　흩어진 장작을 추녀 밑에 가지런히 쌓으며

　　당신을 생각했습니다

　　당신이 주류사회에서 두 번씩이나 쫓겨난 뒤

　　버몬트 숲속으로 들어갈 때는

　　진보에 대한 희망도 길도 잃었고

　　세상으로부터 철저히 소외되었지만

그 대신 거대한 광기와 파괴와 황폐함에서

벗어날 수 있었습니다

흐르는 물에 이마를 씻고

바위 위에 앉아 생각해보니

당신처럼 오늘 하루 노동하고 읽고 쓰고

자연과 사람의 좋은 만남을 가지진 못했습니다

그러나 흩어진 나무토막과 잔가지들을

차곡차곡 쌓듯 내 삶도 이제는

흐트러지지 않고 질서가 잡힐 것이며

옷에 묻은 먼지를 툭툭 털며

천천히 그리고 간소하게 저녁을 맞이할 것입니다

어둠이 숲과 계곡을 덮어오자

땅 위에 있는 풀과 나무들이 일제히 별을 향해

손을 모읍니다

우리 모두 똑같은 생명을 지닌 한 가족이며

크고 완전하고 넓은 우주의 품에 들어

넉넉하고 평온해지기를 소망하는 소리가 들립니다

오늘 밤은 아직 구름에 가린 별들이 많고

내 마음에도 밤안개 다 걷히지 않았지만

점차 간결한 삶의 단순성에 익숙해지고

일관성을 잃지 않으며

내 눈동자가 우주의 빛을 되찾으면

별들이 이 골짜기에 가득가득 몰려올 것임을 믿습니다

내 안에 가득 차 있던 것들 중에

빠져나갈 것은 빠져나가고

제자리로 돌아올 것은 돌아와

자리를 잡아가는 동안

얼굴도 웃음도 제 본래 모습을 되찾고

의로움도 선함도 몸속에서 원융해

당신처럼 균형 잡힌 인격이 되어간다면

얼마나 좋겠습니까 그러면

여름 산도 가을 숲도 다 기뻐할 것입니다.

생의 후반에 당신을 알게 되어 기쁩니다

생사의 바다를 건넌 곳에서도 편안하시길 빕니다

숲속에서도 별 밭에서도 늘

완성을 향해 가고 있을 당신을 그리며

'스콧 니어링을 그리며'라는 부제가 달린 도종환의 〈저녁숲〉이란
시다. 이 시에서 시적 화자인 시인은 스콧 니어링을 그리며 그의 삶
과 인격을 닮아가기를 바란다는 것을 알 수 있다. 시인이 그의 삶을

따라 하고 인격을 닮기 바라는 스콧 니어링은 누구일까. 앞에서도 언급한 바 있지만 그는 1883년 미국 펜실베이니아주에 속한 탄광 도시인 모리스 런에서 태어났다. 그의 할아버지 윈필드 스콧 니어링은 광산기사였으며 감독관으로 지역에서 막강한 권한을 행사했다. 그의 아버지 루이스 니어링 또한 광산 기술자로 일하는 등 모리스 런에서는 부러울 것이 없었다.

스콧 니어링의 부모는 그가 웨스트포인트, 즉 미육군사관학교에 진학해 군인이 되길 바랐다. 하지만 스콧 니어링은 목회자가 되기 위해 수사학교에 입학했다. 하지만 그는 부패한 기독교에 크게 상심해 목회자의 길을 포기하고, 1901년 펜실베이니아대학교에 진학해 법을 공부했다. 그러다 그 이듬해인 1902년 경영대학으로 옮겨 금융 경제학을 전공했다. 그는 경영대학의 학장인 패튼 교수의 영향을 크게 받았다. 패튼은 미국을 대표하는 경제학자이자 보호무역주의자로 소비와 분배에 관해 해박한 지식과 균형을 가진 지식인이었다.

스콧 니어링은 대학 교수가 되어 소수의 부자에게만 기회가 독점되는 것을 막기 위해 사회적인 대책이 마련되어야 한다고 주장했다. 그리고 1915년 사회학 저널을 통해 '소득의 근거'라는 글을 기고했다. 기고문에서 그는 사회주의의 공동체적인 장점은 인정하면서도, 국가가 자본을 통제하는 한계를 극복하기 위해서는 보다 폭넓은 수용이 필요하다고 역설했다.

스콧 니어링은 《거대한 광기》라는 책을 출간했다. 그는 이 책에서 미국이 세계 1차 대전에 참전한 것에 대해 비판했으며 반전주의자로 활동했다. 또한 흑인에 대한 미국 사회의 차별에 대해 비판했으며, 무분별한 자본주의를 비판했다. 그로 인해 그는 대학 교수직에서 내려와야 했다. 그리고 미국 정부의 조사를 받고 공산주의 스파이로 몰려 재판에 회부되었다. 다행히도 무죄 판결을 받고 정치활동을 시작했다. 사회당에 입당해 선거에 나섰지만 낙선했다.

그 후 스콧 니어링은 강연을 통해 전쟁을 반대하고, 미국의 자본주의 정책을 강하게 비판했다. 또한 노동문제에 대한 자신의 생각을 적극 피력했다. 그러나 미국의 산업자본주의는 요지부동이었다. 자신을 감시하는 정부와 주변의 견제는 물론 가족까지 그와 거리를 두자, 더 이상 자신과 맞지 않은 사회에 환멸을 느낀 그는 헬렌 니어링과 결혼한 후 버몬트 시골로 들어가 자급자족하며 단순하고 소박한 생활을 실천함으로써 미국 사회에 신선한 바람을 불러일으켜 미국 젊은이들의 열렬한 지지를 받았다.

시인이 스콧 니어링을 닮고 싶어 하는 이유는 분명하다. 그가 진보주의자이며 개혁주의자였으며, 박애주의자였기 때문이다. 그의 인간적인 면에 깊이 매료되었기 때문이다. 시인 또한 그런 생각을 가진 사람이었다는 걸 시를 통해 알 수 있다.

사람은 누구나 자신이 존경하는 사람을 닮고 싶어 한다. 자신이 닮고 싶은 사람은 정신적인 지주이며, 자신이 바라는 삶을 이끌어 주는 삶의 모델이기 때문이다. 시인은 스콧 니어링의 삶을 기리며 그와 같은 삶을 살고 싶은 마음을 〈저녁숲〉이란 시를 통해 가슴속에 내재한 마음을 표출해 보인 것이다. 이는 스콧 니어링과 같은 삶을 지향하겠다는 자신의 의지를 지면을 통해 스스로에게 다짐하는 바, 마치 확고한 고백서라고 할 수 있다.

스콧 니어링 부부의 삶은 많은 사람에게 깊은 감명을 주었으며, 어떻게 사는 것이 진정으로 잘 사는 것인지에 대해 생각하는 계기를 마련해주었다. 그들의 삶은 한마디로 소박하고 단순한 삶 그 자체였던 것이다.

"간소하게, 간소하게, 간소하게! 일을 백 가지나 천 가지가 아니라 두세 가지로 줄이도록 하자. 백만 대신 대여섯까지만 세고, 계산 결과는 엄지손톱 위에 적어두도록 하자. 문명 생활이라는 이 험한 바다 한복판에서는 먹구름과 폭풍과 암초 등 수많은 사항을 고려해야 한다. 따라서 배가 침몰해 항구로 돌아가지 못하는 사태를 피하려면 추측항법으로 살아가야 하니까. 계산을 잘하는 사람이 아니면 성공하기 힘들다. 간소화하고 또 간소화하자. 하루 세끼를 먹는 대신, 필요하다면 한 끼만 먹자. 백 가지 음식 대신 다섯 가지로 만족하자. 다른 것들도 그런 비율로 줄이자."

소로는 간소하게 살라고 말한다. 간소하다는 것은 소박하게, 불필요한 것은 소유하지 말고 살라는 말이다. 그러기 위해서는 일을 백 가지나 천 가지가 아니라 두세 가지로 줄이도록 하고, 백만 대신 대여섯까지만 세고, 계산 결과는 엄지손톱 위에 적어두도록 하고, 백 가지 음식 대신 다섯 가지로 만족하고, 다른 것들도 그런 비율로 줄이자고 이미 150여 년 전에 말했던 것이다.

문명은 인간에게 풍요로움과 편리함을 주었지만, 지금 와서는 인간의 삶을 도탄에 이르게 하는 원흉이 되었다. 풍요로움과 편리함에 길들여진 인간은 더 많은 풍요로움을 원하게 되었고, 더 편리한 삶을 추구하는 편리함의 노예가 되었다. 그러는 과정에서 지구는 오염이 되고, 병이 들고, 파괴되어 가고 있다. 그런데도 인간은 그 폐해의 심각성을 모른다. 설령 안다고 해도 풍요로움의 맛과 편리함의 맛에 빠져 잊고 살아간다.

가진 자들은 더 많이 가지려 하고, 가난한 자들은 더욱 가난해지는 이 불공평한 사회에서 어떻게 사는 것이 더 잘 사는 것일까, 하는 물음은 어쩌면 불필요한 물음일지도 모른다.

인간은 개가 아니고 돼지가 아니다. 인간은 우주 만물의 으뜸이다. 그러나 지금 인간들은 개와 돼지와 같이 더 잘 먹고, 더 잘 마시고, 더 좋은 집에서 더 편하게 지내고, 더 좋은 차를 굴리며 살아가기 위해 발버둥친다. 그것이 스스로의 삶을 옥죄고 파괴하는 원흉이 된다는 것을 모른다.

의술이 발달하고 과학이 발달한 지금 갖가지 질병으로 고생하는 사람들이 많다는 것은 아이러니가 아닐 수 없다. 너무 잘 먹어서 병이 들고, 너무 편해서 병이 드는 이 사실을 과연 정상적인 삶이라고 할 수 있을까. 잘 못 먹어서 생기는 병은 극히 드물다. 그런데도 사람들 중엔 이 사실을 망각한 채 몸에 좋다는 것은 무엇이든 먹으려고 혈안이 되어 있다는 것은 참으로 우스꽝스럽고 한심한 작태라고 할 수밖에 달리 무슨 말로 표현할까. 너무 잘 먹어서 생기는 병을 줄이는 최선의 방법은 소박하게 먹으면 되고, 편리함으로 생기는 병을 줄이기 위해서는 자신의 몸을 부지런히 움직이면 된다. 이것이 바로 간소하게 사는 방법인 것이다. 그리고 소로는 이렇게 말한다.

"요컨대 우리가 소박하고 현명하게 산다면 이 땅에서 생계를 꾸려가는 일은 고생이 아니라 오락이라고, 나는 신념과 경험으로 확신한다. 소박한 민족에게는 일상적인 노동이 인위적인 생활을 하는 민족에게는 기분전환과 같을 것이다. 나보다 더 쉽게 땀을 흘리는 사람이 아니라면, 굳이 이마에 땀을 흘려서 생계를 꾸려 나갈 필요는 없다."

소로는 월든에서의 경험과 평소의 삶에서 터득한 것을 말하는 바, 소박하고 현명하게 살면 생계를 꾸리는 일은 고생이 아니고, 즐거운 오락이라고 한다. 이에 대해 반론을 제기하는 이도 있을 것이다. 먹고살기 위해 하는 일이 어떻게 오락이냐고, 그것은 어쩔 수 없이 해야 하는 일일 뿐 그 어느 것도 아니라고 말이다.

이에 대해 소로는 "소박한 민족에게는 일상적인 노동이, 인위적인 생활을 하는 민족에게는 기분전환과 같을 것이다. 나보다 더 쉽게 땀을 흘리는 사람이 아니라면, 굳이 이마에 땀을 흘려서 생계를 꾸려 나갈 필요는 없다"라고 말한다. 그러니까, 소박하게 살면 힘들여가며 더 많은 것을 소유하려고 하지 않게 된다는 것이다. 그리고 더 많은 돈을 버는 시간에 자신이 좋아하는 일을 하며 즐겁게 사는 것이야말로 스스로를 행복하게 하는 일이다. 그러니 그것은 오락과 같이 즐거운 삶이라는 것이다.

옳은 말이다. 누구나 자신이 좋아서 하는 일은 즐겁게 하게 된다. 혹여 오해의 소지가 있을 것 같아 여기서 한 가지 짚고 갈 것이 있다. 소박한 삶과 가난한 삶은 다르다는 것이다. 소박한 삶은 가난한 삶이 아니다. 그것은 필요한 만큼만 소유하고 불필요한 것은 소유하지 않는 것을 말한다. 그러니까 가난해서 소박한 것이 아니라, 스스로에게 필요한 만큼만 소유해서 사는 삶이 소박한 삶인 것이다. 그렇다면 가난한 삶이란 무엇인가. 이는 자신에게 필요한 것만큼도 소유하지 못하는 그야말로 척박한 삶을 말한다. 삶이 가난하면 먹고사는 일이 고통스럽다. 그래서 삶이 가난하면 행복을 느끼지 못하는 것이다. 가난을 벗기 위해 전전긍긍하고 일에 매달려 살아야 하기 때문이다. 그런 까닭에 삶이 가난하면 어떤 여유도 가질 수 없고, 사는 게 오락처럼 즐거운 것이 아니라 고통으로 여겨질 뿐이다.

그런데 가난을 즐기며 살았거나 사는 사람들도 있다. 동서고금을 막론하고 철학자들이나 사상가들은 선택한 가난을 살았다. 그들은 자신이 선택한 가난이었기 때문에 전혀 삶을 고통으로 여기지 않고 즐기면서 자신이 하는 일에 매진했던 것이다. 이것이 가난한 사람들과 다른 그들만의 삶이었기에 그들은 스스로의 삶에 만족하며 살았던 것이다. 보통 사람들이 그렇게 산다는 것은 어림없는 일이다. 그만큼 가난한 삶은 고통을 수반하기 때문이다. 이쯤에서 볼 때 소박한 삶과 가난한 삶과의 차이가 무엇인지 분명히 알 수 있을 것이다.

소박한 삶을 살 수만 있다면, 소로의 말처럼 즐기며 살 수 있는 여력을 충분히 마련할 수 있다. 모든 것은 마음가짐에 달려 있다. 물욕에 사로잡히지 않는다면, 충분히 소박한 삶을 지향할 수 있다. 그렇게 할 수 없으니까 못하는 것뿐이다.

행복지수가 높은 나라는 대부분 못사는 나라다. 못사는 나라가 행복지수가 높다는 것은 가난하지만 그들에게는 가난은 고통이 아니라 곧 소박한 삶이기 때문이다. 만일 그 나라 사람들이 가난을 고통이라고 여긴다면 행복지수 또한 낮을 수밖에 없을 것이다. 이에 비해 잘사는 나라일수록 행복지수가 낮다. 이는 무엇을 말하는가. 많이 가졌음에도 삶이 공허하고, 재미가 없고, 흥미롭지가 않은 까닭이다. 이런 사람들에게 휘황찬란한 보석은 잠시 즐거움을 줄지 모르지만, 이내 곧 시들해지고 만다. 탐욕에 물들어 있는 마음은 아무리 많이 소유해도 만족할 줄 모른다. 늘 공허하고 허전하고 삶이 재미가 없다. 행복지수가 높으려면 소박한 삶을 살도록 노력해야 한다.

단사표음(簞食瓢飮)이라는 말이 있다. 대광주리 단(簞), 밥 사(食), 표주박 표(瓢), 마실 음(飮)의 훈으로 이루어진 고사성어로 이는 '대로 만든 그릇의 밥과 표주박의 물로 소박하고 청빈하게 생활함'을 의미하는 말이다. 이 말은《논어(論語)》〈옹야편(雍也篇)〉 나오는 말로 그 유래는 다음과 같다.

공자(公子)의 제자는 무려 3천 명이나 된다. 그중 학문과 덕이 뛰어난 제자만 77명이었다. 그 가운데 자공(子貢)은 이재에 밝았으며, 자로(子路)는 벼슬길에서 성공을 했지만 안회(顔回) 같은 이는 학문을 매우 좋아했다.

제자들이 많다 보니 같은 가르침을 받았지만 제각각 추구하는 삶의 가치관은 달랐다. 공자는 제자 중에 안회를 가장 아끼고 총애했다. 그는 학문에 정진해 스물아홉에 백발이 되었으며, 높은 학문 못지않게 덕행에 뛰어나 공자도 그로부터 배울 점이 많았다고 한다. 이런 그가 하도 가난해 대나무로 된 그릇에 밥을 먹고 표주박으로 물을 떠먹는 빈궁한 삶을 살며 평생을 끼니조차 제대로 잊지 못하고 지게미조차 배불리 먹어보지 못했다. 하지만 그는 주변 환경을 탓하거나 자신의 처지를 비관한 적이 한 번도 없었다. 가난하고 구차한 자신의 환경을 탓하거나 원망하지 않고 학문의 즐거움을 최고의 기쁨으로 여겼다. 공자는 안회에 대해 이렇게 말했다.

"어질도다 안회여, 대그릇에 밥을 먹고 표주박에 물을 마시며 누추한 곳에 살면서도 다른 이들 같으면 근심을 견뎌내지 못할 텐데 학문을 즐거이 하며 도를 따르니 장하고도 장할지어다."

공자는 안회가 서른한 살에 요절하자 그를 잃은 슬픔이 너무도 커 하늘이 자신을 버렸다면서 대성통곡을 했다고 하니, 안회의 청빈한 삶은 스승인 공자도 감복하게 했다. 안회는 찢어지게 가난했지만 한 번도 자신을 가난하다고 생각한 적이 없다. 그런 까닭에 그에게 가난은 고통이 아니라 소박한 삶이었던 것이다. 만일 그가 자신을 가난하다고 여겼다면, 그는 공자로부터 극찬을 받는 수제자가 되지 못했을 것이다.

소박하고 단순하게 살기 위해서는 마음이 가난해야 한다. 마음이 가난하면 물질에 대한 욕심이 적고, 자리에 대한 욕심이 적고, 명예에 대한 욕심이 적고, 모든 일에 대해 탐욕이 적다. 그런 까닭에 일찍이 예수 그리스도는 "심령이 가난한 자는 복이 있나니 천국이 그들의 것임이요"(마태복음 5장 3절)라고 말했다. 마음이 가난하면 죄로부터 멀어지게 되기 때문이다.

소로 또한 이를 잘 알았기에 평생을 가난한 마음을 잃지 않고, 소박하고 단순하게 살았던 것이다. 인생을 보다 근원적이고 인간답게 살기 위해서는 소박하고 단순하게 살도록 노력해야 한다.

그렇다. 소박함, 단순함 속에는 인간다움과 행복이 내재되어 있기 때문이다. 이를 잊지 말고 실천으로 옮기는 우리가 되어야겠다.

철학자와 철학자적인 삶

Henry David Thoreau Walden

오늘날 철학을 가르치는 사람은 있어도 철학자는 없다.
하지만 한때는 철학을 삶에서 실천하는 것이 존경받을 만했으니까,
철학을 가르치는 것도 존경할 일이기는 하다.
철학자가 된다는 것은 단지 난해한 사상을 주장하거나 어떤 학파를 세우는 게 아니라,
지혜를 사랑하고 그것의 가르침에 따라 소박하고 독립적인 삶,
관용과 신뢰의 삶을 살아가는 것을 뜻한다. 그것은 인생의 문제를 이론적으로
그리고 실제적으로 해결하는 것이다.

월든 〈경제생활〉

"오늘날 철학을 가르치는 사람은 있어도 철학자는 없다."

소로는 이미 150년 전에 철학을 가르치는 사람은 있어도 철학자는 없다고 말했다. 참으로 의미심장하고 많은 생각을 하게 하는 말이 아닐 수 없다. 소로가 말하는 철학을 가르치는 사람은 철학 교수를 말하고, 철학을 가르치는 교사를 이르는 말이다. 이들은 가르침에 대한 대가를 받는 사람이다. 그러니까 가르침에 대한 반대급부(反對給付)인 것이다. 이는 당연한 일이 아닐 수 없다. 그들 또한 생활인으로서 돈이 있어야 살아갈 수 있기 때문이다

그런데 소로는 왜 이토록 단언적으로 말을 했던 것일까. 그것은 당시 미국 대학교 철학 교수나 교사들이 철학자적인 자세를 지니지 못한 채 하나의 직업의식에 빠져 있었기 때문이다. 직업적으로 생각하다 보니 철학이 지니는 근원적인 가치성이 훼손되었다고 보는 것이다. 그러니까 철학을 다만 학문적으로 볼 뿐 그들 자신이 철학자적인 삶을 살지는 못한다는 것을 의미한다.

'그렇다면 철학자는 어떤 사람일까?'라는 생각이 들 것이다. 이에 대해 소크라테스, 플라톤, 아리스토텔레스 등으로 대표되는 서양 철학자와 노자, 공자, 맹자로 대표되는 동양 철학자를 떠올리게 된다. 그러나 이들이 지니는 철학자적인 자세나 지향하는 철학에 대해서는 표피적으로만 알 뿐 자세히는 알지 못한다. 여기서 철학자다운 철학자는 어떤 조건을 갖춰야 하는지, 그리고 어떻게 행해야 하는지에 대해 몇 가지 생각해 보기로 하겠다.

일찍이 공자(孔子)는 인생에 대해 이렇게 말했다.

"등에 무거운 짐을 지고 먼 길을 가는 것이 인생이다. 그러기에 우리는 인생을 급히 달리지 말고 천천히 가야 한다."

공자의 말은 인생이 지닌 의미를 함축적으로 그러나 현실적으로 잘 보여준다. 사람마다 걸어가는 길은 달라도 각자가 지닌 '삶'이란 무거운 짐을 등에 진 것은 부인할 수 없는 사실이다. 그런데 여기서 한 가지 마음에 새길 것은 무거운 짐을 지고 가기 위해서는 서둘러서 가면 곤란하다는 것이다. 마치 이는 무거운 짐을 진 낙타는 빨리 걸어갈 수 없는 거와 같다. 빨리 가다가는 목적지에 도달하기 전에 주저앉고 만다. 초반에 힘을 다 빼앗기기 때문이다. 그런 까닭에 먼 길을 가기 위해서는 절대 서두르지 말고 속도를 잘 헤아려서 가야 한다. 그리고 체력이 뒷받침되어야 한다. 다시 말해 자신의 체력을 수시로 살피면서 속도를 조절해야 한다. 하지만 대개의 사람은 이를 무시하고, 자신을 너무 과신하는 까닭에 무리를 하다 중도에서 주저앉고 만다. 그러다 보니 자신이 바라는 삶의 종착지에 다다르지 못한다.

이는 어디까지나 인생을 살아가는 보통 사람들이 삶을 대하는 자세에 대한 비유적인 표현이지만, 실제에 있어서도 그렇다는 것이다. 왜 그럴까. 한마디로 말해 지혜롭지 못한 까닭이다. 그래서 철학자적인 삶을 살아가기가 어려운 것이다. 그러나 진정한 철학자는 이처럼 무모하게 살지 않는다. 그렇게 산다는 것은 하나뿐인 인생을 무가치하게 한다는 것을 잘 아는 까닭이다. 그래서 삶을 지혜롭게 살기 위해서는 몸과 마음을 가다듬고 수행에 수행을 거듭해야 한다. 나아가 피나는 수행의 과정을 거치면서 대개의 사람이 쉽게 범하는 실수나 그 어떤 행동도 함부로 하지 않음으로써 철학자로서의 품격을 갖추게 된다. 그리고 자신이 쌓은 지혜와 깨달음을 전함으로써 인생의 빛과 소금의 역할을 다한다.

"하늘이 그 사람에게 큰 임무를 내리려 할 때는 반드시 먼저 그 심지를 지치게 하고, 뼈마디가 꺾어지는 고난을 당하게 하며 그 몸을 굶주리게 하고, 그 생활을 빈궁에 빠뜨려 하는 일마다 어지럽힌다. 이는 그의 마음을 두들겨 참을성을 길러주고 지금까지 할 수 없었던 일도 능히 할 수 있게 하기 위함이다."

이는 중국 추나라 사상가로 모든 사람은 태어날 때부터 선하다는 성선설을 주창한 맹자(孟子)의 말로 고난이 지닌 의미를 잘 보여준다. 삶을 살다 보면 누구나 한 번은 고난으로 인해 큰 고통을 겪게 된다. 그러다 보니 고난으로 인해 자신의 인생을 포기하는 사람들이 하루가 다르게 늘고 있다. 얼마나 힘이 들면 그랬을까 하는 생각에 마음이 저린다. 그러나 고난을 고난으로만 여겨서는 안 된다. 맹자의 말에서 알 수 있듯 고난은 원하는 것을 주기 위해 삶이 그 사람에게 벌이는 '시험'인 것이다. 시험을 통과하면 그 대가로 주어지는 것은 '축복'이라는 선물이다.

그런데 대개의 사람은 인생의 고난을 만나면 고통 속에 빠져 스스로를 힘들게 하고 급기야는 잘못된 선택을 하기도 한다. 고난을 고난으로 여기는 사람에게 고난은 하나의 고통에 불과하지만, 자신이 더 잘 되기 위해 치러야 할 시험이라고 생각하는 사람에게는 축복의 문을 열기 위해 힘을 기르는 것과 같다고 하겠다. 하지만 대부분은 고난을 이겨내지 못하는 까닭에 철학자적인 삶을 살지 못하는 것이다. 그러나 진정한 철학자는 고난을 고난이라 여기지 않는다. 맹자의 말에서 보듯 고난을 하늘의 뜻으로 여기며, 기꺼이 그 고난을 감수함으로써 고난을 이겨낸다. 그런 까닭에 고난을 이겨낸 만큼 내적으로는 더욱 풍요로운 삶을 살아가게 된다.

"진실로 마음을 만족시키는 행복은 우리들의 온갖 능력을 힘껏 행사하는 데 있다. 또 우리가 살고 있는 세계가 완성되는 데서 생기는 것이다. 그러나 진정한 행복을 바라거든 무엇보다도 먼저 만사에 허욕을 부리지 말 것이다."

영국의 철학자이자 작가인 버트런드 러셀이 한 말로 자신을 만족하게 하는 것은 자신의 능력을 힘차게 펼쳐 보임은 물론 자신이 바라는 인생의 세계를 구축해 내는 것을 뜻한다. 다시 말해, 자신이 추구하는 목적을 달성하는 데 있다는 것을 알 수 있다. 그런데 러셀은 진정한 행복을 얻기 위해서는 '허욕'을 부려서는 안 된다고 말한다. 왜 그럴까. 허욕은 헛된 욕망이므로, 허욕을 부리다가는 모든 것을 잃을 수도 있기 때문이다. 이를 잘 알게 하듯 대개 사람들의 마음속에는 정도의 차이가 있을 뿐 허욕이 자리잡고 주인 행세를 한다. 그러다 보니 인간다운 삶을 사는 데 미숙하다. 그러나 진정한 철학자는 허욕에 물들지 않는다. 허욕이란 요물과도 같아 그 사람을 망치게 한다는 것을 잘 알기 때문이다. 그런 까닭에 진정한 철학자는 어떤 상황에서도 허욕에 빠짐으로써 자신의 인생을 망치지 않는다.

그가 이렇게 자신을 컨트롤할 수 있는 것은, 깊은 사색과 수련을 통해 마음을 담대히 함은 물론 삶을 헤아리고 꿰뚫어 보는 혜안을 키웠기 때문이다.

"그대의 눈에 눈물이 쏟아지지 않고는 진리의 골짜기를 보지 못할 것이며, 그대 마음이 찢어지는 아픔을 겪지 않고는 내면생활을 밝히지 못할 것이다. 슬픔과 괴로움 속에 기쁨을 모르고는 아직 인생의 지혜에 도달하지 못할 것이며, 참된 인생을 생활하고 있다고 할 수 없다. 오늘은 나쁘다. 내일은 더 나쁠지도 모른다. 거기에 대한 투쟁의 과정이 인생의 나그네 길이다. 안락과 행복은 인생에서 모든 적극성을 빼앗아 갈 뿐이다."

이는 독일의 철학자이자《의지와 표상으로서의 세계》,《윤리학》으로 잘 알려진 쇼펜하우어가 한 말로 참된 인생을 살아가기 위해서는 어떻게 해야 하는지에 대해 잘 알게 한다. 참된 인생을 살기 위해서는 눈물을 흘려 봐야 하고, 마음이 갈기갈기 찢기는 아픔을 겪어 봐야 한다는 것을 알 수 있다. 왜냐하면 슬픔과 괴로움 속에서 느끼는 기쁨이 얼마나 소중하고 가치 있는지를 알게 되기 때문이다.

꽃은 강한 비바람 속에서도 피어나 사람들에게 기쁨을 준다. 우리 또한 눈물과 고난을 이겨내고 저마다 활짝 핀 인생의 꽃이 되어야 한다. 그랬을 때 참된 인생을 살아가게 되고, 행복한 인생이 될 수 있기 때문이다. 그러나 대개의 사람은 '어떻게 하면 힘들이지 않고 더 편히 더 잘 수 있을까?' 하는 생각에 빠져 있다. 그러다 보니 눈물을 흘리고 가슴이 찢기는 아픔을 겪는 것을 못 견뎌 한다. 깊이 있는 삶을 살지 못하고 자신의 인생을 허망하게 보냄으로써 스스로를 불행에 빠뜨리는 것이다. 하지만 진정한 철학자는 그 어떤 눈물도 마음을 찢는 일까지도 사랑으로 받아들여 인내함으로써 이겨낸다. 자신에게 닥친 눈물과 아픔도 자신이 넘고 가야 할 인생의 과정으로 여기는 까닭이다.

이 네 가지 예를 통해 대개의 사람과 진정한 철학자가 삶을 대하는 자세에 대해 알아보았다. 대개의 사람이 왜 철학자적인 삶을 살 수 없는지에 대해 그리고 진정한 철학자의 삶을 대하는 자세에 대해 이해가 되었으리라 생각한다. 소로가 말하는 철학을 가르치는 사람은 있어도 철학자는 없다는 말의 의미는 바로 이를 두고 하는 말이다.

철학자란 인생의 빛과 소금과 같은 사람이다. 그들은 많은 공부와 사색과 수련을 통해 삶을 헤아리는 지혜를 기르고, 자신이 깨달은 바를 몸소 실천함으로써 삶의 가치와 의미를 보여주는 사람인 것이다. 그런데 철학은 가르칠지언정 철학자적인 삶을 잘 이행할 수 없으니, 철학을 가르치는 사람은 있어도 철학자는 없다고 한 것이다. 소로는 철학자의 정의에 대해 다음과 말한다.

"철학자가 된다는 것은 단지 난해한 사상을 주장하거나 어떤 학파를 세우는 게 아니라, 지혜를 사랑하고 그것의 가르침에 따라 소박하고 독립적인 삶, 관용과 신뢰의 삶을 살아가는 것을 뜻한다."

소로의 말에서 보듯 철학자란 '난해한 사상을 주장하거나 어떤 학파를 세우는 게 아니라, 지혜를 사랑하고 그것의 가르침에 따라 소박하고 독립적인 삶, 관용과 신뢰의 삶을 살아가는 사람'이라는 것을 알 수 있다.

그런데 유감스럽게도 소로가 살던 시대나 지금이나 철학을 가르치는 사람 중엔 난해한 사상을 주장하거나 자기만의 학파를 세움으로써 자신만의 철학을 내세우려는 경향이 있다. 그리고 그것이야말로 진정한 철학자로서의 위상을 높이는 일이라고 여기는 듯하다. 또한 명성을 얻음으로써 개인의 영달을 도모하려는 속된 망상에 빠져 무분별하게 구는 예를 얼마든지 볼 수 있다. 이는 진정한 철학자를 가장한 사이비 철학자적인 행동이 아닐 수 없다. 그러니 어찌 이런 사람을 진정한 철학자라고 할 수 있겠는가.

진정한 철학자는 오직 인간답게 사는 것이 무엇인가에 대해 끊임없이 연구하고 수행을 하는 일에 전심 전력을 다한다. 그리고 소로의 말처럼 지혜를 사랑하고 지혜의 가르침에 따라 살려는 자세를 지향한다. 나아가 자신이 깨우쳐 얻은 성찰을 통해 소박하고 간소한 삶을 살아가면서 많은 사람에게 빛과 소금의 역할을 다한다. 철학자를 한마디로 정의한다면 피나는 수련을 통해 성찰함으로써 삶의 혜안과 지혜를 기르고, 그것을 행동으로 실천하는 선각자적인 역할을 이행하는 사람을 뜻한다고 하겠다.

우리는 누구나 철학자가 될 수 있지만, 누구나 진정한 철학자는 될 수 없다. 철학자가 되기 위해서는 라이선스가 필요치 않다. 철학자가 되기 위해 심신 수양에 힘쓰고, 사물을 깊이 있게 꿰뚫어 볼 수 있는 통찰력을 통해 혜안을 길러 삶을 성찰할 수 있으면 된다. 그런데 문제는 이렇게 한다는 것이 여간 노력을 요하는 일이 아니라는 것이다. 때론 고난과 고통이 괴롭혀도 강한 인내심으로 이겨내야 한다. 또 몸과 마음을 옥죄어 스스로를 통제할 수 있어야 한다. 나아가 깊은 학문적인 탐구를 통해 지식과 지혜를 길러야 한다. 그런 까닭에 누구나 철학자가 될 수 있지만, 누구나 진정한 철학자는 될 수 없는 것이다.

그러나 자신만의 철학은 얼마든지 지닐 수 있다. 그것은 철학자가 되는 과정처럼 어려운 것은 아니다. 즉, 자기만이 추구하는 삶의 자세를 지니는 것이다. 그리고 그에 따라 살도록 실천하는 것이다. 그런 까닭에 자신의 철학을 갖고 사는 사람은 삶을 이해하려는 자세가 좋을 뿐만 아니라, 상대를 배려하고 이해하려는 자세가 아주 바람직하다. 하지만 자신만의 철학이 없는 사람은 경거망동해 남에게 피해를 주는 일을 예사로 여긴다. 또한 언행이 바르지 못하고 매사에 불성실하다. 자신을 지탱해주는 철학이 없다는 것은 스스로를 욕되게 하는 일이다.

그렇다. 스스로를 욕되게 하지 않고, 인간답게 살려면 자신만의 철학을 길러야 한다. 자신만의 철학을 기르기 위해서 가장 중요한 것은 사색력을 기르는 것이다. 사색은 사물을 깊이 바라보는 눈을 기르는 행위이다. 사색력을 기르게 되면 탄탄한 내면을 구축할 수 있게 된다. 내면이 탄탄하면 어떤 어려움도 능히 이겨내게 하고, 관대한 마음으로 매사를 이해하려는 자세를 지니게 된다. 그런 까닭에 사색력이 뛰어난 사람이 철학자적인 삶을 살아가는 데 매우 뛰어나다. 소로는 인간이 왜 사색을 해야 하는지에 대해 다음과 같이 말했다.

"사색을 통해 우리는 건전한 의미에서 자신을 벗어날 수 있다. 우리는 정신의 의식적인 노력을 통해 행동과 그 결과로부터 초연해질 수 있다. 그러면 좋은 일이든 나쁜 일이든 모든 일이 급류처럼 우리 옆을 지나쳐간다."

소로의 말에서 보듯 사색력을 기르면 자신이라는 울타리를 벗어날 수 있을 만큼 크고 넓고 깊이 있는 삶을 살게 된다. 왜냐하면 그것은 정신의 의식적인 노력을 통해 행동과 그 결과로부터 초연해질 수 있기 때문이다.

그렇다. 이처럼 사색력은 자기만의 철학을 지니는 데 있어 매우 중요한 역할을 한다. 그런 까닭에 사색하는 것을 습관화하여 자기만의 철학을 길러야 하는 것이다. 철학은 어두운 밤길을 환히 밝히는 가로등처럼 자신이 나갈 길을 밝혀주는 인생의 등불인 것이다.

유행의 여신을 경계하라

Henry David Thoreau Walden

우리가 숭배하는 것은 미의 여신이나 운명의 여신이 아니라 유행의 여신이다.
이 유행의 여신이 절대적인 권위를 가지고 실을 잣고 천을 짜고
옷감을 재단한다. 파리의 우두머리 원숭이가 여행용 모자를 쓰면
미국의 모든 원숭이가 그대로 따라 한다.

월든 〈경제생활〉

유행의 사전적 의미는 '특정한 행동 양식이나 사상 등이 일시적으로 많은 사람의 추종을 받아서 널리 퍼짐 또는 그런 사회적 동조 현상이나 경향'을 말한다. 소로는 유행에 대해 말하기를 "우리가 숭배하는 것은 미의 여신이나 운명의 여신이 아니라 유행의 여신이다"라고 했다. 여기서 소로가 말하는 유행은 '특정한 행동 양식'을 뜻한다. 즉, 옷이나 머리 스타일 등 보여지는 것을 의미한다.

그런데 소로는 사람들이 유행 따르는 것에 대해 부정적인 관점에서 바라본다. 유행을 '여신'으로 비유하는 바가 그러하다. 그는 많은

사람이 시대에 뒤떨어진 옷을 입으면 서로 비웃는다고 지적한다. 그런 까닭에 비웃음을 사지 않기 위해 유행을 따르게 된다는 것이다. 특히, 유행을 따르는 사람들에 대해 말하기를 유치하고 야만적인 취향을 가졌다며 일침을 가한다. 그러다 보니 많은 사람이 그런 세대가 요구하는 특정한 것, 즉 그들의 관심을 살 만한 것들을 찾기 위해 애쓴다는 것이다. 의류업자들은 유행을 좇는 이들의 취향을 변덕에 불과하다고 말한다는 것이다. 그리고 아무런 관심도 받지 못하고 먼지만 뒤집어쓰고 있는 패턴이 어느 순간 갑자기 팔리기 시작하는데 이는 바로 유행에 의해서라고 말한다. 또한 소로는 당시 공장 제도를 사람들에게 좋은 옷을 입히기 위해서가 아니라 기업을 부자로 만들기 위해서라고 말한다.

소박하고 단순한 사람을 지향하는 그에게 있어 유행은 한낱 사람을 현혹시켜 돈을 쓰게 만들고, 기업가의 재산을 불려주는 일이라고 생각한다. 그리고 유행을 좇아 이리저리 부화뇌동하는 사람들을 유치하고 야만적인 취향을 가진 사람들이라고 폄훼한다.

한마디로 말해 생각 없는 사람들이라는 것이다. 그저 자신의 주관도 없이 남이 시장에 가니 자신도 시장에 간다는 식이다. 그리고 소로는 유행이 사회에 미치는 영향에 대해 이렇게 말했다.

"이 유행의 여신이 절대적인 권위를 가지고 실을 잣고 천을 짜고 옷감을 재단한다. 파리의 우두머리 원숭이가 여행용 모자를 쓰면 미국의 모든 원숭이가 그대로 따라 한다."

소로의 말은 그 당시 미국 사회의 시민의식이 어떠한지를 단적으로 보여준다. 그의 말대로 마치 유행은 절대적 권한을 가진 신과 같은 존재이고, 미국 국민들은 당시 미국보다 앞섰던 프랑스를 무조건 따라서 하는 속 빈 사람들쯤으로 생각한다는 것이다. 프랑스의 유행을 따르는 사람들을 일러 '원숭이'로 표현했다는 것은 그가 무분별하게 유행을 좇는 사람을 얼마나 경멸했는지를 잘 알게 한다.

오늘날 유행은 아주 자연스러운 삶의 패턴으로 작용하고 있다. 기업은 이런 사람들의 심리를 적극 이용해 대중성 있는 유명 배우나 가수 등을 모델로 내세워 광고함으로써 홍보에 열을 올린다. 또한 TV, 신문, 잡지, SNS 등 각종 매체를 이용해 홍보를 극대화한다. 그래서일까, 그에 따른 파급효과는 상당히 크다.

이렇듯 오늘날의 유행은 지극히 자연스러운 사회적 현상일 뿐이다. 하지만 아무리 유행에 민감하고 자연스러운 현상이라고 해도 분명 유행에 따른 부정적인 현상은 부인하지 못한다. 왜냐하면 낭비를 조장하는 원인으로 작용하는 까닭이다. 옷장에 옷을 쌓아놓고 입지 않으면서도 유행에 따라 옷을 구입하고, 스마트폰을 교체하고, 가구나 전자제품을 마구 구입하는 등 절제할 줄 모른다. 그러다 보니 카드값을 내지 못해 신용불량자가 되는 등 삶의 질서가 흐트러지고 깨져버린다.

이는 대단히 잘못된 일이 아닐 수 없다. 이는 각 개인의 문제만이 아니라 사회적인 문제로까지 확대되는 모순을 낳기 때문이다. 이에 대해 어떤 사람들은 경제가 살고 사회가 활기차게 돌아가기 위해서는 소비력을 높여야 한다고 말한다. 그래야 그 돈으로 기업이 재투자를 하고 그럼으로써 경제가 탄력을 받는다는 논리이다. 이도 틀린 말은 아니다. 하지만 유행을 좇는 무분별한 소비에 따른 부작용이 개인뿐만 아니라 사회 전반에 걸쳐 부정적으로 작용하는 데 비할 바는 못 된다.

오늘날 유행은 사회적인 하나의 현상이기에 없앤다고 없앨 수는 없다. 하지만 절제함으로서 자제할 수 있다면, 무분별한 소비를 막을 수 있으므로 개인이 신용불량자가 되고 그에 따른 사회적인 문제도 어느 정도는 막을 수 있을 것이다.

150여 년 전 소로가 지적했던 유행에 따른 무분별적인 행동이 시대를 초월해 오늘날에도 그대로 적용되고 있다는 것은 놀라운 일이다. 더군다나 유행에 따른 부작용의 지적은 놀라울 정도다.

어디 그뿐인가. 개발한다는 명목으로 자연을 마구 훼손시키고, 더 잘 먹고 잘살기 위해 무분별한 산업화로 인한 지구 환경이 가면 갈수록 최악의 상황으로 치닫고 있다. 소로는 환경을 보존하고, 무분별한 개발을 반대하는 등 소박하고 간결한 삶을 살아야 한다고 주장하며, 스스로가 본보기가 되어 월든 호숫가에서 2년 2개월을 지냈다. 그가 먹은 음식은 참으로 보잘것없는 소박한 음식이 전부였으며, 낚시로 물고기를 잡아 해 먹는 음식이 최고의 사치였다. 옷도 헌옷을 빨아서 입고, 오두막을 지을 때도 헌 집에서 나온 목재 등을 그대로 이용해 지었다. 오늘날의 시각으로 볼 땐 소박하다 못해 궁상을 떠는 것처럼 여겨질 것이다. 이처럼 그는 최소한의 것으로도 얼마든지 살아갈 수 있다는 것을 증명해 보였다.

이런 그에게 있어 유행이란 있을 수 없는 일에 불과했던 것이다. 그가 유행을 좇기 위해 작은 돈이라도 썼다면 그는 사이비 사상가요, 작가로 낙인 찍혔을 것이다. 하지만 그는 자신이 한 말에 대해 철저하게 이행하며 자신의 진정성이 사람들에게 전해지길 소망했다. 앞에서 언급했듯이 그가 주장한 말이 오늘날 현실로 나타난다는 것은 그가 선견지명을 가진 선각자임을 부인하지 못하게 한다.

21세기를 살고 있는 우리는 150여 년 전 미국의 매사추세츠주의 작은 마을 콩코드 월든 호숫가에 오두막을 짓고, 소박하고 단순한 삶을 시도했던 소로의 말에 귀를 기울여야 할 것이다. 물론 유행을 '인간이 숭배하는 여신'이라고 한 것은 오늘날의 관점에서 봤을 땐 지나친 점이 없지 않다. 하지만 오늘날 유행을 좇아 무분별하게 행동하는 사람들을 보면 지나친 감이 있다.

공자는《논어(論語)》〈선진편(先進篇)〉에서 이르기를 과유불급(過猶不及)이라고 했다. 정도가 지나친 것은 오히려 모자람만 못하다는 의미로 중용(中庸)을 강조한 말이다.

그렇다. 좋은 것이든, 나쁜 것이든, 무엇이든 지나치면 아니함만 못하다. 시대가 시대인 만큼 유행을 따르지 않을 순 없다. 하지만 지나침을 경계해야 한다. 그것이 자신에게도, 가족에게도 나아가 사회적으로도 바람직한 일이기 때문이다.

인간에게 집이란 무엇인가

Henry David Thoreau Walden

집을 마련하고 나면 농부는 그 집 때문에
더 부자가 되는 게 아니라 오히려 더 가난해질 수도 있다.
실제로는 집이 농부의 주인 노릇을 하기 때문이다.

월든 〈경제생활〉

집이란 무엇인가? '홈(Home)'인가, 아니면 '하우스(House)'인가?
우리는 이 점을 분명히 해야 한다. 집의 진정한 의미는 '홈'이 되어
야 한다. 가족의 사랑과 배려가 담긴 포근한 보금자리가 진정 집인
것이다. 그런 까닭에 홈은 벽과 기둥과 지붕 같은 실체가 없다. 하
지만 그 속에서 가족의 꿈이 자라고, 사랑이 꽃처럼 피어나고, 행복
이 넘쳐난다.

그런데 대개의 사람은 집을 '하우스'로 생각한다. 집은 홈이 아니
라 형체가 있는 공간이라는 것이다. 그러다 보니 부동산의 주요 실

체로 존재성을 드러낸다. 가족의 사랑과 행복의 공간이 되어야 할 집이 부동산의 대표적인 대상물인 것이다. 재산을 불리는 수단으로써의 집은 홈이 아니다. 그것은 하우스이다. 그래서 하우스라는 말엔 가족의 사랑이니, 배려니, 행복이니 하는 등의 따뜻함이 없다.

지금 우리 사회는 집으로 인해 이익을 보는 사람들도 있지만, 손해를 보고 속상해하는 사람들이 더 많다. 탐욕으로 물든 그릇된 생각을 가진 이들이 수십 채, 수백 채의 집을 갖고 몹쓸 장난을 치는 바람에 이사를 가고 싶어도 돈을 빼지 못해 가지 못하고, 알뜰살뜰 힘들게 모은 전 재산을 날리는 등 이루 말할 수 없는 고통에 휩싸여 사회적으로 문제가 되고 있다.

정부의 부동산 정책에 따라 아파트값이 오르락내리락 널뛰기를 하고, 그에 따라 사람들의 재산도 마음도 오르락내리락한다. 그러다 보니 잘못된 정책을 믿고 투자했다가 재산을 날리고, 한숨만 쉬어대고 눈물을 뿌려대는 등 울분으로 이글거린다. 또한 전세금도 아파트 시세의 80~90%를 차지하다 보니, 집주인이 받은 대출금 등을 갚지 못해 이러저러한 문제가 생기면 전세세입자는 오도 가도 못하고 낙동강 오리 알 신세가 되고 만다.

자본주의 사회가 낳은 병폐 중에 큰 병폐가 아닐 수 없다. 이는 집을 홈이 아니라 하우스로 여기는 까닭이다. 이는 비단 우리나라뿐만이 아니다. 세계 최고의 부자나라 미국 또한 마찬가지다. 미국의 저소득층은 물론 중산층에 이르기까지 집은 하나의 열망이다. 그러나 마음에 열망을 품었다고 해서 내 집이 생기는 것은 아니다. 돈이 있어야 한다. 돈만 있으면 돈을 주고 사면 되니까. 그런데 문제는 돈이 없다는 데 있다. 그러다 보니 집을 사기 위해 대출을 받는 등 우리나라와 별반 다르지 않다. 미국의 보통 서민들이 집에 대한 생각을 바꾸는 계기가 있었다.

2008년 금융 붕괴의 여파로 미국 서민들은 큰 타격을 받았다. 그들 중엔 주거비용을 감당하지 못해 집을 포기한 채 캠핑카와 SUV 차량과 트레일러를 집 삼아 살아간다. 이들은 자신들을 홈리스가 아니라, 노마드라고 부른다. 즉, 방랑자라는 것이다. 이 말은 낭만적인 느낌이 물씬 풍기지만, 그들의 자존심이 담긴 뼈아픈 말이 아닐 수 없다. 그러나 이들은 자신들의 선택에 대해 잘했다고 생각한다. 집을 버린 대신 대출금을 갚아야 한다는 압박감으로부터 해방되었기 때문이다. 그리고 이곳저곳 자신들이 가고 싶은 곳을 다니면서 사니 이 또한 행복이라는 것이다. 이들은 집을 버림으로써 자신들을 집의 족쇄로부터 해방시킨 그야말로 자유로운 영혼들이다. 있으면 있는 대로 먹고, 입고, 자고, 욕심 부리지 않고 자신에게 주어진 형편에 맞게 사니 자신들의 삶을 짓눌러대던 현실의 무게에서 벗어났던 것이다.

이는《노마드랜드》에 나오는 이야기로 이 책의 저자인 제시카 브

루더가 홈리스들을 3년 동안 취재하고 쓴 책이다. 그러기에 더 현실감 있게 다가오는 이야기가 아닐 수 없다. 이 책에 등장하는 홈리스들은 진정 집은 하우스가 아니라, 홈이 되어야 한다는 것을 잘 보여주는 생생한 증거자들이다. 그런 의미에서 다시 한번 '집이란 무엇인가'에 대해 생각해보는 계기가 되리라 생각한다.

집이란 사는 동안 가족이 편하고 행복하게 살면 된다. 그런 까닭에 집을 부동산 투기 목적으로 한다는 것은 행복을 추구하는 사람들의 '집'에 대한 예의가 아니다. 그 집이 고대광실이든 오두막이든 대형 아파트든 소형 아파트든 자신의 형편에 맞게 행복하게 살면 된다. 남들이 아파트를 투기해서 많은 돈을 벌든 말든 따라 하지 말고 내 형편에 맞게 살면 된다. 돈 벌 욕심에 따라 하다 보니 대출을 받고 그도 모자라면 또 다른 방법을 통해 빚을 내는 등 야단법석을 떤다. 잘되면 천만다행이지만, 안 되는 날엔 하루아침에 거리에 내몰리고 만다. 이 또한 탐욕으로 인한 것이니 누굴 탓하겠는가. 욕심에 눈이 먼 자신을 탓할 수밖에.

1800년대를 살았던 소로는 이와 같은 문제가 발생하리라는 것을 알기라도 했던 것일까. 그의 혜안이 그저 놀라울 뿐이다. 물론 지금과 정도의 차이는 있지만 그 당시에도 내 집을 소유한다는 것은 쉽지 않았던 것 같다. 왜냐하면 시골 변두리에서 살다 집을 사서 읍내로 온다는 것이 쉽지 않았기 때문이다.

"집을 마련하고 나면 농부는 그 집 때문에 더 부자가 되는 게 아니라 오히려 더 가난해질 수도 있다. 실제로는 집이 농부의 주인 노릇을 하기 때문이다."

소로의 말을 보면 소름이 돋는다. 150여 년 전 어떻게 이처럼 집이 인간의 삶에 미치는 영향을 이리도 정확하게 꿰뚫어 볼 수 있을까. 지금 우리 사회를 마치 옆에서 보고 한 말처럼 생각이 들지 않는가.

서민들은 물론 중산층도 가지고 있는 목돈이 없으면 대출을 받아 집을 산다. 그들 중엔 과도하게 대출을 받고 이중 삼중으로 빚을 내 집을 산다. 그러고는 대출을 갚느라고 전전긍긍하다 대출을 못 갚아 집을 빼앗기는 등 그야말로 집을 사서 부자가 되는 게 아니라 더욱 가난해지는 꼴이라니, 소로의 말처럼 '집이 농부의 주인 노릇'을 하기 때문이다.

"집이라는 공간은 단지 물리적으로 생활하는 장소가 아니다. 기본적인 일상생활은 물론 그와 더불어 편안하고 풍족한 마음이 오래도록 지속되어야 하는 장소가 바로 내가 생각하는 집의 참모습이다."

이는 《집을 생각한다》의 저자인 일본 건축가 나카무라 요시후미가 한 말로, 홈에 대한 개념을 잘 보여준다. 집에 대한 생각을 바꿔야 할 때라고 생각한다. 자기 형편에 맞는 집에서 살면 된다. 한 칸

짜리 오두막밖에 살 수 없는 형편이면 오두막에서 살고, 15평짜리 아파트에서 살 형편이면 15평 아파트에서 살면 된다. 그러면 큰 집을 사느라 대출받을 필요도 없고, 그에 따라 스트레스를 받을 필요도 없다. 그리고 형편이 좋아지면 또 그 형편에 맞는 집에서 살면 된다.

욕심부리지 말고, 남 따라 하지 말고 내 형편에 맞게 마음 편히 사는 것, 이것이야말로 삶의 질을 높이는 최선의 방법인 것이다. 하지만 큰집에서 살면서 대출 갚느라고 전전긍긍하며 마음 졸인다면 그것은 행복이 아니라 불행을 뒤집어쓰고 사는 거와 같다.

안개처럼 어둠이 내리는 저녁이 오면
사람들은 하루의 일상을 가지런히 하고
하나둘씩 불빛을 따라 집으로 간다
거리는 쏟아져 나온 사람들로 들뜨기 시작한다
차들도 한층 바삐 움직이고
거리마다 꽃등 같은 네온사인이 켜지고
아침을 시작하듯 활기찬 저녁이 열린다
어떤 이들은 삼삼오오 식당으로 달려가고
어떤 이들은 아이들에게 줄 빵을 사기도 하고
아내에게 혹은 연인에게 줄 속옷을 사기도 하고

가족들이 둘러앉아 구워 먹을 삼겹살을 사기도 한다

하루 종일 떨어져 있던 사랑하는 이들을 위해

어둠은 축복의 단비가 되어 내린다

사랑하는 가족이 기다리는 집이 있다는 것은

눈물 나게 고맙고 감사한 일이다

평범한 일상이지만 감사함을 잊고 산다는 것은

삶에 대한 불충이며 모독이다

별들이 반짝이며 눈웃음치는 저녁이 오면

짜증나고 마음 상한 일들은 쓰레기통에 던져버리고

집으로 가자, 눈빛이 아기 사슴처럼 맑은

사랑하는 사람들이 기다리는 집으로 어서 가자

이는 내가 지은 〈집으로 가자〉라는 시로, 집의 진정한 의미를 담았다. 지금도 그렇지만 내가 이 시를 쓸 때 우리 사회 도처에서 투기 바람이 한창 기승을 부릴 때였다. 아파트를 사기 위해 여기저기서 빚을 내고, 소위 말하는 분양권 딱지를 웃돈 받고 파는 등 많은 문제점이 야기되던 때였다. 나는 그 모습을 보고 집이란 개념을 온통 투기 쪽으로 몰아가는 사람들에게 깨우침을 주고 싶었다. 그래서 쓴 시가 바로 이 시다.

집을 투기 목적이 되는 실체가 아니라 '가족의 사랑과 행복이 담긴 공간'이라는 개념으로 인식한다면 투기로 인한 사회적 부조리와 불행으로부터 벗어날 수 있다.

사랑하는 가족이 기다리는 집, 눈빛이 아기 사슴처럼 맑은 사랑하는 사람들이 오순도순 사는 집이라면 단칸방이면 어떻고, 두 칸 방이면 어떠랴. 내 형편에 맞는 집에서 사랑하는 가족들과 행복할 수 있다면 그 집이야말로 천국이 아니겠는가.

그렇다면 문제는 간단하다. 자신과 가족이 행복하게 살기 위해서는 크고 좋은 집에 대한 욕심을 내려놓으면 된다. 그리고 자기 형편에 맞는 집에서 자신의 형편에 맞게 행복하게 살도록 노력하면 된다.

그렇다. 집은 투기의 목적이 아니라 살아가는 동안, 나와 가족이 편안하고 즐겁게 사는 공간이라는 것을 잊지 말아야겠다.

진정한 협력의 의미

Henry David Thoreau Walden

흔히 볼 수 있는 협력은 지극히 부분적이고 피상적인 협력일 뿐이다.
진정한 협력은 거의 없지만, 설령 있다손 치더라도 인간의 귀에는
들리지 않는 화음처럼 없는 것이나 마찬가지다. 신념을 가진 사람이라면
어디서나 한결같은 신념을 갖고 협력할 것이고, 신념이 없는 사람은
어떤 무리와 어울리든 나머지 사람들과 마찬가지로 대충 살아가려 할 것이다.
협력하는 것은 가장 낮은 의미에서만이 아니라 가장 높은 의미에서도
'함께 살아가는 것'을 의미한다.

월든 〈경제생활〉

이 세상은 하나의 커다란 공동체라고 할 수 있다. 지구상에 있는
200여 개의 나라는 지구라는 공동체에 속한 하나의 국가에 불과하
다. 그런 까닭에 각 국가가 홀로 존립할 수 없다. 살다 보면 수많은
일을 겪게 되는 것처럼 국가 역시 마찬가지이기 때문이다. 가령 전
쟁이 나거나, 지진이나 해일, 가뭄과 홍수 등의 불가항력적인 천재
지변 일어났을 땐 도움을 필요로 하기 때문이다. 이럴 때 가장 필요
한 것이 협력(協力)이다. 협력이란 '서로 힘을 모아 서로 돕는 것'을
말한다. 국가가 서로 협력하면 어려움에 처한 국가를 얼마든지 어

려운 상황에서 빠져나오게 할 수 있다. 그런 까닭에 국가든, 사회든, 개개인이든 협력은 반드시 필요하다. 협력이란 의미는 곧 '함께 살아가는 것'을 뜻한다고 하겠다.

이런 관점에서 볼 때 지금 우리 사회는 많은 문제점을 안고 있다. 몰지각한 사람들이 SNS의 순기능을 벗어나 무분별하게 자신과 관계없는 사람에게 댓글을 달아 인신공격을 하고, 거짓 뉴스를 퍼트리는 등 사회를 혼란스럽게 하고 있다. 이는 사회를 분열시키고, 불신을 조장하는 비생산적이고 비협력적인 일이 아닐 수 없다.

특히, 정치계는 그 정도가 매우 심각하다. 여당과 야당은 당론이나 정치적 이념을 떠나 국민과 국가를 위해 봉사하는 사람들이다. 그런데도 이들은 서로에 대해 반대의, 반대에 의한, 반대를 위한 정치적 대립으로 하루도 조용한 날이 없다. 당론과 추구하는 정치적 성향은 다를 수 있어도 국민과 국가를 생각한다면 어떤 선택이 더 효과적인지를 생각할 줄 알아야 한다. 그걸 모르거나 알고도 외면한다면 국민을 대표할 만한 자격이 없는 사람들이다. 국민과 국가를 위한다면 협력할 땐 진정성을 다해 협력해야 한다. 그래야 국민과 국가는 안정 속에서 살아가게 되고 발전할 수 있는 것이다.

여기서 한 가지 생각할 것은 협력하는 데 있어 보다 중요한 것은 '진정성'을 가져야 한다는 것이다. 진정성이 없이 계산적으로 한다거나 조건을 단다거나 하면 그것은 진정한 협력이라고 할 수 없다.

그런데 소로는 진정한 협력을 매우 요원한 것처럼 말한다.

"흔히 볼 수 있는 협력은 지극히 부분적이고 피상적인 협력일 뿐이다. 진정한 협력은 거의 없지만, 설령 있다손 치더라도 인간의 귀에는 들리지 않는 화음처럼 없는 것이나 마찬가지다."

소로의 말을 보면 그가 살던 당시 각 개인이나 각 기관, 각 사회단체가 협력은 하되 진정한 의미에서의 협력은 아니었다는 것을 알수 있다. 흔히 볼 수 있는 협력은 지극히 부분적이고 피상적이라는 말이 이를 잘 말해준다. 그리고 설령 있다손 치더라도 그것은 인간의 귀에 들리지 않는 화음으로 비유한다. 그러니까 진정한 협력은 없다는 것이다.

진정한 협력이 없다는 것은 사람들이 그만큼 이기적이라는 것을 뜻한다. 이기적인 사람들은 자기에게 유익하면 협력을 하고, 그렇지 않으면 협력은 하되 건성으로 하거나, 아예 하지 않는다. 이기심은 사람들 마음의 눈을 가려버린다. 그러니 협력에 대한 진정성이 없을 수밖에 없다. 협력을 잘하기 위해서는 자신의 유익과는 관계없이 오직 협력을 위한 협력, 그러니까 힘을 모아 서로 돕는 마음으로 해야 하는 것이다. 이는 마치 신념과도 같은 것이기 때문이다. 이에 대해 소로는 다음과 같이 말한다.

"신념을 가진 사람이라면 어디서나 한결같은 신념을 갖고 협력할 것이고, 신념이 없는 사람은 어떤 무리와 어울리든 나머지 사람들과 마찬가지로 대충 살아가려 할 것이다."

소로의 말에서 보듯 협력을 잘하기 위해서는 신념이 있어야 한다는 것을 알 수 있다. 신념을 가진 사람은 '협력은 반드시 해야 하는 일'이라고 생각하는 까닭이다. 그리고 소로는 신념이 없는 사람은 어떤 사람들과 어울린다 해도 그냥 대충 살아가려 한다고 말한다. 그것은 그들에게 있어 하나의 습성과도 같은 까닭이다. 신념이 있고 없고는 '백'과 '흑'처럼 확연하게 드러난다.

그렇다면 우리는 왜 협력을 하되 진정성을 갖고 협력해야 하는 걸까. 이에 대해 소로는 다음과 같이 말한다.

"협력하는 것은 가장 낮은 의미에서만이 아니라 가장 높은 의미에서도 '함께 살아가는 것'을 의미한다."

소로의 말에서 알 수 있듯 협력이란 단순히 힘을 모아 서로 돕는 것이 아니라, 함께 살아가는 것이기 때문이다. 함께 살아간다는 것은 매우 중요하다. 이 사회는 혼자서는 살아가기 힘들다. 이 사회는 하나의 커다란 과제물과도 같기 때문이다. 과제물을 잘 풀기 위해서는 혼자의 힘만으로는 어렵다. 서로 협력해서 힘을 모으고, 지혜를 모아 풀어야 한다. 그러면 혼자서는 할 수 없는 것도 능히 해낼 수 있다.

20세기 최고의 화가 중 한 사람인 빈센트 반 고흐. 그는 네덜란드에서 태어난 렘브란트 이후 가장 위대한 화가로 평가받고 있다. 그의 그림은 대부분 높은 가격에도 인기가 좋아 그가 화가로서의 명성을 더욱 확고히 하는 데 기여했다. 그러나 고흐는 순탄한 화가의 길만 걸었던 것은 아니다. 그는 17세에 암스테르담대학 신학부를 다니다 나온 이후, 숙부가 운영하는 프랑스 파리에 있는 화상의 점원이 되었다. 그의 숙부는 숫기가 없어 손님을 제대로 대하지 못하는 고흐를 향해 "넌 어찌해 손님을 제대로 상대할 줄 모르느냐. 유능한 점원이 되기 위해서는 친절하고 예의 있게 손님을 맞아야 한다"라며 잔소릴 해대곤 했다.

그러나 천성이 숫기가 없는 그는 화상에서 해고를 당하고 말았다. 그 후 고흐는 어학교사가 되어 5년 동안 일을 했다. 어학교사를 그만둔 그는 서점 점원으로 취직을 했다. 그리고 얼마 후 서점 일을 그만둔 고흐는 신학 연구생으로 전전하며 시간을 보냈다. 그러다 1878년 복음을 전파하기 위해 보리나즈 탄광지에 부임했다. 열성적으로 복음을 전도하며 장티푸스 환자 간호에 열성을 보이다 건강을 해친 그는 어쩔 수 없이 고향으로 돌아갔다. 그리고 그곳에 있는 동안 그림 그리기에 정진할 것을 다짐하고, 1880년 헤이그로 갔다.

헤이그로 간 고흐는 그곳 화상에서 일하는 동생 테오의 도움을 받아가면서 그림을 그렸다. 그는 그림을 그릴 때가 가장 평안했고, 또 가장 행복했다. 그러다 동생 테오의 권유로 가족이 있는 빈촌으로 귀향해 가난한 농민들을 그렸다.

고흐는 자신의 그림 모델을 작고 보잘것없는 것들이나, 가난하고 소외 받는 사람들을 대상으로 했다. 그는 화려하거나 우아한 것들에 대해 그다지 매력을 느끼지 못했는데, 그것은 그의 내성적이고 소극적인 성격 때문이다. 그곳에서 그림 작업에 몰두하던 그는 파리로 갔다. 그곳에서 고흐는 인상파의 영향을 받았지만, 차츰 독자적인 화풍을 전개하기 시작했다. 그리고 그의 인생에 대변환을 일으킨 고갱을 만나게 되었다. 그리고 1888년부터 1890년까지 남부 프랑스 자연을 동경해 아를로 이주하고, 친구인 고갱을 초청해 공동생활을 하며 그림을 그렸다. 고흐와 고갱은 서로에게 영향을 끼친 절친한 친구 사이로, 그들은 운명과도 같은 만남이었다고 널리 알려져 있다.

고흐가 그곳에 있는 동안 그린 그림으로는 〈자화상〉, 〈해바라기〉, 〈아를의 여인〉 등 많은 작품이 있는데 이때 그린 그림들이 걸작품으로 평가받고 있다. 고흐는 그림 그리기에 몰두하다 과로로 쓰러진 후, 오래된 신경병이 도져 고갱과 말다툼을 벌인 후 자신의 귀를 잘라버렸다. 그 일로 병원에 입원해 치료를 받는 중에도 그림 그리기에 몰두해 140점이나 그렸다. 퇴원 후 그는 파리 근교에 살면서 그림에 대한 열정을 이어가다 사망했다.

그의 주요 대표작으로는 〈감자 먹는 사람들〉, 〈자화상〉, 〈알프스 풍경〉, 〈해바라기〉 등 많은 작품이 있다. 하지만 그가 살아있는 동안엔 그다지 주목받지 못했다. 그 당시 그에 대한 사람들의 평가는 냉혹할 정도였다. 미술평단은 물론 동료들에게, 모델이 되어 준 노동자들에게, 심지어는 자신이 사랑하는 여인에게조차 철저히 외면을 당했으니까.

고흐는 살아생전 외롭고 고독한 그림 작업을 했지만, 그에게 있어 그림 그리기는 영혼과 인생을 바치는 일이었다. 그 누가 알아주지 않아도 자신의 일을 사랑하고 최선을 다했던 고흐. 그의 노력이 결코 헛된 것은 아니라는 것이 그가 죽은 후 증명되었다. 그의 그림은 세계 화랑에서 최고의 가치로 평가받고 있다. 뿐만 아니라 세계 미술사에서도 최고의 화가로 평가받는 고흐는 진정한 인간 승리자였던 것이다.

고흐가 20세기 가장 위대한 표현주의의 거장이 될 수 있었던 것은 개인적인 탁월한 재능에도 있지만, 그가 방황하고 힘들어할 때 그를 잡아주고, 그가 그림을 그릴 때 최선을 다해 그를 도운 동생 테오가 있었기에 가능했다. 테오는 형인 고흐의 일이라면 무슨 일이든 적극적으로 도와주었다. 테오는 고흐에게 있어 물질적, 정신적 지주였다. 만일 고흐에게 동생 테오가 없었다면 오늘날의 그는 없었다고 해도 과언이 아니다.

고흐에게 있어 동생 테오는 형제를 넘어 각별한 인생의 협력자였다. 고흐 또한 동생 테오의 말이라면 다 수긍하고 받아들였다. 그랬기에 그 둘은 가장 아름다운 인생의 동반자이자 협력자라고 할 수 있다.

철의 장막이란 연설로 유명한 영국의 수상 윈스턴 처칠. 그가 역사적인 인물이 되는 데에는 알렉산더 플레밍이 있다. 그는 페니실린을 만들어 노벨의학상을 수상한 인물이다. 그는 처칠을 죽음의 순간에서 두 번이나 구해준 생명의 은인이다. 한번은 처칠이 어린 시절 시골에 있는 별장에 놀러 갔다 물에 빠져 위험에 처해 있었다. 그때 같은 또래였던 플레밍이 구해주었다. 그리고 또 한번은 전쟁에 참가한 처칠이 병에 걸려 생사를 오갈 때 마침 페니실린을 만든 플레밍이 전쟁터로 달려가 처칠을 구해주었다. 플레밍은 처칠에겐 운명과도 같은 사람이었다. 그렇다면 플레밍은 어째서 이토록 처칠에게 헌신적이었을까.

어린 시절 플레밍의 도움으로 물에서 살아난 처칠은 돈이 없어 의사가 될 수 없다는 플레밍의 꿈을 듣고 아버지에게 부탁해 그를 런던으로 데려와 공부를 시켜 의사가 되도록 도움을 주었다. 플레밍의 꿈을 이루게 해준 처칠은 그에게 있어서는 인생의 은인이었던 것이다. 처칠과 플레밍은 서로에게 있어 가장 소중한 인생의 협력자였던 것이다. 이처럼 진정한 협력은 아름다운 결과를 이루는 법이다.

고흐와 테오, 처칠과 플레밍의 관계야말로 진정한 협력인 것이다. 이처럼 진정한 협력은 빛을 발하는 법이다. 왜 그럴까. 진정한 협력 안에는 서로에 대한 사랑과 배려, 이해와 협조가 들어 있기 때문이다. 그런 까닭에 진정한 협력이 함께 할 때 각 개개인이든, 가정이든, 사회이든, 국가 간에도 아름다움이 싹트고 빛을 발하는 것이다. 그러나 협력을 하되 진정성이 없는 협력은 옳지 않다. 그런 협력은 의도적이고 계산이 깔린 협력이기 때문이다. 그런 까닭에 진정으로 협력해야만 하는 것이다.

"위대한 발견과 개혁에는 항상 많은 사람의 지성에 의한 협력이 필수적이다."

전화기를 발명한 알렉산더 그레이엄 벨이 한 말로, 역사적으로 빛나는 위대한 발명품이나 발견이나 프랑스혁명 같은 개혁은 뜻을 같이하는 그리고 힘이 되어주는 많은 사람이 함께 할 때 이룰 수 있다는 것을 잘 알게 한다. 또한 반드시 필요하다는 것을 알 수 있다.

"스스로 정신적으로 성장하고 사람들의 성장에도 협력하라. 그것이 인생을 사는 것이다."

톨스토이즘의 창시자이자 사상가이며 러시아 국민작가인 레프 톨스토이의 말로, 자신이 정신적으로 성장하면, 다른 사람들의 성장에도 도움을 주라고 말한다. 왜냐하면 그것이야말로 인생을 사는 것, 즉 바람직한 인생이기 때문이다. 이런 마음으로 산다는 것은 쉽지 않다. 거기엔 따뜻한 관심과 헌신이 따라야 한다. 하지만 그렇게 할 때 자신의 인생은 더욱 빛이 난다는 것을 알아야 한다.

"우리는 이 세상에서 모두와 협력해 살고 있다. 그러므로 얼마나 타인의 도움이 되는지를 인생의 목표로 삼아야 한다."

티베트의 정신적 지주인 달라이 라마의 말로, 이 세상은 모두의 협력이 함께 할 때 아름답고 행복한 세상이 된다는 의미가 내포되어 있다. 그렇게 하기 위해서는 각자가 자신의 목표로 삼아야 한다는 것이다. 옳은 말이다. 모두가 이런 마음을 갖고 산다면 세상은 얼마나 자유롭고 평화로울 것인가. 우리 모두는 진정한 협력자가 되어야 한다.

"진정한 평화는 많은 나라가 협력해 만들어 낸 것이어야 하고, 많은 조치가 겹쳐서 처음으로 만들어지는 것이다."

미국 제35대 대통령인 존 F. 케네디의 말로, 진정한 평화는 어느 한 나라가 또는 일부의 나라가 잘한다고 해서 이루어지지 않는다는 것을 잘 알게 한다. 지구상의 많은 나라가 아니, 모든 나라가 협력할 때 이루어지는 것이다. 또 그래야만 그 자유와 평화는 오래토록 이어진다.

"가족, 친구, 동료의 동기를 부여하는 유일한 방법은 협력하고 싶다는 것이다. 그리고 감사하고 정당하게 평가하는 것과 진심으로 격려하는 것이다."

인간관계의 권위자이자 동기부여가인 데일 카네기의 말로, 가족이나 친구, 직장 동료 등이 잘되기를 바라는 방법은 협력하는 것이라는 것을 잘 알게 한다. 협력하는 데에는 상대가 진정으로 잘되기를 바라는 마음이 꽃처럼 향기를 발하기 때문이다. 그리고 나아가 감사하며 정당하게 평가하고 진심으로 격려한다면 좋은 결과를 이룰 수 있다.

알렉산더 그레이엄 벨, 레프 톨스토이, 달라이 라마, 존 F. 케네디, 데일 카네기의 말을 보면 진정한 협력이야말로 인간에게 선한 영향력을 끼치는 아름다운 일이라는 것을 잘 알게 한다. 또한 자유와 평화는 많은 국가가 서로 협력할 때 이루어진다는 것을 알 수 있다.

그렇다. 협력은 진정성을 담아서 해야 빛이 난다. 그리고 자신에게도 긍정의 에너지로 작용함으로써 자신이 바라는 것을 기쁘게 이루게 된다.

소로가 진정한 협력을 하라고 하는 이유가 바로 여기에 있는 것이다. 그런 까닭에 우리 모두와 세계의 모든 국가는 진정한 협력자가 되어야 한다.

부패한 선행

Henry David Thoreau Walden

부패한 선행에서 풍기는 냄새만큼 고약한 악취는 없다.
그것은 인간의 썩은 고기요, 신의 썩은 고기다. 누군가가 나를 도와주겠다는
의도적인 목적을 가지고 내 집으로 오고 있다는 것을 알게 되면,
나는 입과 코와 귀와 눈을 흙먼지로 가득 채워 결국 질식시키는
아프리카사막의 메마르고 뜨거운 모래바람을 피하듯 필사적으로 달아날 것이다.
그가 베푸는 선행에 약간이라도 은혜를 입었다가는 그 선행에 스며 있는
바이러스에 내 피가 감염될까 두렵기 때문이다. 아니, 그런 경우가 닥치면
나는 차라리 악행을 참고 견디겠다.

월든 〈경제생활〉

선행(善行)이란 '착하고 어진 행실'을 이르는 말로, 선행을 하는 사람들이 많은 사회일수록 아름답고 행복하다. 선한 마음, 어진 행동에는 사랑과 배려가 담겨 있기 때문이다. 사람으로서 선한 일을 하는 것은 당연한 일이다. 사람이라면 누구나 내면에 선(善)을 품고 있기 때문이다. 일찍이 맹자(孟子)는 성선설(性善說)을 주장한 바, 사람은 본래부터 선하다는 것이다. 물론 이는 어디까지나 맹자의 관점에 따르는 것이지만 -순자는 맹자의 주장에 배치되는 성악설(性惡說)을 주장함- 사람의 내면에 선이 내재되어 있는 것만큼은 확실

하다. 공자(孔子) 또한 다음과 같이 말했다.

"사람들 가운데 어떤 사람은 선이라는 것이 무엇인지를 이해하지 못하는 경우가 있는데, 사실은 그런 사람이라도 그 선은 자기 마음속에 모두 지니고 있다."

공자의 말을 보면 선이라는 것이 무엇인지를 이해하지 못하는 사람조차도 그 사람 마음속엔 선이 있다는 것을 알 수 있다. 그러니까 선은 인간에게 있어 근본과도 같은 것이라는 것을 알 수 있다. 또한 공자는 이르기를 "사람은 아무리 노력해도 좋은 일만 하기란 힘든 일이다. 그러나 사람은 누구든지 조금이라도 좋은 일을 하고 나면 좀 더 좋은 일이 하고 싶어지는 법이니 그대로만 해 나가면 된다"라고 했다.

선을 행하는 사람들의 공통점은 선을 행함으로써 희열을 느낀다는 것이다. 그것은 돈이나 보석 그 무엇으로도 느낄 수 없는 희열이다. 그런 까닭에 자꾸만 선을 행하게 된다. 좋은 일, 즉 선을 행하는 것은 공자의 말처럼 도를 닦는 것과 같다. 선은 실천을 통해서만이 더욱 그 빛을 발하는 것이기 때문이다. 그래서 선을 행하면 덕을 쌓게 되고, 덕망 있는 사람으로 살아가게 되는 것이다.

일일일선(一日一善)이란 말이 있다. 이는 '하루에 한 가지 착한 일을 하라'라는 뜻으로 예로부터 선은 인간이 반드시 지녀야 할 덕성으로 여겨 삶의 근본으로 삼았던 것이다. 이는 무엇을 말하는가. 한

마디로 말해 선을 의무처럼 이행하라는 것이다. 의무란 무엇인가. 사람으로서 마땅히 해야 하는 일, 그러니까 맡은 임무처럼 하라는 것이다. 이에 대해 독일의 철학자 임마누엘 칸트는 이렇게 말했다.

"선행이란 다른 사람에게 무언가를 베푸는 것이 아니라, 자신의 의무를 다하는 것이다."

칸트의 말에 의하면 선행은 베푸는 것이 아니라 의무라는 것이다. 즉, 사람으로서 마땅히 해야 하는 본분과도 같은 것이라는 말이다. 이처럼 의무적으로 행하는 선행은 억지스럽거나 의도적이지 않아 진정성이 담겨 있다. 다음은 진정성 있는 선행이 무엇인지를 잘 알게 하는 이야기이다.

어떤 사람이 예루살렘에서 여리고로 내려가다 강도를 만났다. 강도들이 그의 옷을 벗기고 때려 거의 죽은 것을 버리고 갔다. 마침 한 제사장이 그 길로 가다 강도당한 자를 보고도 피해 지나가고 한 레위인도 그곳에 이르러 그를 보고 피해 지나갔다. 그런데 어떤 사마리아인이 여행하는 중 그곳을 지나다 그를 보고 불쌍히 여겨 가까이 가서 기름을 붓고 싸매고 자기의 짐승에 태워 주막으로 데리고 가서 돌보아 주었다. 그 이튿날 그가 주막 주인에게 이르되 이 사람을 돌보아 주라 비용이 더 들면 내가 돌아올 때 갚으리라고 했다.

이는 신약성경 누가복음(10장 30~35)에 나오는 이야기로, 진정한 선행이 무엇인지를 잘 알게 한다. 여기서 제사장은 유대인 세계에서는 지도자급에 속한다. 그런데 그런 사람이 강도를 돕지 않고 그냥 지나갔다. 레위인은 유대 12지파 중 제사장직을 할 수 있는 사람이다. 하지만 그도 강도를 돕지 않고 그냥 지나갔다. 그러나 유대인이 멸시하는 이방인인 사마리아인은 어려움에 처한 그를 지극정성으로 돌봐준다. 진정한 선행이란 바로 이를 두고 하는 말이다. 참된 선행에 대한 또 다른 이야기이다.

조선 시대 경주 만석꾼 최 부자는 '사방 100리 안에 굶어 죽는 이가 없도록 하라'라고 했다. 이는 최동량이 자손들에게 훈계해서 만든 가거십훈(家居十訓)의 일부로 사람들을 생각하는 마음이 실로 크다는 것을 알 수 있다. 최 부자는 소작인의 소작료를 5:5로 해 소작인들이 살아가는 데 도움을 주었다. 그런데 소작인들이 더 많은 소작료를 받기 위해 열심히 일하다 보니 최부잣집 재산도 그만큼 더 늘어났다고 한다. 소작인들을 생각하는 마음이 불러일으킨 놀라운 일이었다.

이 이야기에서 보듯 선행은 결국 자신을 이롭게 한다는 것을 잘 알 수 있다. '선(善)'을 베풀면 '선(善)'으로 돌아오기 때문이다. 이처럼 진정성이 있는 선행은 선을 행하는 사람이나, 행함을 받는 사람 모두에게 꿈과 행복을 심어주는 메아리의 선행으로서 가치를 지닌다. 그러니 진정성이 있는 선행이 어찌 참되고 아름답지 않을 수 있으랴. 그러나 선행을 가장한 선행, 즉 부패한 선행은 악과 같다. 의도적으로 하는 선행은 가짜이기 때문에, 삶을 썩게 하고 사람들로부터 비난을 받게 하고, 영혼을 병들게 한다. 이에 대해 소로는 이렇게 말했다.

"부패한 선행에서 풍기는 냄새만큼 고약한 악취는 없다. 그것은 인간의 썩은 고기요, 신의 썩은 고기다. 누군가가 나를 도와주겠다는 의도적인 목적을 가지고 내 집으로 오고 있다는 것을 알게 되면, 나는 입과 코와 귀와 눈을 흙먼지로 가득 채워 결국 질식시키는 아프리카사막의 메마르고 뜨거운 모래 바람을 피하듯 필사적으로 달아날 것이다. 그가 베푸는 선행에 약간이라도 은혜를 입었다가는 그 선행에 스며 있는 바이러스에 내 피가 감염될까 두렵기 때문이다. 아니, 그런 경우가 닥치면 나는 차라리 악행을 참고 견디겠다."

소로는 부패한 선행을 썩은 고기며, 신의 썩은 고기라고 말한다. 왜 그럴까. 부패한 선행에서는 악취가 난다는 것이다. 그래서 그는 누군가가 자기를 도와주겠다는 의도적인 목적으로 집에 찾아오면 입과 코와 귀와 눈을 흙먼지로 가득 채워 결국 질식시키는 아프리카사막의 메마르고 뜨거운 모래바람을 피하듯 필사적으로 달아나겠다고 말한다. 왜냐하면 선행에 스며 있는 바이러스에 자신의 피가 감염될까 두렵기 때문이다. 그리고 그런 경우가 닥치면 차라리 악행을 참고 견디겠다고 말한다. 소로의 말에서 보듯 어떤 의도를 갖고 하는 선행은 선행이 아니다. 그것은 목적을 숨긴 악행과도 같기 때문이다.

이를 잘 알게 하듯 자선단체를 가장해 후원받은 후원금으로 집 사고 차 사고 호의호식하며 사는 썩어 빠진 사람은 사람들이 사는 곳이라면 어디에나 있기 마련이다. 우리 사회도 부패한 선행을 일 삼는 악행자들에 대한 이야기가 뉴스와 신문을 통해 종종 보도된 다. 겉으론 천사의 얼굴을 하고 뒤돌아서는 음흉하고 사악한 짓거 리를 하는 악마 같은 사람들이 있다는 것은 참으로 불행한 일이다. 나아가 그런 사람들로 인해 진정한 선행을 하는 사람들이 오해를 사고 피해를 본다는 것은 가슴 아픈 일이다.

소로는 가난한 사람을 도와줄 때는 그들이 가장 필요로 하는 것 으로 도움을 주라고 말한다. 그리고 이르기를 돈만 주지 말고 선행 을 하는 사람이 힘도 쓰라고 말한다. 이는 무엇을 말하는가. 돈만 주지 말고 사랑도 함께 주라는 말이다. 그러니까 마음도 함께 줌으 로써 진정한 선행을 하라는 것이다. 돈만 준다는 것은 선행을 하는 사람에게는 쉬운 일일 수도 있다. 그러나 마음까지 준다는 것은 자 신의 시간과 힘을 투자하는 일이기에 어려울 수도 있다. 하지만 그 렇게 했을 때 선행은 더욱 값지고 아름다운 일이 될 것이다.

"자선은 아무리 베풀어도 지나치지 않는다."

영국의 사상가이자 에세이스트인 프랜시스 베이컨이 한 말로, 자 선이란 하면 할수록 더 행복하고 삶을 기쁨이 되게 한다. 그런 까닭에 아무리 선을 베풀어도 지나침이 없는 것이다.

"하루라도 선을 생각하지 않으면 모든 악이 스스로 일어난다."

장자(莊子)의 말로, 선을 행하지 않는 것은 악을 불러일으키는 일이라는 것을 알 수 있다. 선을 행하지 않으면, 악이 득세하기 때문이다. 선을 행함으로써 선이 득세를 하면 악은 맥을 추지 못한다. 그런 까닭에 이 사회를 선한 사회, 행복한 사회로 만들기 위해서는 선을 행하는 사람들이 많아야 한다.

"할 수 있는 모든 선을 행하라. 할 수 있는 모든 수단을 다해서, 할 수 있는 모든 방법을 다해서, 할 수 있는 모든 곳을 다 찾아서, 할 수 있는 모든 때를 놓치지 말고, 할 수 있는 모든 사람에게, 할 수 있는 순간까지 선을 행하라."

이는 감리교 창시자인 존 웨슬리가 한 말로, 한마디로 함축하면 선행이 살아있는 나와 너, 우리 사회를 만들라는 것이다. 그것이야말로 우리가 해야 할 마땅한 일인 까닭이다.

"우리의 삶은 놀랄 만큼 도덕적이다. 미덕과 악덕 사이에는 한순간의 휴전도 없다. 선이야말로 결코 실패하지 않은 유일한 투자다."

이는 소로의 말로, 이 말의 핵심은 선이야말로 결코 실패하지 않은 유일한 투자라는 것이다. 이는 무엇을 의미하는가. 꾸준히 선행을 하라는 말이다. 선은 행하는 데 그 의의가 있다는 것이다.

그렇다. 선은 그냥 이루어지지 않는다. 또한 선을 행하는 데는 학력이 필요치 않고, 사회적으로 신분이 높아야 하는 것도 아니며, 많은 부를 가져야 하는 것도 아니다. 자기 형편에 맞게 선을 행하면 되는 것이다. 단, 선을 행하되 진정한 선행을 하면 된다. 그러나 목적을 가지고 의도적으로 하는 부패한 선행은 금해야 한다. 그것은 악행과도 같은 썩고 냄새나는, 선행을 가장한 거짓 선행이기 때문이다. 이를 결코 잊지 말아야 할 것이다.

제2부

소로가 월든 호수
숲속으로 간 까닭은

소로가 월든 호수 숲속으로 간 까닭은

Henry David Thoreau Walden

내가 숲속으로 들어간 것은 인생을 의도적으로 살고 싶었기 때문이다.
즉, 인생의 본질적인 사실에만 직면해도 인생의 가르침을 배울 수 있는지
확인해보고 싶었고, 죽을 때 내가 인생을 헛산 게 아니었다는 것을
깨닫고 싶었기 때문이다. 나는 삶이 아닌 삶을 살고 싶지 않았다.
삶이란 매우 소중한 것이기 때문이다. 또한 불가피한 경우가 아니라면
체념하고 싶지 않았다.

월든 〈나는 어디서, 무엇을 위해 살았는가〉

사람은 누구나 삶의 질이 높아지길 바란다. 하지만 삶의 질은 저
절로 높아지지 않는다. 삶을 질을 높이기 위한 노력이 따라야 한다.
즉, 의식적으로 자신의 삶을 높이도록 노력하면 얼마든지 높일 수
있다. 의식적인 행동은 깨어 있는 상태에서 자기 자신이나 사물에
대한 인식작용을 말하는 것으로, 자신이 그렇게 하겠다는 다짐을
하고 노력하면 충분히 자신이 뜻하는 바를 이룰 수 있다. 이는 사람
이 태어날 때부터 기본적으로 지니는 능력과도 같은 것이기 때문이
다. 이에 대해 소로는 다음과 같이 말했다.

"인간은 의식적인 노력을 통해 삶을 향상시키는 능력을 지녔다는 사실보다 우리에게 고무적인 것은 없다."

소로의 말처럼 인간은 의식적인 노력을 통해 자신이 추구하는 바를 이룰 수 있으며, 그에 따라 삶의 질을 향상시킬 수 있다. 그는 월든 호숫가에 오두막을 짓고 2년 2개월을 소박하고 간소하게 지낸 것으로 유명하다. 그 이유에 대해 소로는 이렇게 말했다.

"내가 숲속으로 들어간 것은 인생을 의도적으로 살고 싶었기 때문이다. 즉, 인생의 본질적인 사실에만 직면해도 인생의 가르침을 배울 수 있는지 확인해보고 싶었고, 죽을 때 내가 인생을 헛산 게 아니었다는 것을 깨닫고 싶었기 때문이다. 나는 삶이 아닌 삶을 살고 싶지 않았다. 삶이란 매우 소중한 것이기 때문이다. 또한 불가피한 경우가 아니라면 체념하고 싶지 않았다."

소로의 말에서 알 수 있듯 그가 월든 호숫가에서 2년 2개월 동안 지낸 것은 그가 의도하는 바를 실천해보고 싶었기 때문이다. 그리고 그렇게 함으로써 인생을 헛산 게 아니라는 것을 스스로 깨닫고자 했다. 즉, 삶다운 삶을 살고 싶었던 것이다. 이를 좀 더 부연한다면 가치 있는 삶을 살고 싶었던 것이다. 누구나 할 수 있고, 누구나 사는 방법이 아닌 다른 삶, 보람 있고 참되고 그래서 본이 되는 삶을 살고 싶었던 것이다.

그렇다면 여기서 소로는 어떤 사람인지에 대해 알아보는 것도 그를 이해하는 데 큰 도움이 될 것이다.

헨리 데이비드 소로는 매사추세츠주의 작은 마을 콩코드에서 태어났다. 콩코드에는 월든을 비롯한 여러 개의 호수와 숲과 하천이 있고, 갖가지 동물들이 뛰어노는 천혜의 자연조건을 갖춘 마을이다. 그리고 역사적으로는 미국 독립전쟁이 시작된 곳으로 미국인들에게는 의미가 깊은 곳이다. 또한 초절주의 운동이 활발하게 전개된 곳이기도 했다. 이러한 콩코드는 소로에게 큰 영향을 끼쳤다. 그는 태어나서 45세에 삶을 마칠 때까지 인생의 대부분을 콩코드에서 지냈다. 그런 만큼 콩코드는 그의 삶에 있어 정신적인 토양을 쌓게 하고, 자신의 꿈을 자신이 의도하는 대로 펼치게 해준 영혼의 따뜻한 안식처이기도 했다.

소로는 어렸을 때부터 주관이 강했으며 부모의 성격을 닮아 홀로 지내는 것을 좋아했다. 그는 열여섯 살 때 장학금을 받고 하버드대학에 진학해 스무 살에 졸업했다. 한 가지 흥미로운 사실은 소로는 암기 위주의 공부를 매우 싫어했다. 그런 그가 세계적인 수재들만 가는 하버드대학에서 공부했다는 것은 아이러니한 일이 아닐 수 없다.

소로는 대학 졸업 후 콩코드로 돌아와 모교의 교사기 되었지만, 체벌을 당연시하는 학교의 방침에 환멸을 느껴 그만두었다. 그 후 그는 연필제조업, 교사, 측량 업무 등에 종사하기도 했다. 하지만 그는 문학과 철학에 깊이 심취해 집필활동과 강연에 열중했다.

그는 노예제도와 멕시코전쟁에 항의해 에머슨의 소유인 월든 호숫가 숲에 작은 오두막집을 짓고, 1845년 7월부터 1847년 9월까지 2년 2개월 동안 홀로 살았다. 그는 이때의 경험을 바탕으로 《월든》을 출간했는데, 이 책은 모든 사고방식과 투쟁에 대해 쓰여진 에세이다. 출간 당시에는 초판 2,000부가 다 팔리는 데 5년이 걸릴 만큼 주목을 받지 못하고 절판되었다. 그러다 20세기에 들어 환경운동의 교과서로 널리 읽힘으로써 그 진가를 널리 인정받아 미국 문학의 최고 걸작 중 하나로 평가받고 있다.

소로는 인두세 거부로 투옥 당했다. 그가 6년 동안 인두세를 거부한 것은 노예제도를 지지하고 멕시코전쟁을 감행하는 미국 정부에 항의하기 위해서였다. 그다음 날 그는 친척 중 누군가가 인두세를 냄으로써 감옥에서 풀려났다. 소로는 감옥에서 풀려나는 걸 거부했지만, 그는 강제로 끌려나오고 말았던 것이다. 이 일은 노예운동에 헌신하는 계기가 되었으며, 이때의 경험을 살려 《시민 불복종》을 집필했다.

소로는 당시 미국 최고의 문학가로 평가 받는 에머슨과 교류했는데, 그와의 만남은 소로에게 문학적 영향을 성취하는 계기가 되었다. 소로의 인생에 절대적인 영향을 준 에머슨이 누구인지를 살펴보는 것도 소로의 사상과 철학, 그의 삶을 이해하는 데 도움이 되리라고 생각한다.

랄프 왈도 에머슨은 유니테리언 교회 목사 아들로 태어났다. 그의 가문은 7대에 걸쳐 대대로 성직을 이어왔다. 어린 시절 아버지가 죽고 그는 고모에 의해 양육되었다. 그는 보스턴공립 라틴어 학교에 입학해 시를 즐겨 썼는데 좋은 반응을 얻었다. 하버드대학을 마친 그는 신학을 공부하고 보스턴 제2교회 목사가 되었다.

에머슨은 뛰어난 설교로 명성을 얻었지만, 아내가 죽고 신앙과 직업에 대해 깊은 회의에 빠졌다. 물론 그 이전부터 그는 교회의 교리에 대해 의문을 갖기 시작했다. 거기다 독일에 있는 형이 기적의 역사적 진실성에 의혹을 담은 성서비평에 대해 알려주었다. 에머슨은 자신이 했던 설교는 전통적인 교리에서 벗어났고, 개인적인 탐구의 성격을 띠었다는 걸 알았다. 또한 자아를 충족시키는 개인적 교리를 주장했던 것이다.

에머슨은 설교에 있어 그리스도 행적의 자취를 제외하고 자연과 인간의 도덕관에 대한 개인적 직관에 그리스도 신앙을 근본으로 했다. 그리고 그것을 통해 미덕을 성취하는 삶을 궁극적인 목적으로 삼았다. 결국 그는 성직에서 물러났다. 에머슨은 직접적인 신앙체험을 원해 유럽여행을 떠났다. 여행을 마치고 돌아와서는 명저《자연》을 집필하기 시작했다. 그는《자연》을 출간해 명성을 얻고 영향력 있는 강연가가 되었다.

에머슨은 에세이《자연》에서 어떻게 인간이 자신의 정신적 본성을 발견하며, 계속해서 정신의 궁극적 현실에 도달하기 위해서 우주의 끊임없이 상승하는 영역을 어떻게 탐구하는가를 보여주었다.

에머슨의《자연》은 정통적 교리를 떠나 개인적인 체험과 그것을 통해 자아성취를 중심으로 하는 초절주의라는 사상을 지향하게 되었으며, 그와 뜻을 함께 하는 철학자와 문학가들과 같이 초절주의 운동에 심혈을 기울였다. 그는 초절주의의 대표자로서 널리 인정받으며 이름을 떨쳤다. 특히, 에머슨의《자연》은 소로에게 깊은 영향을 주었다. 소로는《자연》을 평생 간직했다고 한다.

이렇듯 에머슨은 소로의 삶과 철학과 사상에 깊은 영향을 끼쳤다. 하몬 스미스가 지은《소로와 에머슨의 대화》에서 보면 에머슨은 소로에 관심을 갖고 그의 멘토를 자처하며 지원해주었으며, 소로는 그를 스승처럼 따르며 문학적인 영향을 받았다는 것을 알 수 있다. 에머슨 또한 소로보다 열네 살이나 많았지만 소로를 통해 에너지를 받곤 했다.

소로는 에머슨의 초절주의 활동에 그 맥을 같이했는데, 그로 인해 소로는 에머슨과 더불어 위대한 초절주의 철학자로 평가 받으며 미국 르네상스의 원천이 되었다.

초절주의란, 19세기 미국 뉴잉글랜드의 작가와 철학자들이 주창한 것으로, 이들은 모든 피조물은 본질적으로 하나이며 인간은 본래 선하며 심오한 진리를 증명하는 데 있어 논리나 경험보다는 통찰력이 더 낫다는 주장을 펼치는 한편, 그 믿음에 기초한 관념론 사상체계를 고수한다는 점에서 뜻을 같이했다. 이를 좀 더 부연해서 말하면 사회와 단체가 개인의 순수성을 타락시켰으므로 인간은 자존(自存)하고 독립적일 때가 가장 최선일 수 있다는 것을 말한다.

초절주의는 콜리지와 토머스 칼라일의 굴절한 초절주의, 플라톤주의 신플라톤주의, 인도와 중국의 경전, 독일의 초절주의 등을 바탕으로 했으며, 뉴잉글랜드 초절주의자로 해금 해방의 철학을 추구하게 만든 원천이기도 하다. 뉴잉글랜드 초절주의는 낭만주의 운동의 일부로서, 매사추세츠주 콩코드 지역에서 시작되어 1830년에서 1855년까지 신세대와 구세대 갈등을 보여주었고, 토착적이고 향토적인 소재를 바탕으로 하는 새로운 민족문화의 출현을 대변했다.

1840년 에머슨과 머거릿 폴러는 《다이얼》이라는 잡지를 창간했다. 이는 동인잡지의 원형으로서 이들의 여러 편의 글이 실렸다. 이로 인해 초절주의자들의 작품과 휘트먼, 멜빌, 호손의 작품은 미국의 예술적 천재성이 피워낸 첫 번째 결과물이라고 할 수 있다.

소로 또한 《다이얼》을 편집하는 일을 하며 에머슨의 권유로 시와 에세이를 발표하곤 했다. 이는 소로가 글을 쓰는 데 있어 밑바탕이 되었으며, 소로가 시인과 에세이스트로 활동하는 데 지대한 영향을 주었다.

초절주의자들은 종교문제에도 관여했는데 이들은 18세기 사상의 관습을 거부했다. 이들은 또 무정부주의, 사회주위, 공산주의 생활양식 운동 등 개혁운동의 지도자로 활동하면서 여성참정권, 노동자를 위한 환경개선, 자유종교 진흥, 교육혁신 등 인도주의에 입각한 주장을 내세웠다.

대표적인 초절주의자로는 에머슨, 소로, 마거릿 폴러, 엘리자베스 파머 피보디, 윌리엄 채닝, 월드 휘트먼, 존 설리번 드와이트, 윌리엄 핸리, 시어도어 파카 등을 꼽을 수 있다.

소로가 살아온 발자취에서 보듯 그의 일생은 한 마디로 물욕과 인습의 사회와 국가에 항거해서 자연과 인생의 진실에 대한 탐구에 실험적 삶의 연속이라 할 만하다. 그의 이런 사상은 간디의 무저항주의와 마틴 루터 킹 목사가 인권운동을 하는 데 큰 영향을 끼쳤다. 그가 평생 지향했던 삶과 철학, 사상은 그의 저서《고독의 즐거움》, 《월든》,《시민 불복종》에 잘 나타나 있다.

소로가 홀로 지낼 때 외로움을 극복하고, 소박한 음식을 먹고, 누추한 오두막 생활을 즐겁게 할 수 있었던 것은 자신의 의도대로 스스로가 환경을 지배했기에 가능했다.

소로는 이러한 자신의 경험을 통해 사람은 의식적인 노력으로 얼마든지 삶을 향상시킬 수 있다는 것을 깨우쳤다. 그리고 자신의 경험을 사람들에게 알림으로써, 그들도 의식적인 노력을 통해 자신이 삶을 향상시킬 것을 종용했던 것이다.

의식적인 노력을 통해 자신이 추구하는 삶을 살며 자신을 보람되게 하고, 많은 사람들에게 존경받았던 이야기이다.

러시아의 대문호 레프 N. 톨스토이는 러시아가 자랑하는 국민작가이다. 톨스토이는 남부 러시아 툴라 현의 야스나야 폴랴나에서 부유한 명문 백작가의 4남으로 태어났다. 그러나 불행하게도 그의 나이 두 살 때 어머니를 잃고, 여덟 살 때 모스크바로 이주했다. 그런데 안타깝게도 그의 아버지 또한 사망했다. 그로 인해 어린 톨스토이는 친척에 의해 양육되는 불행한 어린 시절을 보내야만 했다. 톨스토이는 일찍부터 외로움이 무엇인지, 사랑의 그리움이 무엇인지를 뼈에 사무치게 깨달았던 것이다.

톨스토이는 카잔대학에 입학했으나 공부에 흥미를 잃어 중퇴하고, 고향으로 돌아가 지주로서 영지 내의 농민생활을 개선하려고 노력했다. 그러나 그의 노력은 실패하고 말았다. 당시 러시아의 귀족사회는 톨스토이가 지향하는 삶을 용납하지 않았다. 이에 충격을 받은 톨스토이는 방황을 하며 잠시 방탕한 시기를 보내다, 1851년 형의 권유로 캅카스 군대에 들어가 복무하며 창작을 시작했다. 톨스토이는 1852년 처녀작《유년 시대》를 익명으로 발표해 네크라소프로부터 격찬을 받았다. 이에 고무된 톨스토이는 1854년《소년 시대》,《세바스토폴 이야기》를 발표하며 청년 작가로서의 지위를 확보했다.

군에서 제대한 톨스토이는 1857년 서유럽 문명을 살펴보기 위해 여행을 하지만, 실망하고 귀국해 인간생활의 조화를 진보 속에서 추구하던 그는 내성적인 경향을 모색하게 된다. 그는 나폴레옹의 모스크바 침입을 중심으로 한 러시아 사회를 그린 불후의 명작《전쟁과 평화》를 발표하고, 이어《안나 카레니나》를 발표했다. 그는 죽음에 대한 공포와 삶에 대한 무상에 대해 심한 정신적 동요를 일으켜 과학, 철학, 예술 등에서 그 해법을 구하려 했으나 답을 얻지 못하고 종교에 의탁하게 된다. 그는 이후《교의신학비판》,《요약 복음서》,《참회록》,《교회와 국가》,《나의 신앙》을 발표했다.

이런 책을 쓰면서 그의 사상은 체계화되었다. 그만의 사상을 '톨스토이즘', 즉 '톨스토이주의'라고 한다. 그의 사상은 타락한 그리스도교를 배제하고 사해동포 관념에 투철한 원시 그리스도교에 복귀해 근로, 채식, 금주, 금연을 표방하고 간소한 생활을 영위하며, 악에 대한 무저항주의와 자기완성을 신조로 해 사랑의 정신으로 전 세계의 복지에 기여하는 것이다. 그의 이런 사상이 사회적 문제에까지 미치자 1885년에는 사유재산을 부정해 부인과 다툰 후, 그의 일체의 저작권은 부인이 관리하게 된다. 그의 유명한 소설《부활》은 그의 사상을 잘 보여주는 대표적인 작품이다 톨스토이는 도스토옙스키와 함께 19세기 러시아 문학의 대가이다. 뿐만 아니라 그는 세계적인 대문호이다. 그는 자신의 문학과 종교적 신념으로 인해 부인과 갈등을 겪으며 힘든 결혼생활을 했다.

그는 '톨스토이주의'의 창시자로서 실천자로서 착취에 기초를 둔 일체의 국가적, 교회적, 사회적, 경제적 질서를 비판하는 동시에 그 부정을 폭로하고 지상에 있어서 '신국(神國)' 건설의 길을 인간의 도덕적 갱생에 두었으며, 악에 대항하기 위한 폭력을 부정, 기독교적 인간애와 자기완성을 주창했다. 톨스토이는 한마디로 불세출의 작가이며 철저한 자기완성을 위한 종교인이었으며 사상가이다.

톨스토이는 위대한 작가이기도 하지만 위대한 사상가이며 사랑의 실천자였다. 그는 자신의 노예들을 자유롭고 인간적으로 대해 주었으며, 평생을 가난하고 소외받은 사람들을 위해 살았다. 그가 그처럼 헌신적인 선행을 실천할 수 있었던 것은 소로의 말처럼 의식적인 노력을 통해 삶을 향상시켰기 때문이다. 즉, 톨스토이는 독실한 신앙인이었지만, 자신의 신앙을 의식적으로 실천함으로써 자신이 추구하는 삶을 지향함은 물론 톨스토이즘이란 자신만의 사상을 창시(創始)할 수 있었다. 이는 톨스토이에게는 매우 의미 있는 일이 아닐 수 없다. 그의 삶은 보통 사람들로서는 이루기 어려운 삶이었지만, 그는 자신이 행하는 일에 스스로 만족했으며 행복해했다. 그런 까닭에 어떤 어려움이나 힘듦도 능히 이겨낼 수 있었다. 톨스토이는 사람은 누구나 의식적인 노력을 통해 자신이 추구하는 삶을 살 수 있다는 확신을 보여준 대표적인 인물이라고 할 수 있다.

소로와 톨스토이의 경우에서 보듯 자신이 추구하는 삶을 살기 위해서는 의식적인 노력을 통해 삶을 향상시켜야 한다. 그런 까닭에 자신의 의도대로 삶을 지배하는 자는 삶을 의도대로 실천함으로써 스스로 만족하고, 타인에게 덕이 됨으로써 행복한 인생을 살게 되는 것이다.

그렇다. 자신이 삶을 향상시키길 바란다면 그렇게 되기 위해 의식적으로 노력하라. 사람은 자신이 인지하거나 생각하는 것을 노력에 의해 얼마든지 실행에 옮길 수 있는 능력이 있다. 이에 대해 고대 그리스 철학자 아리스토텔레스는 "인지하고 있거나 생각하고 있음을 의식하는 것은 곧 우리 자신의 존재를 의식하는 것과 같다"라고 말했다. 이를 마음에 새겨 실행한다면 보다 나은 삶을 살아가는 데 큰 도움이 될 것이다.

사소한 행복이 삶을 아름답게 한다

Henry David Thoreau Walden

행복한 삶이란 나 이외의 것들에게 따스한 눈길을 보내는 것이다.
우리가 바라보는 밤하늘의 별은 식어 버린 불꽃이나 어둠 속에 응고된
돌멩이가 아니다. 별을 별로 바라볼 수 있을 때, 발에 차인 돌멩이의 아픔을
어루만져 줄 수 있을 때, 자신이 잃어버린 것이 무엇인지 깨달았을 때,
비로소 행복은 시작된다. 사소한 행복이 우리의 삶을 아름답게 만든다.
하루 한 시간 행복과 바꿀 수 있는 것은 이 세상에 아무것도 없다.

소로의 말

행복한 삶은 인간이라면 누구나 추구하는 삶이다. 인간은 본질적으로 행복하기 위해 존재하고, 행복을 위해 살아가는 존재이기도 하다. 인간에게 행복이 없다면 그것은 죽은 삶과 같다. 그런데 '자기만을 위한 행복이냐, 아니면 자신과 타인을 위한 행복이냐'라는 데 행복의 가치는 달라진다. 자기만을 위한 행복은 가장 기본적이고 근원적인 행복이지만, 자신과 타인을 위한 행복은 공유적인 행복이기에 행복의 크기는 한층 더하다. 특히, 타인을 위해 자신의 노력을 바치는 것처럼 행복한 일은 없다. 그것은 자신의 사랑을 아낌없이

주는 까닭에 한층 스스로를 행복하게 하기 때문이다. 이에 대해 고전주의 대표적인 음악가이자 악성으로 평가받는 베토벤은 이렇게 말했다.

"남을 위해 일을 할 수 있었다는 것은 어린 시절부터 내 최대의 행복이었으며 즐거움이었다."

베토벤은 자신의 말처럼 청력을 잃고도 마음의 귀로 들음으로써 천상의 음악과도 같은 곡을 작곡하고 많은 사람에게 위안이 되어주었다. 물론 베토벤의 말처럼 산다는 것은 쉽지 않다. 그것은 헌신적이고 희생적인 마음이 바탕이 되지 않으면 할 수 없는 일이기 때문이다. 또한 베토벤과 같은 생각을 가진 이가 있었는데 고대 그리스 철학자인 플라톤이다. 그는 이렇게 말했다.

"사람은 남에게 어떠한 행동을 했느냐에 따라 그의 행복도 결정된다. 남에게 행복을 주려고 했다면 그만큼 그 자신에게도 행복이 돌아온다."

플라톤의 말에서 보듯 남에게 행복을 베풀면 그 행복이 자신에게도 되돌아와 행복하게 한다는 것을 잘 알게 한다. 남을 위해 행복을 베풀어 본 사람은 안다. 그로 인해 자신은 한층 즐겁고 행복하다는 것을. 소로 역시 자신 외에 다른 것들에게 좀 더 따스한 눈길을 보내야 한다고 말한다. 다른 것들이란, 타인과 작고 사소한 사물 등보다 행복을 추구하는 방법이 광범위하게 확장된다는 것을 알 수 있다. 이는 그의 말에 잘 나타나 있다.

"행복한 삶이란 나 이외의 것들에게 따스한 눈길을 보내는 것이다. 우리가 바라보는 밤하늘의 별은 식어버린 불꽃이나 어둠 속에 응고된 돌멩이가 아니다. 별을 별로 바라볼 수 있을 때, 발에 차인 돌멩이의 아픔을 어루만져 줄 수 있을 때, 자신이 잃어버린 것이 무엇인지 깨달았을 때, 비로소 행복은 시작된다. 사소한 행복이 우리의 삶을 아름답게 만든다. 하루 한 시간 행복과 바꿀 수 있는 것은 이 세상에 아무것도 없다."

소로의 말에서 보듯 참된 행복은 타인에게 행복을 베풀 때 느끼게 되고, 발에 차인 무생물인 돌멩이 같은 존재에게도 관심을 가져 줄 때 느끼게 되고, 작고 사소한 것들에 대한 애정을 가질 때 느끼는 것이다. 이러한 것에서 느끼는 작고 사소한 행복이 우리의 삶을 아름답게 만드는 것이다. 그리고 소로는 이렇게 말한다. 하루 한 시간 행복과 바꿀 수 있는 것은 이 세상에 아무것도 없다고. 행복의 가치에 대한 소로의 말은 행복이 인간에게 미치는 영향이 얼마나 지대한지를 잘 알게 한다. 그러나 행복해지는 데도 지켜야 할 것이 있다. 그것은 남의 불행을 통해 자신을 행복하게 해서는 안 된다는 것이다. 이에 대해 영국의 사상가인 존 러스킨은 이렇게 말했다.

"남의 불행 위에 자기의 행복을 만들지 마라. 나에게나 남에게나 따스한 온도가 통하는 것이 진실이다. 행복은 진실하기를 요구하며, 진실 그 자체는 행복이 아니라도 가까운 곳에 있는 것이다."

러스킨의 말에서 보듯 남의 불행 위에 자신의 행복을 만드는 것은 의미가 없다. 그것은 남의 행복을 빼앗는 일이자 모독하는 것과 같기 때문이다. 생각해보라. 남의 불행을 통해 자신을 행복하게 한다는 것이 얼마나 비도덕적이고 비윤리적인지를. 아무리 행복이 궁하다 할지라도 해서 되는 것과 안 되는 것이 있다. 이를 절대 망각해서는 안 된다. 그것은 자신조차도 불행하게 할 수 있다.

자신이 행복하게 살고 싶다면 행복한 일을 하면 된다. 즉, 스스로 만족하면 된다. 아무리 남들이 행복을 말한다고 해도 자신이 만족하지 않으면 절대 행복하지 않다. 왜 그럴까. 행복의 가치 기준이 다르기 때문이다. 그런 까닭에 작고 사소한 것에서도 행복을 느끼는 사람이 있는가 하면, 크고 우뚝한 것에서도 행복을 느끼지 못하는 사람도 있다. 그렇다면 문제는 간단하다. 그것이 어떤 것일지라도 스스로를 만족하게 하면 된다. 이에 대해 고대 중국 춘추전국시대의 사상가인 묵자(墨子)는 이렇게 말했다.

"만족한 마음을 가질 수 없는 사람에게 결코 만족한 생활이란 있을 수 없다."

묵자의 말에서 보듯 행복하기 위해서는 만족한 마음을 갖도록 노력하는 것이 최선의 방법이다. 묵자와 같은 생각을 한 이가 있으니 프랑스의 철학자이자 평론가인 알랭이다. 그의 말을 보자.

"행복이란 스스로 만족하는 데 있다. 남보다 나은 점에서 행복을 구한다면 영원히 행복하지 않을 것이다. 그것은 누구나 남보다 한두 가지 나은 점이 있지만 열 가지가 남보다 뛰어난 사람은 없다. 그러므로 남과 비교하지 말고 스스로 만족할 줄 알아야 한다."

알랭 또한 행복은 스스로 만족하는 데 있다고 말했다. 그런 까닭에 남보다 나은 점에서 행복을 구하지 말라는 것이다. 왜 그럴까. 사람은 누구나 자신만의 장점이 있고 잘하는 것이 있다. 그런데 모든 점에서 남보다 자신이 낫길 바란다면 그것은 어불성설이다. 그것은 하나의 욕심일 뿐이다. 그래서일까, 욕심이 많은 사람은 여간한 일에서는 만족하지 못한다. 그런 까닭에 그런 이들은 자신을 불행하다고 여기는 것이다.

나 또한 살아오는 동안 스스로 만족해야 내 자신이 행복할 수 있다는 것을 깨달았다. 그래서 누군가에게 작은 힘이라도 되어주고 싶어, 내 나름대로 실천해왔다. 그때 느낀 생각을 시로 써 보았다.

맑은 날 나는,
한 그루 사과나무가 되고 싶다.

사과나무가 되어
삶에 지친 이들에게

알이 실한 사과와 그윽한 향기를
골고루 나누어주고 싶다.

맑은 날 나는,
한 그루 사랑나무가 되고 싶다.
사랑의 나무가 되어
노래가 되고, 시가 되고, 별이 되어
나보다 더 외로운 이들에게
사랑의 꿈이 되어주고 싶다.

이는 〈맑은 날 나는〉이란 시로 이 시에서 표현했듯이 내 사랑을
삶에 지친 이들에게 나눠준다면, 그들에게 위로가 되어줄 거라고
생각한다. 아니, 충분히 위로가 되고 힘이 되어줄 것이다. 그리고 자
신은 행복이라는 선물을 스스로에게 받게 될 것이다. 이렇듯 자신
이 진정 행복해지고 싶다면 스스로를 만족하게 하는 일에 힘써야
한다. 나아가 또 하나 생각할 것은 행복을 소유에서 찾지 말라는 것
이다. 자신을 행복하게 하기 위해 끊임없이 소유하려고 한다면 그
것은 오히려 자신을 불행에 빠트리게 할 것이다. 어떻게 행복을 소
유에서만 찾으려고 한단 말인가. 진정으로 행복하기 위해서는 자신
을 행복하게 할 수 있는 일에서 찾아야 한다. 이에 대해 영국의 작가

이자 소설 《지킬 박사와 하이드 씨》로 유명한 로버트 루이스 스티븐슨은 이렇게 말했다.

"참다운 행복, 그것은 우리들이 어떻게 끝을 맺느냐 하는 것이 아니라 어떻게 시작하느냐 하는 문제다. 또 우리들이 무엇을 소유하느냐가 아니라 무엇을 바라느냐'의 문제이다."

스티븐슨의 말처럼 소유에서 행복을 찾기보다는 자신이 하는 일에서 행복을 찾도록 해야 한다. 즉, 행복은 '무엇을 소유하느냐가 아니라 무엇을 바라느냐'의 문제인 것이다.

소로가 월든 호숫가에 오두막을 짓고 살 때, 그는 매일매일 바라보는 호수의 풍경과 나무와 숲, 작은 풀벌레와 새소리 그리고 이따금 하는 낚시에서도 매우 행복해했다. 또 음식은 두세 가지 반찬에 빵이나 수프 등 매우 소박했지만 먹을 수 있다는 것에 감사함을 느꼈다. 그리고 간간이 하는 강연회와 자신을 찾아오는 사람들과의 대화에서, 그리고 오고 가다 마주치는 이웃들과의 짧은 만남에서도 행복을 느끼곤 했다.

소로는 지극히 작고 사소한 것에서 그리고 소박한 삶에서도 얼마든지 자신이 추구하는 삶을 살 수 있으며, 그로 인해 자신은 물론 남과도 행복하게 지낼 수 있다는 것을 스스로 증명해 보였다. 그랬기에 그는 미국 최고의 명문 하버드대학교를 나오고도 좋은 직장에서 부와 명성을 쌓기 위해 힘들이지 않았다. 자신의 신념대로 자신이 태어난 작은 마을 콩코드에서 평생을 살면서 글 쓰고, 강연하고, 자연과 벗하며, 이웃과 어울려 소박하게 살았다. 그러한 그의 삶은 그가 떠나고 나서 그의 저서 《월든》을 통해 널리 알려지며 명성을 얻었다. 그는 스스로를 돋보이게 하려고 하지 않았지만, 그가 남긴 발자취는 그를 돋보이게 만들었던 것이다.

소로처럼 산다는 것은 쉽지 않다. 하지만, 흉내는 낼 수 있다. 탐욕을 버리고 주어진 환경에 불평하지 말고 감사하면서 살면 된다. 그리고 "다른 사람을 많이 도와줄수록 내가 더 많이 행복해지기 때문에 점점 더 행복해지기 위해 점점 더 많은 사람을 도와주려는 것이다"라고 말한 하버드대학 긍정심리학과 교수이자 베스트셀러 《하버드대 52주 행복 연습》의 저자인 탈 벤 샤하르의 말처럼 실천하면서 살도록 노력한다면 자신도 행복하고 남에게도 행복을 주면서 살 수 있다. 욕심을 버리지 못하니까 못하는 것이다.

그렇다. 행복은 멀리에 있지 않다. 또한 저 높은 곳에 있지 않다. 자신 가까이에 있다. 다만, 자신이 어떻게 하느냐에 따라 기쁘게 다가오는 인생의 반가운 손님이라는 걸 잊지 말아야겠다.

소모적인 삶, 인생의 낭비를 줄이기

Henry David Thoreau Walden

왜 우리는 이렇게 바쁘게 인생을 낭비하며 살아가는 것일까.

배가 고프기도 전에 굶어 죽겠다고 작정이라도 한 듯하다.

우리는 제때의 바늘 한 땀이 나중에 아홉 땀의 수고를 덜어준다고 하면서도

내일의 아홉 땀을 덜기 위해 오늘 천 땀의 바느질을 하고 있다.

일을 두고 말하자면, 우리는 늘 일에 허덕이지만 막상 중요한 일은 하나도 없다.

무도병에 걸려 머리를 가만히 놔두지 못할 뿐이다.

월든 〈나는 어디서, 무엇을 위해 살았는가〉

인간에게 있어 삶을 산다는 것은 공통적인 일이지만, 그렇다고 해서 삶은 다 같은 삶이 아니다. 삶은 크게 두 가지로 나눌 수 있다. 생산적인 삶과 소모적인 삶이 그것이다. 생산적인 삶은 창의적이고 발전지향적이지만, 소모적인 삶은 비창의적이고 비발전, 비지향적이다. 그런 까닭에 생산적인 삶은 자신과 자신 주변과 모두에게 도움이 되지만, 소모적인 삶은 자신은 물론 자신 주변을 소모적이게 한다. 생산적인 삶은 인생을 풍요롭게 하지만 소모적인 삶은 인생을 낭비하게 만든다. 소로는 생산적으로 살지 못하고 소모적인 삶

을 사는 것에 대해 이렇게 말했다.

"왜 우리는 이렇게 바쁘게, 인생을 낭비하며 살아가는 것일까. 배가 고프기도 전에 굶어 죽겠다고 작정이라도 한 듯하다. 우리는 제때의 바늘 한 땀이 나중에 아홉 땀의 수고를 덜어준다고 하면서도 내일의 아홉 땀을 덜기 위해 오늘 천 땀의 바느질을 하고 있다. 일을 두고 말하자면, 우리는 늘 일에 허덕이지만 막상 중요한 일은 하나도 없다. 무도병에 걸려 머리를 가만히 놔두지 못할 뿐이다."

소로의 말을 보면 삶의 소중함을 느낄 겨를도 없이 무조건 바쁘게만 사는 것을 인생의 낭비로 본다는 것을 알 수 있다. 일반적인 관점에서 볼 때는 열심히 사는 것인데 소로는 인생의 낭비로 본다는 데, 그 의미가 사뭇 다르게 다가온다.

이는 무엇을 말하는가. 사람들은 늘 일에 허덕이지만 막상 중요한 일은 하나도 없다는 것이다. 여기에 소로가 하고자 하는 말의 의미가 담겨 있다. 즉, 일을 열심히 하는 것 같지만, 의미 있는 일이 아니라는 것이다. 그것은 마치 배가 고프기도 전에 굶어 죽겠다고 작정이라도 한 듯 안달을 하고, 제때의 바늘 한 땀이 나중에 아홉 땀의 수고를 덜어준다고 하면서도 내일의 아홉 땀을 덜기 위해 오늘 천 땀의 바느질을 하는 것처럼 의미 없는 일에 몰두한다는 것이다. 그래서 마치 무도병(얼굴, 손, 발, 혀 등의 신체기관이 뜻대로 되지 않고 저절로 심하게 움직여, 마치 춤을 추는 듯한 모습이 되게 하는 신경병을 말함)에 걸

린 것처럼 머리를 가만히 놔두지 못할 뿐이라고 말한다,

소로는 이를 좀 더 설명하기 위해 비유적으로 말한다. 만약 마을에 불이 났을 때 자신이 교회 종을 치면, 교외 농장에서 일하던 모든 남자들, 그리고 오늘 아침에 일이 너무 많아 바빠 죽겠다고 투덜대던 남자들과 아녀자들까지도 모든 일을 제쳐두고 종소리 나는 곳으로 달려온다는 것이다. 하지만 불길 속에서 재물을 구하기 위해서가 아니라, 불구경을 하기 위해서라고 말한다.

이는 무엇을 뜻하는 말일까. 즉 바쁘게 일하지만 정작 중요한 것은 없다는 것이다. 그냥 무도병에 걸린 것처럼 산다는 것이다. 이런 삶은 의미가 없는 소모적인 삶이며 인생의 낭비일 뿐이라는 소로의 말은 충분히 설득력을 지닌다고 하겠다.

지금 우리가 살고 있는 삶 또한 이와 다르지 않다. 사람들은 마치 오늘 일하다 죽을 것처럼 일한다. 하지만 정작 중요한 것은 없다. 다만 돈을 벌지는 모르겠지만. 이에 대해 세계 최고의 경영사상가라고 평가받음은 물론 저서 《삶이 던지는 질문은 언제나 같다》로 유명한 찰스 핸디는 요즘 주말이 사라지고 있다고 말한다. 일에서 휴식을 취하던 주말조차도 기술로 말미암아 산산조각이 난다는 것이다. 이는 병원과 항공사 등이 휴식도 없이 연중무휴인 것처럼 모두가 그렇게 일한다는 것이다. 이는 마치 습관과도 같다는 게 그의 생각이다. 휴식할 때 휴식하고, 자신에게 필요한 것을 하거나 의욕

적이고 생산적인 일에 시간을 써야 하는데 그렇지 못하다는 것이다.

찰스 핸디의 말은 생산적으로 살지 못하고 소모적이고 비생산적으로 살고 있음을 뜻한다. 오직 돈에만 눈이 먼 것처럼 일하는 현대인들은 좋은 차, 좋은 집에서, 좋은 음식을 먹는 것을 최고의 즐거움으로 여기는 듯하다. 물론 돈이 인간에 있어 중요한 건 사실이다. 돈이 있어야 하고 싶은 것도 할 수 있으니까 말이다. 하지만 사람에게 있어 보다 중요한 것은 자신의 인생을 보람되고 행복하게 하는 것이다. 이는 마치 맛있는 빵에 들어 있는 팥소와 같은 것이다. 아무리 빵이 찰지게 구워졌다고 해도 그것만으로는 맛있게 먹지 못한다. 그 안에 달콤한 팥소가 있으면 한결 맛있게 먹을 수 있다.

인생도 그렇다. 아무리 가진 게 부족해도 그 안에 보람 있는 그 무엇인가가 있다면, 그 삶은 매우 흥미롭고 유쾌하고 행복할 것이다. 그러나 소모적인 삶은 아무리 가진 게 많아도 그 안에 보람 있는 그 무엇인가가 없다면, 우리 인생을 낭비하게 하는 요인으로 작용할 뿐이다.

"짧은 인생은 시간의 낭비에 의해 더욱 짧아진다."

이는 영국의 시인이자 평론가인 사무엘 존슨이 한 말로, 소모적인 인생은 시간을 낭비하게 하는 요인으로 작용한다. 물론 다는 그렇지 않지만 적어도 그 일면에는 시간을 낭비하게 요인이 작용하는 것은 사실이다. 그런 까닭에 사무엘 존슨의 말처럼 짧은 인생은 더욱 짧아질 수밖에 없다. 이치가 이럴진대 어찌 한 번뿐인 인생을 돈 버는 데에만 쓸 수 있단 말인가. 좋은 집, 좋은 차, 좋은 옷, 좋은 음식 물론 다 좋다. 하지만 이것들이 자신의 삶을 질적으로 향상시키고 행복하게 하지 않는다. 호의호식하는 돈 많은 사람 모두가 다 행복하다고 하지 않는다. 그런 사람 중엔 불행하다고 여기는 사람도 많다. 잘사는 나라일수록 자신을 행복하다고 말하는 사람들이 적다. 즉, 행복지수가 낮다는 것이다. 이는 단적으로 말해 좋은 집, 좋은 차, 좋은 옷, 좋은 음식이 행복의 절대적 요인이 아니라는 것이다. 그렇다면 우리는 어떻게 살아야 할까. 어떻게 사는 것이 자신을 행복하게 하고 보람되게 하는 것일까. 이에 대해 독일의 소설가 장 파울은 이렇게 말했다.

"인생은 한 권의 책과 같다. 어리석은 사람은 아무렇게나 책장을 넘기지만 현명한 사람은 공들여 읽는다. 왜냐하면 그들은 단 한 번밖에 그것을 읽지 못한다는 것을 알고 있기 때문이다."

장 파울의 말처럼 인생은 한 권의 책과 같아 정독하며 읽어야 한다. 그래야 내용을 잘 이해하고 마음의 양식으로 삼을 수 있기 때문이다. 인생 또한 마찬가지다. 한 번뿐인 인생을 공들여 잘살아야지 아무렇게 산다면 그것은 자신의 삶을 스스로 망치는 우를 범하게 될 것이다.

자신의 인생을 성공적으로 살았던 사람들의 공통점은 자신의 삶을 생산적이고 창의적으로 살았다는 것이다. 그들 또한 사람이라 때에 따라서는 게으름을 피우고, 곁길로 새고 싶었을 때도 있었을 것이다. 하지만 그들은 의지와 인내로 자신을 유혹하는 삶으로부터 벗어나 자신이 원하는 삶을 사는 데 전력을 다했다. 그리고 그 결과는 향기로운 꽃처럼 자신의 인생을 아름다운 꽃밭이 되게 했던 것이다.

"나는 하나의 절실한 소원을 가지고 있다. 그것은 내가 이 세상에 태어난 까닭에 조금이라도 세상이 좋게 되어 가는 것을 볼 때까지 살고 싶다는 것이다."

이는 에이브러햄 링컨의 말로, 인간이 추구해야 하는 삶이 어떠해야 하는지를 단적으로 보여준다. 그는 자신이 태어났기에 인류가 잘되기를 바라는 간절한 염원을 품고 있다는 것을 알 수 있다. 오직 자신의, 자신에 의한, 자신만을 위한 삶이라면, 그것은 동물과 다를 바 없다. 그러기에 우리는 링컨의 말처럼 인류공영에 이바지하는 자세로 삶을 살아야 한다. 그것이야말로 자신에게도 타인에게도 사회에도 생산적인 일이며 창의적인 일이기 때문이다. 그리고 이런 삶이야말로 성공한 삶이라고 할 수 있다.

소로는 성공적인 삶에 대해 이렇게 말한다.

"우리가 낮과 밤을 기쁘게 맞이하고 삶이 꽃이나 달콤한 풀처럼 향기를 발산한다면, 그래서 삶이 더 유연해지고 더 별처럼 빛나고 더 영원해진다면, 그런 삶이야말로 성공한 삶이 아니겠는가. 온 자연이 우리를 축하하고, 우리는 시시각각 자신을 축복할 이유를 갖게 될 것이다."

소로의 말에서 알 수 있듯, 성공한 삶은 많은 부를 쌓고, 사회적 지위와 명예를 드높이고, 명성을 떨치고, 높은 자리에 오르는 것이 아니다. 그는 대개가 생각하는 이런 보편적인 성공은 성공으로 보지 않는다는 것을 알 수 있다.

소로는 꽃이나 달콤한 풀처럼 향기가 사람들을 기분 좋게 하고 에너지를 주는 것처럼, 또 삶이 유연해지고 더 별처럼 빛남으로써 누군가에게 의미가 된다면 그래서 온 자연이 우리를 축하하고, 우리는 시시각각 자신을 축복할 이유를 갖게 된다면 그것이야말로 진정한 성공이라는 것이다. 소로의 말은 표현만 다를 뿐 링컨이 생각했던 삶의 지향점과 같다고 하겠다. 그런 까닭에 장 파울이 말했듯이 한 권의 책을 정성껏 읽어야 하는 것처럼 자신의 인생을 공들여 살아야 한다.

그렇다. 삶은 두 번 다시 주어지지 않는다. 삶은 누구에게나 공평하게 딱 한 번뿐이다. 이 소중한 삶을 어찌 대충 살 수 있으며, 죄를 범함으로써 인생의 나락으로 떨어트릴 수 있단 말인가. 우리는 누구나 소중한 인생들이다. 그렇다면 문제는 간단하다. 소모적인 일로 인생을 낭비하지 말고, 생산적이고 창의적인 일에 정성을 다하

라. 그것이야말로 자신의 인생에 대한 예의이며, 자신을 행복하고 보람되게 하는 지혜로운 일임을 잊지 말아야겠다.

진실하게 살되 허위와 망상을 버려라

Henry David Thoreau Walden

오늘날 진실은 거짓된 것으로 여겨지는 반면 허위와 망상은 건전한 진리로
여겨지고 있다. 인간이 진실만을 꾸준히 관찰하고 망상에 빠지지 않는다면,
인생은 우리가 아는 그런 것들에 비해 동화나 『아라비안나이트』처럼
흥미로울 것이다. 우리가 불가피한 것과 존재할 권리가 있는 것만 존중한다면
음악과 시가 길거리에 울려 퍼질 것이다. 또한 서두르지 않고 현명하게 살면,
위대하고 가치 있는 것만이 영원하고 절대적인 존재이며 사소한 두려움과
사소한 쾌락은 현실의 그림자에 지나지 않는다는 것을 알 게 될 것이다.

월든 〈나는 어디서, 무엇을 위해 살았는가〉

진실(眞實)과 허위(虛僞), 이는 사람이 살아가다 보면 늘 겪게 되는
삶의 속성이다. 진실은 '참'이며 허위는 '거짓'이라는 명제는 상반되
는 개념이지만 이는 동서고금을 막론하고 늘 함께 해왔던 것이다.
이는 마치 양극이 있으면 음극이 있고, 플러스가 있으면 마이너스
가 있는 거와 같이 확실히 구분지어지지만, 사람 중엔 진실을 벗어
나 허위의 삶을 좇는 이들이 있다. 이런 이들로 인해 삶은 순탄치
않고 늘 바람에 이는 나뭇잎처럼 소요스럽다.

그러나 진실은 흐르는 강물과 같이 일정하게 흘러가고 고요하다.

이는 무엇을 말하는가. 진실은 언제나 삶을 순탄하게 하고 사람들의 마음을 평안하게 한다는 것을 의미한다. 왜 그럴까. 진실은 아름답게 꾸미지 않는 까닭이다. 본래 있는 그대로의 모습으로 좋으면 좋은 대로, 부족하면 부족한 대로, 예쁘면 예쁜 대로, 덜 예쁘면 덜 예쁜 대로 받아주고 보아주기 때문이다.

중국 제자백가 가운데 하나인 도가의 창시자이자 학자인 노자(老子)는 《도덕경(道德經)》에서 이렇게 말했다.

信言不美 美言不信 善者不辯 辯者不善
知者不博 博者不知 聖人不積
既以爲人 己愈有 既以與人 己愈多 天之道
利而不害 聖人之道 爲而不爭

민음직스러운 말은 아름답지 않고, 아름다운 말은 믿음이 없다.

선한 사람은 말을 잘하지 못하고, 말을 잘하는 사람은 선하지 않다.

지혜로운 사람은 박식하지 않고, 박식한 사람은 지혜롭지 못하다.

성인은 쌓아 두지 않으며, 사람들을 위해 뭐든지 함으로써

자신이 더욱 많이 가지게 되고, 사람들을 위해 모두를 주었지만

그럴수록 자신이 더욱 많아지게 된다.

하늘의 도는 이롭게만 할 뿐 해를 끼치지 않고,

성인의 도는 일을 하면서도 싸우지 않는다.

이는 《도덕경》 81장 전문(全文)으로 사람이 왜 진실되게 살아야 하는지를 잘 보여준다. 한마디로 함축해서 말하면 '진실은 아름답게 꾸미지 않는다'라는 것이다. 노자의 말처럼 진정으로 믿음직스러운 말은 꾸미거나 자신을 드러내기 위해서 하는 말이 아닌, 다소 투박하고, 화려하지 않아도 있는 그대로를 사실대로 하는 말처럼 진실 또한 그러하다. 그러나 거짓이 참으로 둔갑을 하고, 진실이 거짓으로 여겨지는 것이 현실이다. 이는 허위를 감추기 위해 그럴듯하게 꾸미고 조장하는 까닭이다. 그러다 보니 진실은 마치 허위인 것처럼 여겨지기도 한다. 하지만 진실은 언제나 변함이 없어 때가 지나면 반드시 밝혀지게 되고, 허위는 거짓이라는 것이 드러나게 된다. 사필귀정(事必歸正)이라고 했다. 이말 또한 진리인 것이다.

소로는 일찍이 이에 대해 이렇게 말했다.

"오늘날 진실은 거짓된 것으로 여겨지는 반면 허위와 망상은 건전한 진리로 여겨지고 있다."

소로가 살던 19세기의 삶도 지금과 다르지 않다는 것을 알 수 있다. 사람 사는 일은 수만 년 전이나 지금이나 또 수천 년 후에도 같을 것이다. 인간의 본질은 변하지 않은 까닭이다. 그런 까닭에 인간은 언제나 진실을 추구해야 한다. 진실을 추구하다 보면 삶은 행복을 주고, 기쁨을 준다는 것을 알게 된다. 소로는 이에 대해 다음과 같이 말했다.

"인간이 진실만을 꾸준히 관찰하고 망상에 빠지지 않는다면, 인생은 우리가 아는 그런 것들에 비해 동화나 『아라비안나이트』처럼 흥미로울 것이다."

소로의 말에서 보듯 꾸준히 진실을 관찰하고 허위에 빠지지 않으면 흥미롭고 유쾌한 삶을 살게 된다는 것은 자명한 사실이다. 생각해보라. 진실은 언제나 같고 변하지 않는 까닭에 사람들을 잘못되게 하거나 구렁텅이에 몰아넣지 않는다. 꽃과 나비와 벌이 꽃밭에 모여드는 까닭은 달콤한 꿀 향기 때문이듯, 진실한 사람에게는 그를 따르는 사람들이 여기저기서 모여든다. 진실은 삶의 향기와 같기 때문이다. 그러나 진실하지 않는 사람은 아무리 그럴듯하게 꾸며도 거짓이 드러나는 법이다. 이에 대해 공자(孔子)는 이렇게 말했다.

"아무리 작은 과오(過誤)라도 결국에는 다 나타난다. 숨기더라도 늦거나 이르거나 간에 모두 나타나고 만다."

공자의 말처럼 진실하지 않은 사람이 그럴듯하게 꾸며, 사람들이 자신을 따르게 할 수 있다. 하지만 그것은 일순간이다. 때가 되면 안개에 가려진 푸르른 산이 형체를 드러내듯 허위는 그 작태를 드러내는 법이다. 그러나 진실하면 진실되게 바라봐 달라고 꾸미지 않아도 진실하게 보이는 법이다. 그런 까닭에 어떤 사실이든 혹 자신이 불리할지라도 거짓되게 꾸며서는 안 된다. 진실은 진실되게 행할 때만이 모든 일이 자연스럽게 이루지는 까닭이다. 이에 대해 러시아의 국민 작가 톨스토이는 이렇게 말했다.

"어떤 일에서든 진실하라. 진실한 것이 더 손쉬운 것이다. 어떤 일이든 거짓으로 해결하는 것보다는 진실에 의해서 해결하는 편이 보다 신속하게 처리된다. 남에게 하는 거짓말은 문제를 혼란시키고 해결을 더욱 어렵게 할 뿐이다. 그러나 그것보다 더 나쁜 것은 겉으로는 진실한 체하며 자기 자신에게 거짓말을 하는 것이다. 그것은 결국 그 사람의 인생을 망치게 할 것이다."

톨스토이의 말에서 보듯 진실하면 매사를 잘 해나갈 수 있다. 하지만 거짓을 꾸미거나 옳지 못한 방법으로 해나가다 보면 그것은 걸림돌이 되어 넘어지게 할 뿐이다. 즉, 자신을 망치게 할 뿐이다.

구불응심(口不應心)이라는 말이 있다. 이는 '입에서 나온 말이 행동과 다름'을 일러 하는 말이다. 이 말은 《삼국지(三國志)》에 나오는 말로 이 말의 유래는 다음과 같다.

서주(徐州)를 근거지로 차지하고 있던 유비(劉備)는 조조(曹操)에 의해 남양의 원술을 토벌하기 위해 출정하게 되었다. 자신의 유일한 근거지인 서주를 지키기 위해 장비(張飛)에게 말했다.

"이보게 아우, 서주는 우리의 유일한 근거지이니 만일 이곳을 빼앗기면 우리는 갈 곳이 없네. 그러니 절대 술을 마시지 말고 부하들을 때리지 말게. 또한 다른 사람의 말을 잘 듣고 신중히 처신하게나. 내 자네를 믿겠네."

전에도 장비가 술을 먹고 부하 장졸들을 때린 일이 있어 이와 같이 부탁을 한 것이다. 장비는 유비의 말에 걱정하지 말라며 단언하듯 말했다. 그때 옆에 있던 미축이 유비에게 말했다.

"폐하, 장비 장군이 말은 저렇게 하지만 말과 행동이 다를까 해 심히 걱정이 되옵니다."

장비가 떠나고 나서 얼마 후 좋지 않은 소식이 들려왔다. 아니나 다를까, 미축의 말대로 장비는 술을 마시고 취해 여포에게 서주를 빼앗기고 말았다.

이 이야기에서 보듯 장비는 말과 행동이 다른, 즉 거짓됨으로 인해 자신의 책임을 다하지 못하고 여포에게 패하고 말았다. 그로 인해 자신에게 신신당부했던 유비에게 패배를 안겨주었다. 장비와 같이 진실되지 못하고 말과 행동이 다르면, 어떤 일에서든 좋은 결과를 얻지 못한다. 허위는 진실을 가려버리는 벽과 같아 사물이나 어떤 일에 대해 제대로 보지 못하기 때문이다. 진실을 떠난 말과 행동은 과녁을 빗나가버린 화살과 같은 것이다.

소로는 당시 뉴잉글랜드 사람들이 비참하고 남루한 생활을 하는 이유는 사물의 겉만 보고 속까지 꿰뚫어 보는 눈이 없기 때문이리고 말한다. 즉, 실재하는 듯이 보이는 것을 실제로 존재한다고 믿어 버린다는 것이다. 그리고 소로는 이렇게 말한다.

"사람들은 진리가 멀리 있다고 생각한다. 태양계의 변두리에, 가장 먼 별 뒤쪽에, 아담 이전에, 최후의 인간 다음에 있을 거라고 생각한다. 확실히 영원 속에는 진실하고 숭고한 무언가가 있다. 하지만 이 모든 시간과 장소와 계기는 바로 지금 여기에 있다. 신 자신도 지금 이 순간 절정에 이르러 있고, 모든 시대의 흐름 속에서 지금보다 더 신성한 때는 없을 것이다. 그리고 우리는 우리를 에워싸고 있는 현실이 계속 우리에게 스며들어 거기에 흠뻑 젖어야만 비로소 숭고하고 고결한 것을 이해할 수 있다."

소로의 말에서 보듯 진리는 먼 곳에 있는 것이 아니라, 지금 자신이 있는 자리에 있다는 것이다. 지금 진리에 따라 살아야 한다는 것이다. 그 진리에 흠뻑 젖어 살아야 한다는 것이다. 그래야 숭고하고 고결한 것을 이해할 수 있다는 것이다. 즉, 참됨을 알 수 있다는 것이다. 진리에 따라 살면 진실할 수밖에 없다. 그렇게 살지 못하기 때문에 진실하지 않은 것이다. 소로는 진실이 우리의 삶에 미치는 영향에 대해 다음과 같이 말한다.

"우리가 불가피한 것과 존재할 권리가 있는 것만 존중한다면 음악과 시가 길거리에 울려 퍼질 것이다. 또한 서두르지 않고 현명하게 살면, 위대하고 가치 있는 것만이 영원하고 절대적인 존재이며 사소한 두려움과 사소한 쾌락은 현실의 그림자에 지나지 않는다는 것을 알게 될 것이다."

소로의 말은 무엇을 의미하는가. 한마디로 말해 그 어떤 일에서든 불가피한 것과 존재할 권리가 있는 것만 존중한다면, 즉 진실하게만 할 수 있다면 마음을 기분 좋게 하는 음악과 아름다운 시가 되어 세상을 아름답게 할 것이며, 서두르지 않고 현명하게 살면, 위대하고 가치 있는 것만이 영원하고 절대적인 존재이며 사소한 두려움과 사소한 쾌락은 현실의 그림자에 지나지 않는다는 것이다. 이 역시 어떤 일에서든 진실할 수 있어야 함을 뜻한다.

그렇다. 진실은 늘 푸른 소나무와 같이 그 빛을 잃지 않는다. 그런 까닭에 언제 어느 때나 진실되게 말하고 행동해야 한다. 우리의 역사와 세계사는 이를 잘 알게 하질 않는가. 진실은 영원하지만 거짓은 금방 드러난다는 것을. 진실하라. 진실만이 우리를 자유롭고 평화롭게 하며, 미래를 향한 승전고(勝戰鼓)와 같다는 사실을 잊지 말아야겠다.

자연처럼 유유히 살자

Henry David Thoreau Walden

하루를 자연처럼 유유히 살아보자. 철도 위에 견과류 껍질이나 모기 날개가
떨어질 때마다 탈선하는 기차처럼 되지는 말자. 아침 일찍 일어나서 식사를 하든
거르든 관계없이, 마음을 어지럽히지 말고 조용히 평온하게 지내보자.
친구가 오든 말든, 초인종이 울리든 말든, 애들이 울든 말든, 하루 종일
즐겁게 보내기로 결심하자. 우리는 왜 물결에 휩쓸려 떠내려가야 하는가.
정오의 얕은 여울에 자리 삼은 점심이라는 이름의 무서운 격류와 소용돌이에
압도당하지 말자. 이 위험만 뚫고 나가면 우리는 안전하다. 나머지 길은 내리막이니까.

월든 〈나는 어디서, 무엇을 위해 살았는가〉

　자연은 자연의 질서와 흐름의 법칙을 준수한다. 자연은 무위(無
爲)하기 때문이다. 그런 까닭에 자연은 아주 오래전이나 지금이나
먼 훗날도 자연 그대로의 모습을 잃지 않고 영원한 것이다. 다만,
인간이 자연을 더럽히고 황폐화시키지 않는다면 말이다. 자연은
본래 그대로의 모습을 지닐 수 있어야 자연인 것이다. 그러나 인간
은 수시로 변화를 따르고 변화하기를 좋아한다. 인간은 인위(人爲)
적이기 때문이다. 무엇이든 자신이 원하는 대로 하려고 하는 본능
이 있다. 그런 까닭에 인간은 영원하지 못하고 제한된 삶을 살 수밖

에 없다.

일찍이 노자(老子)는 무위자연(無爲自然)을 주장했다. 무위자연이란 무엇인가. 인위를 가하지 않은 자연 그대로를 따르는 것을 말한다. 노자는 중국 제자백가 가운데 하나인 도가의 창시자이자 학자로, 자연의 이치를 따르고 '무위자연(無爲自然)'하게 사는 도(道)를 중요하게 생각했다. 노자가 말하는 무위란 '자연을 그대로 두고 인위를 가하지 않음'을 말한다. 즉, 자연의 순리에 따르는 것으로 인간이 인간의 생각에 의해서 판단하거나 그것을 좌지우지해서는 안 된다는 것이다. 그러니까 있는 그대로를 따르는 것, 순리대로 사는 것 이것이 바로 무위자연이라는 것이다.

물은 노자의 무위사상의 중심 대상이다. 물은 위에서 아래로 흐르고, 높은 곳에서 떨어져도 깨지지 않는 부드럽지만 강한 존재이다. 물과 같이 흐르는 대로 꾸미지 않고 바르게 사는 것, 그것이 노자의 사상이다.

"물은 그 어느 것과도 다투지 않으며 무엇이든 억지로 하는 법이 없다. 그리하면서도 만물을 이롭게 한다. 물은 사람들이 싫어하는 낮은 곳에 몸을 두려 한다. 물은 도와 비슷하다."

이는《도덕경》제8장 일부 문장으로 물의 속성을 잘 보여준다. 이렇듯 물은 그 무엇과도 친밀하고 억지스럽게 굴지 않는다. 그리고 나아가 물은 사람이든 동물이든 식물이든 이 세상에 존재하는 모든 것을 이롭게 한다. 그런 까닭에 노자는 물을 '도(道)'와 비슷하다고 하는 것이다. 그리고 이어 노자는 이렇게 말한다.

"가득 채우면 흘러넘친다. 고로 가득 채우기보다는 적당한 때에 멈추는 것이 낫다. 날을 예리하게 세우면 날카로움이 오래가지 못한다. 재물이 많으면 지키기가 어렵고 돈이 많고 지위가 높다고 교만하면 비난받을 일이 생긴다. 일을 이룬 다음에는 뒤로 물러서야 한다. 그것이 하늘의 도다."

이는《도덕경》제9장으로 물이 가득 차면 흘러내리듯 무엇이든 가득 채우기보다는 적당할 때 멈춰야 한다는 것이다. 날을 세우면 날카로움으로 인해 도리어 오래가지 못하고, 재물이 많으면 재물을 지키기가 어려워 도리어 잃게 되고, 돈이 많고 지위가 높으면 교만해 비난을 받게 되니 적당할 때 물러나야 탈이 나지 않는다는 것을 알 수 있다. 왜 그럴까. 무엇이든 넘치면 아니함만 못하기 때문이다.

앞의 두 문장은 노자의 중심사상인 무위자연을 함축적으로 잘 보여준다. 즉, 무위는 '도는 언제나 무위이지만 하지 않는 일이 없다'이고, 자연은 '하늘은 도를 본받고 도는 자연을 본받는다'라는 의미이다. 이는 거짓됨과 인위적인 것으로부터 벗어나려는 것을 뜻한다. 이런 관점에서 볼 때 인간은 물처럼 유유하게 살아야 한다.

소로가 지향했던 소박하고 간소한 삶, 자연을 아끼고 자연에 순응하는 삶은 노자의 무위자연과 그 맥을 같이 한다는 것을 알 수 있다. 소로 또한 자연처럼 유유하게 살 것을 권면한다.

"하루를 자연처럼 유유히 살아보자. 철도 위에 견과류 껍질이나 모기 날개가 떨어질 때마다 탈선하는 기차처럼 되지는 말자. 아침 일찍 일어나서 식사를 하든 거르든 관계없이, 마음을 어지럽히지 말고 조용히 평온하게 지내보자. 친구가 오든 말든, 초인종이 울리든 말든, 애들이 울든 말든, 하루 종일 즐겁게 보내기로 결심하자. 우리는 왜 물결에 휩쓸려 떠내려가야 하는가. 정오의 얕은 여울에 자리 잡은 점심이라는 이름의 무서운 격류와 소용돌이에 압도당하지 말자. 이 위험만 뚫고 나가면 우리는 안전하다. 나머지 길은 내리막이니까."

소로의 말은 현실감과 동떨어진 말, 즉 시대에 맞지 않는다는 생각을 주지만, 바쁜 현실을 사는 우리에게는 꼭 필요한 말이 아닐 수 없다. 바쁘게 살다 보면 철도 위에 견과류 껍질이나 모기 날개가 떨어질 때마다 탈선하는 기차처럼 될 수도 있으니 이를 조심하라는 것이다. 그리고 조용하고 평온하게 지내보자는 것이다. 또한 친구가 오든 말든, 초인종이 울리든 말든, 애들이 울든 말든 즐겁게 지내보라는 것이다. 그래서 세상 물결에 휩쓸려가지 말라는 것이다. 그리고 정오의 얕은 여울에 자리 잡은 점심이라는 이름의 무서운 격류와 소용돌이에 압도당하지 말자는 것이다. 즉, 세월의 흐름에 빠져 자신을 피폐하게 하지 말라는 것이다. 그런 까닭에 그 모든 세월의 빠른 움직임 속에서 벗어날 수 있어야 한다는 것이다. 그래야 내리막길을 가듯 인생을 좀 더 낙락하고 여유 있게, 즉 원하는 인생을 행복하게 살 수 있다는 것이다.

"휴일이 인간에게 주어진 것이지 인간이 휴일에게 주어진 것은 아니다."

이는《탈무드》에 나오는 말로, 유대인들은 휴식시간을 잘 쓰기로 유명하다. 그들이 휴식시간을 잘 활용하는 것은 그들의 종교인 유대교의 영향과《탈무드》의 가르침에 따른 것이다. 여기서 한 가지 생각할 것은 휴식은 단순히 노는 시간이 아니라 삶을 재충전하는 '라이프 골드 타임'이라는 것이다. 이를 좀 더 부연해서 말하면 삶을 너무 바쁘게만 살지 말고, 유유하게 여유를 갖고 살라는 것이다. 그래야만 좀 더 자신을 돌아보게 됨으로써 삶을 더 진실되게 살 수 있고, 주변을 돌아보는 눈을 키움으로써 배려하는 넉넉한 마음을 갖게 될 수 있어 삶을 가치 있게 살 수 있기 때문이다.

그런데 여유 없이 바쁘게만 살다 보면 몸과 마음이 지치고 처져 마음이 거칠어지고, 작은 일에도 화를 내게 된다. 그러다 보니 상대에 대한 배려나 이해심이 부족해 편협한 생각에 갇히게 된다. 이는 스스로의 삶을 저해하는 요인으로 작용한다. 그런 까닭에 열심히 살되 그만큼의 안식을 통해 자신을 여유 있게 함으로써 삶을 보다 낙락하게 살아야 한다. 그런데 이처럼 중요한 '라이프 골드 타임'을 잘못 인식하는 사람들이 많다. 그저 먹고, 취하도록 마시고, 고스톱이나 치고, 카드놀이하고, 골프 치는 게 고작이다. 이는 대한민국 어딜 가나 비슷한 현상이다. 진정한 휴식문화에 대해 잘 모르기 때문이다.

유대인은 철저하게 인간 중심으로 휴일을 보내는 걸로 정평이 났다. 이처럼 유대인들에게 있어 휴식은 지친 몸과 마음을 평안히 해 삶을 유유하게 하는 수단이자, 새로운 에너지를 창조하는 역동적이고 생산적인 시간인 것이다. 그들이 모든 분야에서 뛰어난 두각을 보이는 것은 휴식을 효율적으로 보냄으로써 마음의 여유를 가질 줄 아는 지혜로운 민족이기 때문이다.

한때 유럽 젊은이들 사이에서 등장한 다운시프트족(downshifts)이 신선한 충격을 주었었다. 다운시프트족이란, '고소득이나 빠른 승진보다는 비록 저소득일지라도 여유 있는 직장생활을 즐기면서 삶의 만족을 찾으려는 사람들을 이르는 말'이다. 1970년 이후 태어난 유럽 젊은이들 사이에서 등장한 새로운 삶의 유형이라고 할 수 있다. 다운시프트족은 '직장은 돈을 벌기 위한 곳이 아니라 삶의 여유와 심리적 만족을 충족시키는 장소'로 본다. 이는 무엇을 말하는가. 마음의 여유를 갖고 유유히 삶을 살고 싶다는 소망에서 비롯된 것이다. 그들은 유유한 삶을 사는 것이야말로 인간이 취해야 할 가장 바람직한 삶이라고 여긴다. 이들이야말로 가장 현명한 삶을 사는 사람들이 아닐까 싶다. 어차피 죽을 때 돈을 싸 짊어지고 갈 것도 아닌데, 남과 경쟁하면서 아등바등 살 필요가 있을까. 욕심을 내려놓고 주어진 삶에 감사하며 삶을 여유 있게 즐기면서 사는 것이야말로 최선의 삶이 아닐까 한다.

1999년 프랑스 최대 화제작으로 논픽션 1위에 오른 피에르 쌍소의 《느리게 산다는 것의 의미》는 '느림의 철학'을 잘 보여준다. 철학 교수이자 에세이스트인 피에르 쌍소는 이렇게 말한다.

"느림, 내게는 그것이 부드럽고 우아하고 배려 깊은 삶의 방식으로 보여진다. 반대로 기다리기 싫다는 이유로 점심 종이 울리기가 무섭게 구내식당으로 달려가거나, 수업 시간에도 정신없이 뛰어가 제일 앞자리에 앉아야만 직성이 풀리고, 상위권의 성적을 유지하기 위해 도서관으로 어디로 항상 종종걸음을 치곤 하던 친구들의 태도는 왠지 신경에 거슬렸다. 그런 친구들은 언제나 빨리 어른이 되고 싶어 했다. 그래서 옷도 어른들처럼 입으려 했고, 어른들처럼 권위를 부리고 싶어 했다. 그러나 한번 소홀하게 넘어가 버린 유년기는 영원히 소멸되고 돌아오지 않는 법이다."

쌍소의 말엔 한 번뿐인 인생을 서두르지 말고 그 시기에 맞게 잘 보내야 한다는 것을 의미한다. 그 시기가 지나가면 흘러간 강물이 다시는 돌아오지 않는 것처럼 인생의 그 시기도 돌아오지 않기에 인생의 시기마다 그에 맞게 여유 있게 잘 보내야 한다는 것이다. 그리고 이어 쌍소는 이렇게 말했다.

"그러나 나는 내 길을 선택하기로 했다. 바로 느림이 존재하는 영역이다. 나는 굽이굽이 돌아가며 천천히 흐르는 강의 한가로움에 말할 수 없는 애정을 느낀다. 그리고 거의 여름이 끝나갈 무렵, 마지막 풍요로움을 자랑하는 끝물의 과일 위에서 있는 대로 시간을 끌다가 마침내 슬그머니 사라져 버리는 9월의 햇살을 몹시 사랑한다. 또한 시간의 흐름에 따라 얼굴에 고귀하고 선한 삶의 흔적을 조금씩 그려가는 사람을 보며 감동에 젖는다."

쌍소의 말에서 보듯 그가 애정을 느끼고 사랑하고 감동에 젖는 것은 아주 작고 소소한 것들이다. 그것은 여유 있는 마음을 갖고 관조할 때 느낄 수 있는 행복한 순간들이다. 바쁘게 사는 사람들은 절대 느낄 수 없는 소중한 순간의 감동들이다. 쌍소의 말은 한마디로 삶을 바쁘게 살지 말고, 천천히 여유롭게 살라는 말이다. 그래야 여유롭고 행복을 느끼며 살 수 있기 때문이다. 느림은 지는 것이 아니다. 느림은 삶을 즐기면서 사는 행복한 삶의 철학인 것이다.

소로의 "하루를 자연처럼 유유히 살아보자. 철도 위에 견과류 껍질이나 모기 날개가 떨어질 때마다 탈선하는 기차처럼 되지는 말자"라는 말은 유대인의 관점에서 볼 때 매우 유사하다는 걸 알 수 있다. 또한 다운시프트족의 삶의 방식이나 쌍소의 느림의 미학은 소로가 지향했던 삶의 방식에 부합되는 삶이라고 할 수 있다. 삶을 행복하게 사는 사람들을 보면 마음의 여유가 있다는 걸 알 수 있다. 가진 게 부족해도 불평을 하거나 불만으로 삼지 않는다. 그냥 주어진 대로 순응하며 사는 데 익숙하다. 그런 까닭에 삶을 유유하게 살아간다.

그러나 아무리 많은 것을 소유했다 해도 마음에 여유가 없으면, 불평하게 되고 불만을 갖게 된다. 그러다 보니 참된 행복이 무엇인지 잘 모른다. 이는 참다운 삶이라고 할 수 없다.

"나는 오늘 무척이나 조용하고 평화로운 날을 보냈다. 아무 데도 가지 않고 그저 있는 그대로의 내 모습으로 지냈기 때문이다. 그것은 무척이나 기분 좋은 시간이었고, 내게는 하나의 중요한 변화이기도 했다. 예전에는 여러 가지 일을 하느라 한시도 틈을 낼 수 없을 만큼 정신없이 바빴으니 말이다. 우리는 종종 해야 할 일에 치여서 자기 자신조차도 돌아보지 못한 채 쫓기듯이 살아간다. 하지만 때로는 급한 일들을 처리하는 것보다 짧은 낮잠을 자거나 혹은 아무것도 하지 않은 채 시간을 보내는 것이 유익한 경우도 있다. 가끔은 텅 빈 시간 속에서 여유를 즐기며 내면의 평화를 구해보라."

이는 미국 정신과 전문의인 바바라 골든이 한 말로, 마음을 편안하고 여유롭게 하는 것이 삶을 유유하게 살아가는 데 큰 도움이 된다는 것을 자신의 경험을 통해 보여준다. 마음이 여유로우면 마음이 풍요로워진다. 그런 까닭에 사람을 대하는 것도 사물을 바라보는 것에도 여유가 넘친다. 그러니 어찌 유유하지 않을 수 있을까. 노자의 무위자연까지는 아니더라도 가끔 자신에게 휴식을 줌으로써 마음의 여유를 갖는다면, 삶을 유유하게 보냄으로써 가치 있는 인생을 살 수 있게 된다.

그렇다. 유유한 삶은 마음의 여유에서 온다. 자신이 바쁠수록 자신을 평안히 하도록 해야 한다. 그래야 마음을 여유롭게 함으로써 삶을 유유하고 행복하게 살아가게 될 것이다.

독서와 고전의 가치

Henry David Thoreau Walden

고전이란 인류의 가장 고귀한 사상의 기록이 아니고 무엇이겠는가?
고전이야말로 아직까지 사라지지 않고 남아 있는 유일한 신탁이며, 그 안에는
델포이나 도도나도 줄 수 없는 가장 최근의 질문에 대한 답이 들어 있는 것이다.
고전연구를 그만두는 것은 자연이 오래되었다고 해서 자연에 대한 연구를
그만두는 것과 마찬가지다.

월튼 〈독서〉

고전(古典)의 사전적 의미는 오랫동안 많은 사람에게 널리 읽히고, 모범이 될 만한 문학이나 예술작품을 일러 말한다. 그런 까닭에 고전은 널리 읽히고 많은 사랑을 받으며 소멸되지 않고 계속해서 이어져 오고 있고, 인류가 존재하는 한 앞으로도 계속 이어질 것이다.

흔히 하는 말로 고전에서는 '향기'가 난다는 말이 있다. 여기서 향기란 '지혜'를 의미한다. 세르반테스의 《돈키호테》, 괴테의 《파우스트》, 단테의 《신곡》, 노자의 《도덕경》, 공자의 《논어》, 맹자의 《맹자》와 같은 고전을 접하다 보면 수백, 수천 년이 지났는데도 여전히 그

향기는 예나 지금이나 변함이 없다. 고전은 세월이 지날수록 빛을 발하기 때문이다. 왜 그럴까. 인간이란 그 본질이 같기 때문이다. 수백, 수천 년 전에 인간이나 현시대를 살아가는 인간이나 좋아하는 것과 싫어하는 것, 옳은 것과 그른 것, 참된 것과 거짓된 것 등에 대한 가치 기준이 같기 때문이다. 그래서 고전은 예나 지금이나 사람들에게 큰 영향을 주는 것이다.

고전을 많이 읽는다는 것은 지혜를 맘껏 섭취하는 것과 같다. 그런 까닭에 고전을 많이 읽게 되면, 혜안이 밝아진다. 고전을 많이 읽어야 하는 이유가 여기에 있는 것이다. 소로는 고전에 대해 이렇게 말한다.

"고전이란 인류의 가장 고귀한 사상의 기록이 아니고 무엇이겠는가? 고전이야말로 아직까지 사라지지 않고 남아 있는 유일한 신탁(神託)이며, 그 안에는 델포이(아폴론의 신탁소)나 도도나(제우스의 신탁소)도 줄 수 없는 가장 최근의 질문에 대한 답이 들어 있는 것이다. 고전연구를 그만두는 것은 자연이 오래되었다고 해서 자연에 대한 연구를 그만두는 것과 마찬가지다."

소로가 말하는 "고전이란 인류의 가장 고귀한 사상의 기록"이라는 말은 매우 설득력을 지닌다. 고전에는 그 시대 사람들의 생각이나 삶, 작가의 사상과 철학이 담겨 있어 고전을 읽는 것만으로도 그 당시 사람들의 생각과 삶을 알 수 있기 때문이다. 그런 까닭에 소로는 "고전연구를 그만두는 것은 자연이 오래되었다고 해서 자연에 대한 연구를 그만두는 것과 마찬가지다"라고 단언한다. 그만큼 고전은 가치가 크다는 것을 뜻한다.

그런데 현대인들은 특히 젊은 세대는 고전을 잘 안 읽은 경향이 있다. 고전은 어렵고 고리타분하다는 생각에 의해서다. 뿐만 아니라 조사에 의하면 책도 잘 안 읽는다고 한다. 우리나라 성인의 평균 연간 독서량은 10권 정도라고 하니, 이는 월평균 0.8권으로 가히 심각하다고 할 만하다. 그나마 가장 많이 읽는 연령층은 20~30대라고 한다.

그런데 문제는 그마저도 제대로 된 책보다는 가볍고 흥밋거리 위주의 에세이만 읽는다는 것이다. 교보문고나 영풍문고 등 대형서점이나 예스24 등의 대형 인터넷서점에서 베스트셀러 순위에 드는 책은 내용이 대개 비슷하다. 같은 연령대의 또래들이 쓴 신변잡기나 위로를 주는 글을 담은 책이 그것이다. 물론 비슷한 연령대들이 공감할 수 있다는 측면에서는 어느 정도 이해가 가지만, 한창 생각의 깊이를 키우고 자기만의 철학을 지니는 데에는 별 도움이 되지 않는다는 데 문제가 있다. 그렇다면 어떤 책을 읽어야 할까? 이에 대해 지성인들의 다양한 생각을 살펴보는 것도 읽을 책을 선택하는 데에 있어 많은 도움이 될 것이다.

첫째, 독일의 철학자 프리드리히 니체는 이렇게 말했다.

"우리가 읽어야 할 책은 읽기 전과 읽은 후 세상이 완전히 달리 보이는 책, 우리를 이 세상 저편에 데려다주는 책, 읽는 것만으로도 우리의 마음이 맑게 정화되듯 느껴지는 책, 새로운 지혜와 용기를 선물하는 책, 사랑과 미에 대한 새로운 인식, 새로운 관점을 안겨주는 책이다."

니체의 말에서 보듯 사람들이 읽어야 할 책이 어떤 책인지를 잘 알게 한다. 즉, 책을 읽기 전과 책을 읽은 후 세상을 보는 눈이 확연히 달라져야 하고, 마음을 맑게 하고, 새로운 지혜와 용기를 주어야 하고, 사랑과 미에 대한 인식과 관심을 높여 주는 책이어야 한다는 것이다.

둘째, 독일의 정치가인 막스 웨버는 이렇게 말했다.

"두 번 읽을 가치가 없는 책은 한 번 읽을 가치도 없다."

막스 웨버가 말하는 두 번 읽을 가치가 없는 책은 어떤 책일까. 한 마디로 말해 악서(惡書)라고 할 수 있다. 사람을 이롭게 하는 양서(良書)는 얼마든지 읽어도 좋다. 읽는 수만큼 자신의 삶에 자양분이 되어주기 때문이다. 하지만 악서는 읽는 수만큼 자신의 삶을 갉아먹는다. 이런 책은 읽을 가치가 없는 까닭에 절대 읽어서는 안 된다.

셋째, 프랑스의 철학자 르네 데카르트는 이렇게 말했다.

"좋은 책을 읽는 것은 과거의 가장 뛰어난 사람들과 대화를 나누는 것과 같다."

데카르트의 말에서 보듯 좋은 책을 읽는 것 자체만으로도, 가장 뛰어난 사람들과 대화하는 것과 같은 효과를 준다는 것이다. 그런 까닭에 좋은 책을 많이 읽는다는 것은 훌륭한 사람들을 배울 수 있는 기회가 되기에 자신에게 더없이 좋은 가르침이 될 것이다. 그렇다면 소로의 생각은 어떨까. 이에 대해 그는 다음과 같이 말한다.

"제대로 된 독서, 즉 참된 책을 참된 정신으로 읽는 것은 고귀한 운동이며, 이 운동은 현대의 풍습이 높이 평가하는 어떤 운동보다도 힘든 노력을 요구한다. 그것은 운동선수가 참고 견뎌야 하는 것과 같은 훈련을 요구하며, 목적을 달성하겠다는 의지를 평생 일관되게 간직해야 한다. 책은 그것이 쓰였을 때와 마찬가지로 차분하게 시간을 들여 정성껏 읽어야 한다."

소로는 제대로 된 독서, 즉 바람직한 독서는 참된 책을 참된 정신으로 읽어야 한다고 말한다. 그러니까 고전과 같은 읽을 만한 가치가 있는 책을 읽으라는 것이다. 그런 책을 읽는다는 것은 인내심을 필요로 할 때가 있다. 내용이 어렵거나, 이해가 되지 않아서 읽기가 힘든 까닭이다. 물론 고전에 한정해서 읽으라는 말은 아니다. 책 내용이 풍부하고, 읽어서 득이 될 수 있다면 어떤 책이라도 상관없다. 소설, 시집, 에세이 등의 문학책도 좋고, 주제의식이 뚜렷한 논픽션 계통의 책도 좋고, 자기계발에 도움이 되는 인문서나 자기계발서도 좋다. 이런 책들은 적어도 시간 낭비를 하거나, 읽은 것에 대해 손해 보지는 않게 하니까 말이다. 하지만 그럼에도 고전이나 이런 계통의 책을 멀리한다는 것은 안타까운 일이 아닐 수 없다. 비단 이는 20~30대만이 아니다. 독서를 즐기고 독서에 일가견이 있다는 사람조차도 크게 다르지 않다. 이에 대해 소로는 다음과 같이 말한다.

"이른바 훌륭한 독자라고 일컬어지는 사람조차 좋은 책을 읽지 않는다."

소로의 말을 보면 소로의 시대 때나 지금이나 사람들이 독서를 잘 안 한다는 것을 알 수 있다. 특히, 훌륭한 독자라는 사람들조차도 좋은 책을 읽지 않는 것에 대해 안타까워하는 그의 마음이 느껴진다. 좋은 책을 읽는다는 것은 인생의 자양분을 섭취하는 것과 같다. 이처럼 좋은 자양분은 지혜를 길러주고, 논리력을 길러주고, 정서를 맑게 길러준다. 이를 한 마디로 함축한다면 영혼을 살찌게 한다는 것이다. 그런 까닭에 읽기가 조금 힘든 고전도 읽어야 하고, 시와 소설, 깊이 있는 에세이 등의 문학책도 읽어야 하고, 다양한 인문서도 읽어야 한다. 《탈무드》에는 책을 읽는 사람이 지켜야 할 세 가지 독서 자세에 대해 다음과 같이 쓰여 있다.

"책을 읽는 사람은 세 가지 가르침을 지켜야 한다. 책을 가지고 있으면서 읽지 않는 사람, 책에서 사회에 유익한 교훈을 끌어내지 못하는 사람, 책을 읽고 자신의 생각을 끌어내지 못하는 사람은 소중한 세 아이를 잃는 거와 같다."

이처럼 생산적이고 창의적인 독서를 하기 위해서는 '독서 하는 사람이 지켜야 할 세 가지 자세'를 견지함으로써 지혜로운 독서법을 습관화해야 한다.

그렇다. 책은 아무리 읽어도 탈이 나는 법이 없다. 다만, 읽어서 좋지 않은 책은 삼가야 한다. 하지만 양서는 얼마든지 읽어도 좋다. 읽는 만큼 자신에게 유익함을 주는 까닭이다. 독서는 그 사람 인생의 최고 자양분이다. 독서를 습관화하라.

자신의 운명은 자신에 의해서 결정된다

Henry David Thoreau Walden

당신이 자신에 대해 어떻게 생각하느냐에 따라
당신의 운명은 결정된다.

소로의 말

"생각하는 대로 살지 않으면 사는 대로 생각하게 된다."

프랑스 소설가이자 비평가인 폴 부르제가 한 말이다. 이 말은 생각이 그 사람의 인생에 미치는 영향이 얼마나 중요한지를 잘 알게 한다. 인간은 자신이 생각하는 대로 움직이는 존재인 까닭이다. 가령, 오늘은 무엇을 먹을까 하고 생각하면 생각한 음식을 먹게 된다. 또 내일은 무엇을 입을까 하고 생각하면 자신이 생각하는 대로 입게 된다. 그런 까닭에 어떤 생각을 하느냐는 것은 매우 중요하다. 소로 또한 생각의 중요성에 대해 이렇게 말했다.

"당신이 자신에 대해 어떻게 생각하느냐에 따라 당신의 운명은 결정된다."

소로의 말에서 보듯 자신의 운명은 누군가에 의해 결정되는 것이 아니며, 환경에 의해서 결정되는 것도 아니다. 자기 자신에 의해 결정된다. 물론 다른 사람의 도움을 받을 수도 있고, 자신이 처한 환경의 영향이 미치는 것도 사실이다. 하지만 이는 어디까지나 상황적인 얘기일 뿐, 그 주체는 자기 자신이라는 사실엔 변함이 없다. 왜 그럴까. 인간은 누구나 자신의 생각이 이끄는 대로 움직일 수밖에 없는 자기 인생의 드라이버인 것이다. 다음 두 가지 일화는 그 사람의 생각이 그 사람의 인생에 어떤 결과를 낳게 하는지를 잘 알게 하는 이야기이다.

성공한 동기부여가인 앤서니 라빈스. 그의 젊은 시절은 몹시도 가난했다. 하지만 라빈스는 가난을 탓하지 않았다. 그래 봤자 그것은 스스로를 바보로 만드는 일이라고 생각했던 것이다. 앤서니에게는 꿈이 있었는데 그것은 동기부여가가 되는 것이다. 그가 하루 종일 하는 생각은 온통 유능한 동기부여가로 성공하는 것이었다. 동기부여가가 되기로 결심을 한 그는 그에 관한 책 600권 이상을 닥치는 대로 읽었다. 그리고 중요한 대목이나 자신의 느낌을 일일이 메모하고 자기 나름대로의 동기부여에 대한 철학을 정립했다. 그러자 동기부여에 대한 안목이 트임은 물론 꿈을 향한 열망은 더욱 강렬해졌다. 앤서니는 동기부여에 대한 강연이 있으면 어디든지 달려가 경청했다.

그러던 어느 날이었다. 최고의 동기부여가인 짐 론이 앤서니가 살고 있는 도시에서 강연을 한다는 소식이 들려왔다. 소식을 들은 그는 세미나에 참석하고 싶은 마음이 굴뚝같았다. 하지만 그에게는 세미나에 지불해야 할 돈이 없었다. 한참을 고심하던 그는 무작정 짐 론을 만나러 갔다. 짐 론을 만난 그는 이렇게 말했다.

"선생님, 평소에 존경하는 선생님을 뵙게 되어 영광입니다. 제 꿈도 동기부여가입니다. 그런데 지금 세미나에 참가할 돈이 없습니다. 무슨 좋은 방법이 없을까요?"

그의 말을 듣고 짐 론이 말했다.

"앤서니, 내 강의를 듣고 싶다면 수강료를 내고 듣게. 나는 절대 무료로 강의를 듣게 하고 싶지 않네. 그만 가 보게."

짐 론의 매몰찬 말에 앤서니의 표정이 어두워졌다. 자신이 돈이 없다고 사실대로 말하면 무료로 듣게 해 주지 않을까 했던 기대가 와르르 무너져 내렸기 때문이다. 앤서니는 죄송하다고 말하고는 그 자리를 벗어났다. 그리고 어떻게 하면 강의를 들을 수 있을까 생각하던 중 무턱대고 은행을 찾아갔다.

"저 대출을 받고 싶어서 왔습니다."

앤서니는 대출 담당자에게 대뜸 이렇게 말했다

"담보를 가져 왔나요?"

대출 담당자는 대출 담보를 가져왔느냐며 물었다.

"아니요. 저는 가진 것이 아무것도 없습니다."

"담보가 없으면 대출을 받을 수 없습니다."

대출 담당자의 말에 앤서니는 포기하지 않고 이렇게 말했다.

"저는 짐 론의 강의를 꼭 들어야만 합니다. 저, 무슨 방법이 없을 까요? 반드시 갚도록 하겠습니다."

"죄송합니다. 어쩔 수 없군요."

대출 담당자는 이렇게 말하며 안됐다는 표정을 지었다. 하지만 앤서니는 또다시 말했다.

"저는 꼭 짐 론의 강의를 들어야 합니다. 제 꿈은 동기부여가가 되는 것입니다. 그런데 이 좋은 기회를 날린다는 것은 저의 꿈을 잃 는 거나 다름없거든요. 비록 지금 가진 것이 없지만 언제까지나 지 금처럼은 살지 않을 겁니다. 저는 반드시 꿈을 이루고 성공하고야 말 것입니다. 꼭 갚겠습니다. 그러니 대출을 부탁드립니다."

앤서니는 안 된다는 걸 알면서도 마지막으로 이렇게라도 말하고 싶었다. 그의 눈빛은 너무도 간절했다. 그를 넌지시 바라보던 대출 담당자가 말했다.

"대출은 해 줄 수 없지만, 대신 제가 돈을 빌려드리지요."

"저, 정말입니까? 감사합니다. 반드시 갚도록 하겠습니다."

대출 담당자의 말에 앤서니는 뛸듯이 기뻐서 말했다.

"당신의 눈을 보니 안 빌려드릴 수가 없네요."

대출 담당자는 이렇게 말하며 앤서니에게 돈을 건넸다. 돈을 받아든 앤서니는 연신 감사하다는 말을 남기고는 쏜살같이 세미나장으로 달려갔다. 그리고 등록을 한 뒤 열심히 짐 론의 강의를 들었다. 짐 론의 강의는 그에게 용기와 큰 힘이 되었다. 강의를 마친 짐 론이 앤서니에게 말했다.

"앤서니, 돈이 없다더니 어떻게 강의를 듣게 되었나?"

짐 론의 말에 앤서니는 사실대로 말했다.

"오, 그랬군. 바로 그거야. 그와 같은 열정만 가지면 무엇이든 할 수 있다네. 자네는 반드시 그렇게 될 걸세."

짐 론은 이렇게 말하며 그를 크게 격려해주었다. 그 일이 있고 나서 동기부여가가 되겠다는 엔서니의 결심은 더욱 단단해졌다. 그리고 꾸준히 탐구하고 연마한 끝에 자신이 그렇게도 원하던 동기부여가로 크게 성공했다. 앤서니는 자신이 생각하는 대로 철저하게 준비하고 실천했기에, 가난한 환경 속에서도 크게 성공할 수 있었던 것이다.

미국에서 있었던 일이다. 한 아이가 아버지에게 용돈을 타내기 위해 잔머리를 굴렸다. 아버지는 아이의 말대로 돈을 줄 때도 있었지만, 주지 않을 때도 있었다.

"너는 어디다 돈을 쓰기에 툭하면 달라고 하느냐. 돈은 아껴서 써야지 함부로 쓰다가는 나중에 거지가 된다."

그러면 아이는 아버지의 말에 이렇게 대꾸했다.

"아버지, 돈이 꼭 필요하니까 달라고 하는 거지요. 당장 돈을 주지 않으시면 저는 죽어버릴지도 몰라요."

"아니, 이 녀석이 못하는 말이 없어. 그런 말하면 못 써!"

아버지는 아들이 목숨을 끊겠다고 하자 말로는 강하게 하면서도 혹시나 아들이 잘못될까 봐 돈을 쥐여 주었다. 그러자 아이는 툭하면 목숨을 끊겠다고 말하며 으름장을 놓았다. 아이에게 자살은 용돈을 타내기 위한 고약한 수단이었다.

아이는 자라서 어른이 되었고 사랑하는 여자와 만나 결혼했는데, 아내가 아이를 낳다가 그만 죽고 말았다. 그는 아내의 죽음으로 인해 큰 충격을 받았다. 혼자서는 아이를 키울 자신이 없었다. 고민에 사로잡힌 그는 자신을 괴롭혔다.

"이렇게 살 바에는 차라리 죽는 게 낫지."

그는 날마다 죽을 생각만 했다. 어릴 적부터 그는 죽는다는 말을 입에 달고 살아서였을까, 그에게 죽음이란 한낱 말놀이처럼 생각이 되었던 것이다. 그에게 희망의 그림자라고는 찾아볼 수 없었다.

그러던 어느 날이었다. 그는 자신의 머리에 총구를 겨누고 방아쇠를 당겼다. 불행은 거기서 끝나지 않았다. 부모 없이 혼자서 자란 아이는 제대로 된 보살핌을 받지 못했다. 그러다 보니 제멋대로 말하고 함부로 행동했다. 사람들은 아이를 손가락질하며 흉을 보기에 이르렀다.

"저런, 못된 것 같으니라고. 어쩜 저리도 버릇이 없을까."

"제대로 배우지 못한 탓이지요. 아이가 가엾다가도 고약하기 짝이 없어요."

세월이 흘러 아이는 청년이 되었고 거리에서 시민들과 얘기를 하던 윌리엄 매킨리 대통령을 저격하기에 이른다. 이 사건으로 미국은 큰 충격에 빠졌고, 현장에서 체포된 그는 얼마 후 형장의 이슬로 사라졌다. 청년의 아버지가 생전에 툭하면 자살한다고 입버릇처럼 말했듯 그도 비극적으로 삶을 마감했다. 그 청년의 이름은 무정부주의자인 레온 촐고츠이다. 아버지의 영향을 받은 그 또한 늘 죽음을 생각하며 제멋대로 살았다. 그는 늘 부정적이고 퇴폐적인 생각뿐이었다. 그는 자신의 생각대로 그렇게 세상을 등지고 말았던 것이다.

앤서니와 레온 촐고츠의 이야기는 많은 것을 생각하게 한다. 똑같이 가난하고 어려운 환경이었지만, 앤서니는 늘 동기부여가로 성공하는 생각을 하며 자신의 꿈을 위해 노력한 끝에 꿈을 이뤘다. 하지만 레온 촐고츠의 아버지와 그는 늘 죽음을 생각하며 부정적인 인생을 살았다. 그 결과 아버지와 아들은 자신들이 생각한 대로 죽고 말았다. 자신이 원하는 대로 인생을 살고 싶다면 늘 긍정적으로 생각하고 행동해야 한다.

"인생은 우리가 하루 종일 생각하는 것으로 이루어져 있다."

미국의 시인이자 사상가인 랄프 왈도 에머슨의 말로, 그가 하는 생각이 곧 그의 인생이라는 걸 잘 알게 한다.

"오늘은 어제 생각한 결과이다. 우리의 내일은 오늘 무슨 생각을 하느냐에 달려 있다. 실패한 사람들의 생각은 '생존'에, 평범한 사람은 '현상 유지'에, 성공한 사람들은 생각이 '발전'에 집중되어 있다."

리더십 전문가이자 동기부여가인 존 맥스웰이 한 말로, 이 또한 생각의 중요성을 함축적으로 잘 보여준다고 하겠다. 그렇다면 문제는 간단하다. 자신이 인생을 행복하게 살고 싶다면, 늘 행복해하는 상상을 하라. 그리고 자신의 꿈을 이루고 싶다면 늘 성공한 생각을 하라. 그리고 그대로 실천한다면 "당신이 자신에 대해 어떻게 생각하느냐에 따라 당신의 운명은 결정된다"는 소로의 말처럼 자신이 바라는 대로 이루게 될 것이다.

인생을 빛나게 하는 열정의 법칙

Henry David Thoreau Walden

열정을 상실한 사람은 노인과 같다.

소로의 말

"우리의 삶은 우리에게 일어나는 일이 아니라 우리가 거기에 어떻게 반응하느냐에 따라 달라진다. 또 삶이 우리에게 주는 것이 아니라 우리가 삶에 갖는 태도에 따라 달라진다. 긍정적인 태도는 연쇄반응을 일으켜 긍정적인 생각과 긍정적인 사건, 긍정적인 결과를 가져온다. 그것은 촉매제와 같으며, 놀라운 결과를 일으키는 불꽃과 같다."

이는 미국의 작가 매들렌 렝글이 한 말로, 한마디로 말한다면 '열정'을 품고 살라는 말이다. 즉, 매사를 긍정적으로 생각하고 적극적으로 행동하라는 말이다. 왜 그럴까. 열정은 자신이 하는 일을 긍정적인 결과로 이끌어 내게 하는 촉매제이기 때문이다. 그런데 열정이 없거나 열정이 약하다고 생각해보라. 그 결과는 안 봐도 뻔하다. 소로는 열정에 대해 이렇게 말한다.

"열정을 상실한 사람은 노인과 같다."

소로의 말에서 보듯 인간에게 열정이 없다면 그 사람 인생에 있어 얼마나 부정적으로 작용하는지를 잘 알게 한다. 열정이 없는 사람은 노인과 같다는 말이 그것을 잘 말해주기 때문이다. 참으로 충격적인 말이 아닐 수 없다.

열정을 상실한 삶은 마치 알맹이가 없거나 말라서 쭈글쭈글해진 코코넛과 같다. 말라비틀어진 코코넛은 아무짝에도 쓸모가 없는 것처럼 열정이 없는 사람은 그 어디에서도 필요치 않는다. 그런 사람은 짐만 되는 까닭이다. 그러나 열정으로 가득 찬 사람은 어딜 가나 환영을 받는다. 그 사람은 꼭 필요한 사람이라고 믿는 까닭이다. 동서고금을 막론하고 자신의 인생을 성공적으로 살았거나, 살고 있는 사람들의 최대 공통점은 '열정'이다. 열정이 그들을 자신이 원하는 인생이 되게 했던 것이다. 열정 하나로 자신의 꿈을 이룬 아름다운 이야기이다.

조지 W. 부시 미국 대통령 재임 시 두 번째 국무장관을 역임한 콘돌리자 라이스. 까만 피부, 흐트러짐 없는 자세, 예리하고 냉철해 보이는 눈, 반듯한 걸음걸이는 보는 사람들에게 함부로 범접할 수 없는 강한 이미지로 다가온다. 그녀는 실제에 있어서도 냉철하고 확실한 태도로 외교활동을 벌였다.

그녀는 강한 미국을 표방했던 부시 대통령의 의중을 잘 실행에 옮긴 여장부였다. 한마디로 똑소리나는 그녀는 목사였던 아버지와 음악 교사였던 어머니의 영향을 받아, 신중하면서도 부드럽고 배려 있는 자세로 상대방에게 믿음을 주었다. 그러한 그녀의 삶과 행동은 그녀를 아는 사람들에게 강한 믿음을 주었고, 그녀 자신의 존재를 알리는 데 있어 큰 역할을 했다.

여기서 한 가지 그녀의 이름에 얽힌 이야기를 해야겠다.

그녀의 이름 '콘돌리자(Condoleezza)'는 음악과 관련된 이탈리아어 표현인 'Con doleezza', 즉 '부드럽게 연주하라'라는 뜻이다. 그녀의 부모가 이 이름을 지어준 것은 그녀가 부드럽고 아름다운 여성으로 행복하게 살았으면 하는 바람에서다. 콘돌리자는 부모의 바람대로 부드럽지만 야무지게 자신의 인생을 개척해 나갔다. 그녀의 가슴속엔 뜨겁게 솟구쳐 오르는 마그마처럼 뜨거운 열정으로 가득 차 있었다. 그녀는 미 명문 대학인 스탠퍼드대학교에서 철학박사 학위를 받았다. 그리고 최연소이자 흑인 여성으로는 최초로 스탠퍼드대학교 부총장(1993~1999년)을 지냈으며, 조지 W. 부시 대통령 전임 임기 때 안보 부좌관(2001~2005년)을 지내는 등 탁월한 영향력을 가진 여성이다.

그녀가 이토록 뛰어난 능력을 발휘할 수 있었던 것은, 자신의 일에 최선을 다하는 열정에 있었다. 그녀는 자신이 해야겠다고 마음먹은 일은 어떤 어려움이 있어도 반드시 해냈다. 그리고 자신이 하는 일에 대한 믿음이 분명했고, 예리한 통찰력과 판단력을 지녔으며 어떤 상황에서도 흔들리지 않는 강한 집중력과 두둑한 배짱이 있었다. 또한 자기만의 철학이 뚜렷했다. 철학이 뚜렷한 사람은 마치 큰 느티나무와 같아서, 느티나무가 웬만한 태풍에도 쓰러지지 않는 것처럼 그 어떤 일에도 꿋꿋이 버텨내는 강한 강단이 있다. 그녀가 그랬다. 나아가 다양한 분야에 걸쳐 폭넓은 지식과 실력을 갖췄다는 것이다.

조지 W. 부시가 그녀를 안보보좌관과 국무장관이라는 막중한 자리에 앉힌 것을 보더라도, 그녀의 능력이 얼마나 출중하고 열정으로 가득했는지를 알 수 있다. 뜨거운 열정은 그 사람을 매사에 열정적으로 만든다. 그런 까닭에 그 어떤 일을 맡겨도 책임 있게 잘 해낸다. 그러나 열정을 상실하게 되면 영혼이 메마른 사람처럼 삶에 의욕이 없다. 그런 까닭에 그 어떤 일에도 흥미가 없고, 제대로 해내지도 못한다. 마치 젊음을 다 소진하고 인생의 종착지에 다다른 연약한 노인과 다를 바 없다. 하지만 열정을 품고 살면 영혼 또한 푸르게 빛나며 의욕과 이상으로 가득 차게 된다. 그런 까닭에 열정을 품고 살면 여든의 노인도 젊은이처럼 생동감이 넘치게 되고, 열정을 상실하면 스무 살의 청춘도 여든의 노인처럼 삶의 탄력을 잃고 만다.

청춘이란 인생의 어떤 기간 아니라 그 마음가짐이다.
장밋빛 뺨, 붉은 입술, 유연한 무릎이 아니라
늠름한 의지, 빼어난 상상력, 불타는 정열,
삶의 깊은 데서 솟아나는 샘물의 신선함이다.
청춘은 겁 없는 용기, 안이함을 뿌리치는 모험심을 말하는 것이다.
때로는 스무 살 청년에게서가 아니라
예순 살 노인에게서 청춘을 보듯이
나이를 먹어서 늙는 것이 아니라 이상을 잃어서 늙어 간다.

세월의 흐름은 피부의 주름살을 늘리나
정열의 상실은 영혼의 주름살을 늘리고
고뇌, 공포, 실망은 우리를 좌절과 굴욕으로 몰아간다.

예순이든, 열다섯이든 사람의 가슴속에는
경이로움에의 선망, 어린아이 같은 미지에의 탐구심,
그리고 삶에의 즐거움이 있기 마련이다.

또한 너나없이 우리 마음속에는 영감의 수신 탑이 있어 ,

사람으로부터든, 신으로부터든

아름다움, 희망, 희열, 용기, 힘의 전파를 받는 한

당신은 청춘이다.

그러나 영감은 끊어지고 마음속에 싸늘한 냉소의 눈은 내리고,

비탄의 얼음이 덮여 올 때

스물의 한창 나이에도 늙어버리나

영감의 안테나를 더 높이 세우고 희망의 전파를 끊임없이 잡
는 한 여든의 노인도 청춘으로 죽을 수 있다.

이는 유대계 미국 시인인 사무엘 울만의 〈청춘〉이란 시다. 이 시
에서 '때로는 스무 살 청년에게서가 아니라 예순 살 노인에게서 청
춘을 보듯이 나이를 먹어서 늙는 것이 아니라 이상을 잃어서 늙어
간다'라고 했듯이, 열정을 잃으면 이상을 잃게 된다. 이상을 잃은 청
춘은 더 이상이 청춘이 아니다. 하지만 이상을 품고 살면 여든의 노
인도 청춘으로 살아갈 수 있다. 왜 그럴까. 이상을 품고 살면 열정
이 뜨겁게 차오르기 때문이다.

소로가 노예제도를 반대하고, 인두세를 반대하고, 전쟁을 반대함
은 물론, 평생을 자신이 추구했던 단순하고 소박한 삶을 지향할 수
있었던 것은 그의 가슴이 이상과 열정으로 가득했기 때문이다.

그렇다. 열정과 이성이 하나가 될 때 자신이 바라는 꿈을 이루게 되고, 최상의 삶을 살게 된다. 그런 까닭에 자신을 열정으로 가득 찬 사람이 되게 해야 하는 것이다. 당신의 인생을 가치 있게 살고 싶은가. 그렇다면 당신의 가슴을 열정으로 가득 채워라. 그러면 이성이 다가와 손에 손을 맞잡고 당신이 꿈꾸는 삶을 살게 할 것이다.

제3부

소로가 말하는
성공한 삶의 정의

자신의 삶을 회피하거나 욕하지 말라

Henry David Thoreau Walden

삶이 아무리 초라하더라도 외면하지 말고 당당히 받아들여 살아야 한다.
자신의 삶을 회피하거나 욕하지 말라.

월든 〈맺는말〉

물질이 풍요로우면 어깨에 힘이 들어간다. 그 사람의 마음가짐이
바르지 못해 자신을 과시하려고 그러는 경우도 있지만, 물질이 그
사람을 그렇게 만드는 것이다. 물질이 많다는 것은 좋은 일이지만,
그로 인해 사람들에게 좋지 못한 인상을 주곤 한다. 물론 있는 사람
이 다 그런 것은 아니지만 물의를 일으키는 사람들이 대개는 물질
로 인한 경우가 많은 까닭이다.

왜 이런 현상이 벌어지는 것일까. 물질이면 다라는 생각에서다.
돈이 많으면 못할 것이 없다는 비뚤어진 마음이 가시처럼 돋아나기

때문이다. 그런 까닭에 물질이 많은 사람일수록 물질의 욕망에 사로잡히는 경우가 많다. 물질이 됐든, 권력이 됐든, 명예가 됐든, 지위가 됐든, 그 무엇이 됐든 욕망에 사로잡히게 하는 것을 경계해야 한다.

"재물을 너무 귀하게 여기면 소유에 대한 욕망이 생겨나 남의 것을 훔치려고 할 것이다. 욕심을 일으킬 만한 것을 과시하지 않으면, 사람들의 마음이 흔들리지 않을 것이다. 그러므로 도를 체득한 사람은 겉마음을 비우고 속마음을 채우도록 가르치며, 자아적 욕망을 약하게 하고, 참자아를 강하게 하도록 하게 한다. 그는 분별심과 욕망을 버리게 한다. 그러면 무언가를 좀 안다는 사람들이 이렇게 해야 한다, 저렇게 해야 한다는 등 말이 많아도 그들의 가르침은 허공을 치는 주먹질밖에는 되지 않을 것이다."

이는 노자 《도덕경》 제3장의 일부로써 욕망을 경계해 이르는 말로, 도를 체득한 사람은 욕망에 사로잡히지 않는다는 걸 알 수 있다. 한마디로 말해 욕망에 사로잡히지 않기 위해 노력해야 욕망으로부터 자유로울 수 있다는 것이다. 그런데 삶이 빈곤한 사람 중엔 가난으로 인해 자신의 처지를 속상해하며, 자신을 무능력한 사람이라고 여겨 스스로를 못난 사람이라고 생각하는 경향이 있다. 공자는 일찍이 가난에 대해 《논어》 〈이인편(里仁篇)〉에서 이렇게 말했다.

"올바르게 살고 싶다고 하면서도 가난을 부끄러워하는 자는 인생의 이야기를 나눌 벗으로는 부족함이 있다. 마음은 거짓이 아닐지라도 아직 체면치레가 남아 있다면 올바른 인생을 살기 위해 앞으로 나아가려는 각오가 부족한 것이다."

공자의 말은 한마디로 가난은 부끄러운 것이 아니라는 것이다. 가난은 단지 돈이 없다는 것뿐이지, 그것이 그 사람을 평가하는 기준은 아닌 것이다. 올바르게 살아가기 위해서는 가난을 부끄러워하지 말고, 자신의 신념대로 바르게 살면 되는 것이다. 소로 또한 가난에 대해 이렇게 말한다.

"당신의 삶이 빈곤하더라도 그 삶을 사랑하라."

삶이 빈곤하더라도 그 삶을 사랑하라는 소로의 말은 보통 사람들에게는 난제(難題)를 대하는 것과도 같을 것이다. 마치 그것은 수행자들이 삶을 대하는 자세와 같기 때문이다. 하지만 소로는 이어 이렇게 말한다.

"삶이 아무리 초라하더라도 외면하지 말고 당당히 받아들여 살아야 한다. 자신의 삶을 회피하거나 욕하지 말라."

삶이 초라해도 외면하지 말고 당당히 받아들이고 회피하거나 욕하지 말아야 한다는 소로의 말은 초연하기까지 하다. 그리고 소로는 당신이 가장 부유할 때 당신의 삶이 가장 빈곤해 보인다고 말한다. 그리고 이어 설령, 구빈원(노숙자 쉼터)에 있다 할지라도 저녁노을 지는 멋진 모습을 보며 유쾌한 시간을 보낼 수 있다고 말한다.

즉, 떳떳한 마음을 가진 사람이라면 그곳에서도 궁궐에서 사는 것처럼 만족스럽게 유쾌한 생각을 하면서 살 수 있다는 것이다. 나아가 소로는 말한다. 새것을 얻으려고 너무 애쓰지 말고, 헌옷은 뒤집어 입으면 된다고 말한다.

소로의 말은 무엇을 의미하는가. 마음이 떳떳하고 부끄러움이 없이 살라는 것이다. 그러면 가난해도 그것이 가난이 아니라는 것이다. 왜 그럴까. 자신이 물질로 인해 죄를 짓거나 패악한 짓을 저지르지 않은 까닭이다.

앞에서도 말했지만 소로의 말처럼 산다는 것은 보통 사람들로서는 대단히 어려운 일이다. 그것은 많은 인내와 용기가 필요하기 때문이다. 하지만 그래도 그렇게 살아야 한다. 그것은 자신을 올바르게 하는 참되고 바람직한 삶이기 때문이다. 다음은 가난하지만 올곧은 마음으로 자신의 본분에 충실했던 이야기이다.

이서우는 조선 제19대 임금 숙종 때 사람으로 홍문관으로 재직하고 있었는데, 어느 날 숙종은 그를 공조참판으로 승진시켰다. 여기에는 흥미로운 일화가 전해진다.

숙종은 성군인 세종대왕의 뒤를 이을 만큼, 인품이 뛰어나고 백성을 지극히 사랑한 임금으로 평가받는다. 어느 해 대보름날 밤 숙종은 내관을 불러 말했다.

"오늘은 정월대보름인데 이 약밥을 남산골에서 가장 가난한 선비에게 전해주도록 하라."

"네, 전하."

명을 받은 내관은 남산골로 가서 여기저기 살핀 끝에 집은 거의
반파되고, 눈 위에 사람 발자국조차 없는 집을 발견했다. 그런데 그
때 방 안에서 희미한 여자의 목소리가 들렸다. 그리고 이어 힘없는
남자의 목소리가 들렸다. 가만히 들으니, 따뜻한 물을 마시고 싶다
는 거였다. 내관은 이 집이 가장 가난하다고 여겨 약밥을 창문으로
밀어주고 왔다. 그 후 세월이 흐른 뒤 숙종은 몇 해 전 자신이 보낸
약밥을 먹은 남산골 가난한 선비가 궁금해 자신도 모르게 혼잣말로
말했다.

"몇 해 전 내가 보낸 약밥을 먹은 선비는 어떻게 살고 있는지 궁
금하구나."

그 말을 듣고 옆에 있던 이서우가 말했다.

"전하, 소신이 그 약밥을 받았나이다. 그때 추위와 굶주림을 견디
지 못해 아내와 함께 죽을 지경에 이르렀습니다. 그런데 약밥을 나
눠 여러 날을 버틴 끝에 살아날 수 있었나이다."

"그래? 그런 일이 있었구만. 그럼 그 상자에 있던 다른 물건은 보
지 못했는가."

"은덩이가 들어 있었나이다."

"그래? 그거면 넉넉하게 살 수도 있었을 텐데."

"신은 누가 보낸 것인지 몰라 지금껏 상자에 보관하고 있나이다."

숙종은 이서우의 청렴함에 크게 감동해 그에게 특별히 공조참판의 벼슬을 내렸다.

이 이야기에서 보듯 이서우는 가난했지만 한 점 흐트러짐 없이 공부에 열중한 끝에 벼슬길에 올랐다. 그리고 은덩이가 담긴 상자를 보고도 그대로 보관해 그 올곧고 청빈한 마음이 숙종을 감동시켜 공조참판에 올랐던 것이다. 그는 소로의 말처럼 삶이 초라했지만 당당히 받아들여 노력한 끝에 자신이 원하는 길을 갈 수 있었다.

그렇다. 삶이 가난해도 절대로 비굴하거나 나쁜 생각으로 편법을 써서는 안 된다. 자신의 삶을 부끄러워하지 말고, 회피하거나 욕하지 말라는 소로의 말처럼 스스로에게 떳떳한 삶을 살도록 노력해야 한다. 그러다 보면 반드시 자신이 바라는 삶을 살게 될 것이다.

흠만 잡는 사람을 경계하라

Henry David Thoreau Walden

매사에 흠만 잡는 까다로운 사람은 천국에 가서도 흠만 잡을 것이다.

월든 〈맺는말〉

사람은 그 누구일지라도 그만의 '흠'이 있기 마련이다. 흠이 없다면 사람이 아니다. 흠이 있으니까 사람인 것이다. 성인군자도 마찬가지다. 그 또한 신이 아닌 까닭에 흠이 있기 마련이다. 다만 흠이 적다는 것뿐이다. 그런데 사람 중엔 자신의 처지는 생각지 못하고, 사사건건 남의 흠을 잡아 비틀어대고 흔들어대며 상대방을 곤혹스럽게 하는 이들이 있다. 이런 사람들은 대개 마음이 허한 사람이거나 열등의식에 사로잡힌 사람이다. 빈 마음을 채우려고 그리고 열등의식을 감추려고 없는 말도 꾸며대며 흠을 잡아 자기만족을 채우려고 하기 때문이다. 이에 대해 소로는 말한다.

"매사에 흠만 잡는 까다로운 사람은 천국에 가서도 흠만 잡을 것이다."

소로의 말에서 보듯 남의 흠을 잡는 것이 얼마나 위험천만한 일인지를 잘 알게 한다. 천국에 가서도 흠만 잡을 거란 말이 그것을 잘 말해준다. 지금 우리 사회를 보면 어떤 사람들은 자신과 전혀 상관없는 사람의 흠을 잡아 비난에 열을 올린다. 이런 사람들로 인해 그와 일면식도 없는 사람이 고통받는다는 것은 범죄 행위와도 같다.

"어찌해 형제의 눈 속에 있는 티는 보고 네 눈 속에 있는 들보는 깨닫지 못하느냐. 보라 네 눈 속에 들보가 있는데 어찌해 형제에게 말하기를 나로 네 눈 속에 있는 티를 빼게 하라 하겠느냐."

이는 마태복음(7장 3~4절)에 나오는 말씀으로 상대의 흠은 보고 자기의 흠을 보지 못하는 어리석음을 이르는 말이다.

"남의 흠보다는 자기 흠을 찾아라. 남의 흠은 보기 쉬우나 자기 흠은 보기 어렵다. 남의 흠은 쭉정이 골라내듯 찾아내지만, 자기 흠은 주사위 눈처럼 숨기려 한다. 자기 흠을 숨기고 남의 흠만 찾아내려 들면 더욱더 마음이 흐려져 언제나 위해(危害)로운 마음을 품게 된다."

이는 《법구경》에 나오는 말로 남의 흠을 본다는 것은 자신을 위해로운 사람으로 만들 뿐이라는 걸 알 수 있다. 이런 사람이야말로 참으로 어리석은 사람이라고 할 수 있다. 생각해보라. 남의 흠을 잡는 사람은 스스로 자신을 위해로운 사람으로 만드는 것인데, 그처럼 평범한 진리를 모른다니 이 얼마나 우매한 일인지를. 이는 정작 바보는 자신이라는 사실을 모른 거와 같은 이치다.

다음은 흠만 잡았을 때 일어나는 결과와 좋은 점만 얘기할 때 일어나는 결과가 어떻게 나타나는지를 잘 알게 하는 이야기이다.

미국의 어느 대학에 두 개의 문학 서클이 있었다. 한 문학모임은 합평회를 중심으로 하는 문학모임이었다. 합평회란 각자가 쓴 작품에 대해 서로가 비평하는 것으로, 비평을 통해 잘못된 것을 고침으로써 발전적인 글쓰기를 도모하기 위한 것이다. 합평회 문학 모임의 회원들은 누구보다도 글을 잘 쓴다는 학생들이었다.

어느 날이었다. 그날도 합평회로 모임을 가졌다. 그런데 그만 문제가 터지고 말았다. 한 학생이 자신의 작품을 비평한 회원에게 불만을 터트린 것이다.

"야, 너는 어떻게 맨날 좋은 점은 하나도 얘기 안 하고 흠만 잡아 감정 상하는 말만 해대냐!"

"나는 내가 본 관점에 대해 사실대로 얘기했을 뿐이야."

비평한 회원은 그 친구의 감정엔 아랑곳하지 않고 이렇게 말했다.

"뭐라고? 사실대로 말했을 뿐이라고? 야, 너나 잘해. 지도 개같이 쓰면서 누구한테 막말이야."

비평을 받은 학생은 열이 뻗쳐 자신 또한 막말을 쏟아냈다.

"야, 너 말 다했어?"

비평을 가한 친구 또한 화가 나서 말했다.

"그래, 다했다. 어쩔 건데?"

"이 자식이 죽으려고 환장을 했나?"

비평을 가한 회원은 자신이 먼저 비평을 하고도 자신이 비평을 받자 자신의 책을 그에게 집어 던졌다. 그러자 비평을 당한 회원은 그에게 달려들어 주먹으로 그를 강타했다. 회원들이 뜯어말려 가까스로 큰 싸움은 피했지만 상한 감정은 쉬 가시지 않았다.

또 다른 문학 모임은 합평회 모임과는 정반대였다. 나쁜 점이나 흠은 말하지 않고 좋은 점만 말하면서 서로를 격려해주었다.

"이 표현이 생동감이 있고 매우 역동적이어서 참 좋다. 독자들은 이 표현을 통해 삶을 보다 더 아름답게 살기를 바랄 거야."

한 회원이 이렇게 말했다.

"그래? 고마워. 사실 그 부분을 쓸 때 어떻게 하면 읽는 사람이 삶을 긍정적으로 받아들일 수 있을까에 대해 많은 고심을 했어. 그런데 그렇게 말해주니 고심한 보람이 있네."

한 회원이 자신을 칭찬하자 그는 자신이 고심했던 부분에 대해 말하면서 자신에게 격려를 해준 회원에게 고마워했다. 이 문학모임은 좋은 점을 격려하고 칭찬함으로써 늘 화기애애했다.

대학을 졸업하고 그 두 모임의 학생들은 각자 자신의 길을 갔다. 세월이 흐른 뒤 놀라운 일이 벌어졌다. 흠만 잡아 비평했던 합평회 문학모임 출신들보다 좋은 점을 격려했던 문학모임의 출신들이 더 작가로서 성공했다는 사실이다. 이 일을 통해 대학 당국을 비롯한 그 일에 대해 알고 있는 사람들에게 격려가 비평보다 한 사람이 발전하는 데 있어 얼마나 긍정적인 영향을 주는지를 확실하게 보여주었다고 한다.

고대 로마 공화정 말기의 정치가이자 철학자인 마르쿠스 툴리우스 키케로는 이렇게 말했다.

"어리석은 자의 특징은 타인의 결점을 드러내고, 자신의 약점을 잊어버리는 것이다."

참으로 적확한 지적이 아닐 수 없다. 지극히 평범한 사실을 모르니까 어리석은 사람이라는 말을 듣는 건 당연하다 하겠다. 그러면 어떻게 해야 할까. 남의 흠만 보는 부도덕한 습성을 반드시 고쳐야 한다. 이에 대해 맹자는 이렇게 말했다.

"자기의 길을 굽혀서 부정을 하는 자가 다른 사람의 부정을 고쳐 준 예는 아직 없다. 먼저 자기 자신을 바르게 하지 않으면 안 되는 것이다."

여기서 자신을 바르게 한다는 것은 '참된 마음'을 지니는 것을 일러 하는 말이다. 참된 마음이 그 사람의 주인이 될 때 올곧게 사람답게 살아가게 된다. 참된 마음은 진실한 마음이며, 정직한 마음이며, 선한 마음이며, 중심이 반듯한 마음이기 때문이다. 그러나 거짓 마음이 그 사람의 주인이 될 땐 헛되고 비인간답게 살아가게 된다. 거짓 마음은 부정한 마음이며, 헛된 마음이며, 악한 마음이며, 중심이 바르지 못하고 삐뚤어진 마음이기 때문이다.

참된 마음을 갖는다는 것은 스스로를 덕이 되게 하고, 타인에게는 빛과 소금이 된다. 그런 까닭에 참된 마음을 가진 사람은 누구에게나 존경받고 인정받는다. 그래서 참된 마음을 갖는다는 것은 '무형의 자산'을 갖는 것과 같다. 참된 마음은 그 자체가 라이선스와 같기 때문이다.

참된 마음을 갖기 위해서는 마음공부를 통해 마음을 닦고, 자신을 수양하는 데 힘써야 한다. 이에 대해 《성자가 된 청소부》 저자이자 명상가인 바바 하리 다스는 다음과 같이 말했다.

"마음을 고요하고 안정된 흐름 속으로 흘러가게 하라. 욕망에 넘어가지 말고 욕망을 지배하는 자가 되어라. 혀를 다스릴 수 있는 사람은 마음을 다스릴 수 있다. 마음을 다스리는 사람은 행동을 다스릴 수 있다. 행동을 다스릴 수 있는 사람은 스스로를 다스릴 수 있다. 스스로를 다스리는 사람은 진실하고 영원한 깨달음의 빛으로 들어갈 수 있다."

바바 하리 다스의 말에서 보듯 마음을 다스려 바르게 한다면 진실 되게 살아가는 데 큰 도움이 된다.

그렇다. 마음이 참되고 진실하면 절대 남을 흠잡는 쓸데없는 짓 따윈 하지 않는다. 하지만 마음이 참되지 못해 마음이 허하면 흠을 잡고 비난하는 짓을 아무렇지도 않게 하게 된다. 남의 흠만 잡는 사람을 경계하되 자신의 마음을 참되게 하려고 노력하라.

소로가 말하는 성공한 삶의 정의

Henry David Thoreau Walden

우리가 낮과 밤을 기쁘게 맞이하고 삶이 꽃이나 달콤한 풀처럼 향기를 발산한다면,
그래서 삶이 더 유연해지고 더 별처럼 빛나고 더 영원해진다면, 그런 삶이야말로
성공한 삶이 아니겠는가. 온 자연이 우리를 축하하고, 우리는 시시각각
자신을 축복할 이유를 갖게 될 것이다.

월든 〈더 높은 법칙들〉

'성공'의 사전적 의미는 '목적을 이루고 뜻을 이룸'을 일러 하는
말이다. 즉, 그것이 무엇이든 자신이 이루고 싶은 것을 이루었을 때
성공이라고 할 수 있다. 하지만 대개는 돈을 많이 벌고 좋은 집에서
누릴 거 다 누리면서 사는 것을 성공했다고 말한다. 또 높은 지위에
오르고 사회적 신분이 상승되었을 때도 성공했다고 말한다. 이는
흔히들 말하는 보편적인 성공이라고 할 수 있지만 진정한 의미에서
의 성공은 아니다. 왜 그럴까. 성공의 기준을 물질이나 지위 등에
둔다면 성공이란 의미가 퇴색되기 때문이다. 다시 말해 너무 세속

적이고 속물적으로 국한되는 까닭이다.

성공을 물질이나 지위 등이 아닌 관점에서 정의한 것을 살펴보는 것도 성공의 가치를 되새겨 보는 데 매우 의미 있는 일이 될 것이다.

자주 그리고 많이 웃는 것

현명한 사람들로부터 존경받는 것

아이들의 호감을 사는 것

솔직한 비평가들의 인정을 받는 것

미덥지 못한 친구들의 배반을 참아내는 것

아름다움을 식별할 줄 아는 것

다른 사람에게서 최선의 것을 발견하는 것

건강한 아이를 낳든

한 뙈기의 정원을 가꾸든

사회 환경을 개선하든 간에

세상을, 자기가 태어나기 전보다

조금이라도 더 살기 좋은 곳으로 만드는 것

자신이 살았었기에

단 한 사람이라도 좀 더 마음 놓고 살아간다는 사실을 아는 것

　이는 미국의 사상가이자 시인인 랄프 왈도 에머슨의 〈성공이란 무엇인가〉라는 시다. 에머슨이 이 시에서 표현했듯이 성공이란 물질이나 지위 등에 있지 않다는 걸 알 수 있다. 에머슨이 말하는 성공의 핵심은 '세상을, 자기가 태어나기 전보다 조금이라도 더 살기 좋은 곳으로 만드는 것. 자신이 살았었기에 단 한 사람이라도 좀 더 마음 놓고 살아간다는 사실을 아는 것. 이것이 성공이다'라는 것이다.

　에머슨이 생각하는 성공은 '자신이 태어나기 전보다 더 나은 세상을 위해 자신의 힘을 보태 그렇게 만드는 것'이다. 이는 개인적인 것을 떠나 모두를 위한 것이기에 의미가 크다고 하겠다. 에머슨에 이어 다른 관점에서 살펴본 성공의 의미를 몇 가지 더 살펴본다면, 성공의 개념을 이해하고 자신의 성공지침으로 삼는 데 도움이 되리라고 생각한다.

　"자유롭게 피어나기, 이것이 내가 내린 성공의 정의다."

　미국의 변호사 게리 스펜스의 말로, 그가 말하는 성공의 정의는 자유롭게 피어나기이다. 즉, 자유로운 인간으로서 삶을 역동적으로 살아가는 것을 의미한다. 자유로운 인간으로 살아가기 위해서는 몸과 마음이 반듯해야 한다. 이런 사람은 거칠 것이 없이 당당하고 떳떳하다. 한마디로 말해 인간다운 사람으로서의 결격이 없다면, 그것만으로도 성공했다고 할 수 있다는 것이다. 인간답게 산다는 것은 많은 노력이 따르는 까닭이다.

"성공한 사람이 되려고 하기보다는 가치 있는 사람이 되려고 노력하라."

이는 20세기 최고의 물리학자이자 노벨물리학상 수상자인 알버트 아인슈타인이 한 말로, 성공보다는 가치 있는 사람이 되는 것, 이것이 성공이라는 것이다. 그렇다면 아인슈타인이 말하는 가치 있는 사람이란 무엇인가? 누군가에 힘이 되어 주는 사람, 자신이 있음으로 해서 다른 사람들에게 선한 영향력을 끼치는 사람, 어디에서든 필요로 하는 사람, 사회적으로 반드시 필요한 사람 등 이런 사람이라면 가치 있는 사람이라고 할 수 있다. 이렇듯 가치 있는 사람은 사람 사이에서 필요로 하는 사람, 사회적으로도 반드시 필요로 하는 사람을 말한다고 하겠다.

"성공은 결과이지 목적이 아니다."

이는 프랑스 소설가 귀스타브 플로베르가 한 말로, 성공은 목적이라 아니라 결과라는 것이다. 그러니까 목적으로서의 성공보다는 삶을 잘 살아가는 것, 즉 과정이 중요하다는 것이다. 사람답게 잘살다 보면 자신이 바라는 삶을 살게 된다는 의미이다. 그런 까닭에 굳이 성공을 목적으로 삼지 않아도 된다는 의미를 내포하고 있다.

즉, 하루하루를 사람답게 잘 살도록 노력하는 것, 그리고 그렇게 살아가는 것, 그것만으로도 충분히 성공적인 삶을 살 수 있다는 것이다. 그렇다면 소로는 성공의 의미에 대해 어떻게 생각할까. 다음 그의 말에는 성공의 의미가 잘 나타나 있다.

"우리가 낮과 밤을 기쁘게 맞이하고 삶이 꽃이나 달콤한 풀처럼 향기를 발산한다면, 그래서 삶이 더 유연해지고 더 별처럼 빛나고 더 영원해진다면, 그런 삶이야말로 성공한 삶이 아니겠는가. 온 자연이 우리를 축하하고, 우리는 시시각각 자신을 축복할 이유를 갖게 될 것이다."

소로는 "우리가 낮과 밤을 기쁘게 맞이하고 삶이 꽃이나 달콤한 풀처럼 향기를 발산한다면, 그래서 삶이 더 유연해지고 더 별처럼 빛나고 더 영원해진다면, 그런 삶이야말로 성공한 삶이 아니겠는가"라고 비유적으로 성공을 표현했다. 이는 무엇을 말하는가. 날마다 기쁜 삶을 살도록 노력하고 사람 냄새나는 삶, 즉 의미 있는 삶을 산다면 그래서 자신의 삶이 부드럽게 이어지고 별이 빛나듯 삶의 빛을 발하는 삶을 산다면 그것이야말로 성공이라는 것이다.

소로, 에머슨, 게리 스펜스, 아인슈타인, 플로베르는 대개의 사람이 말하는 성공의 개념과 달리 자신이 생각하는 성공의 정의에 대해 말한다. 이들의 말은 표현만 다를 뿐, 한마디로 말한다면 인간답게 살 때 그런 삶이야말로 가치 있는 삶이며, 성공한 삶이라고 할 수 있다는 것이다. 제아무리 돈이 많고, 제아무리 지위가 높다고 해도 인간답게 살지 못한다면 그것은 부끄러운 일일 뿐 아무것도 아니다. 진정한 성공은 돈이든 권력이든 지위로든 그 무엇으로도 살 수 없다. 오직 가치 있는 삶을 살고, 의미 있는 삶을 살고, 인간답게 살 때 진정으로 성공한 삶이라고 할 수 있다. 이에 대해 고대 로마의 황제이자 마르쿠스 아우렐리우스는 이렇게 말했다.

"가끔 자신의 뜻대로 성공하지 못한다고 해도 괴로워하거나 낙담하거나 포기하지 마라. 실패할 때마다 다시 시작하라. 당신의 행동이 인간의 본성에 맞는 일이었다면 그것으로 만족하라."

마르쿠스 아우렐리우스의 말에서 보듯, 자신의 뜻대로 성공하지 못해도 낙담하지 말라고 말한다. 나아가 행동이 인간의 본성에 맞는 일이었다면 그것으로 만족하라고 말한다. 여기서 중요한 것은 인간의 본성이란 말이다. 인간의 본성을 지키며 산다면 부끄러움이 없고, 그것이야말로 인간답게 사는 삶이기 때문이다.

그렇다. 인간답게 사는 것이야말로 성공한 삶이라고 할 수 있다. 그런 까닭에 가진 것이 없다고 주눅들지 말고 부끄러워하지 않아도 된다. 사람 냄새나는 삶이야말로 가장 행복하고 아름다운 성공의 삶인 것이다.

허례허식과 체면을 멀리하라

Henry David Thoreau Walden

우리는 허례허식을 고집하고 체면을 차리면 안 된다.

월든 〈콩밭〉

발전적이고 미래지향적인 삶을 방해하는 것 중 하나가 허례허식과 체면이다. 허례허식은 실속은 없으면서 겉으로만 거창하게 꾸미는 것을 이르는 말로, 이는 소모적이고 비생산적인 일이 아닐 수 없다. 체면은 남을 대하기에 떳떳한 도리나 얼굴이라는 뜻으로, 이는 사람 사이에서 지켜져야 하는 일이나 너무 체면만 앞세우면 허식으로 치부될 수 있다. 이 또한 지나치면 소모적이고 비생산적인 삶을 살아가는 원인이 될 수 있다. 이를 잘 알게 하는 속담이다.

"냉수 먹고 이빨 쑤시다."

고기를 먹고 이빨을 쑤신다는 말은 당연해 그럴듯하지만, 냉수를 먹고 이빨을 쑤신다는 것은 자신을 감추고 과시하는 행동이어서 허식에 불과하다. 이는 그 사람 마음 바탕에 체면이 깊이 자리하고 있는 까닭이다. 그런 까닭에 너무 체면만 내세우다 보면 허례허식에 쉽게 빠지게 된다. 이에 대해 소로는 다음과 같이 말한다.

"우리는 허례허식을 고집하고 체면을 차리면 안 된다."

소로의 말은 매우 현실적이다. 소로가 살던 당시에도 사람들은 허례허식에 빠졌다는 걸 알 수 있다. 말이 다르고, 피부색이 다르고, 전통과 관습이 달라도 이는 사람이 사는 곳이라면 그곳이 어디든 마찬가지이다. 왜 그럴까. 사람의 본질은 크게 다르지 않기 때문이다. 다만, 시대적으로나 국가 간에 있어 어느 정도의 차이를 보일 뿐이다. 그런데 이러한 보편적인 인간의 본질을 깨트리는 사람들이 있다. 그들은 자타가 인정하는 최고의 민족으로 평가받는 유대인들이다. 전 세계적으로 볼 때 유대인 인구는 약 1,600만 명에 불과하다. 이는 전 세계인구 75억 중 약 0.2%에 해당한다. 그런데 놀랍게도 역대 노벨상 수상자를 보면 노벨상이 처음 만들어진 1900년 이래 지금까지 전체 수상자 중 약 22%가 유대인이다. 유대인은 의학, 물리학, 화학, 금융, 경제, 문학, 예술 등 모든 분야에서 탁월한 능력을 발휘한다. 특히, 금융과 경제 분야에서는 독보적이다.

우리에게 잘 알려진 대표적인 유대인으로는 우주의 특수상대성

이론을 발견해 20세기 최고의 물리학자로 추앙받는 알버트 아인슈타인, 정신분석학의 창시자 지그문트 프로이트, 미국 외교의 달인 헨리 키신저, 만유인력을 발견한 뉴턴, 공산주의 창시자 칼 마르크스, 음악가 멘델스존, 피아니스트 루빈스타인, 명지휘자 레너드 번스타인, 쿠바 혁명가 체 게바라, 투자의 귀재 조지 소로스, 세계 영화계의 거장 스티븐 스필버그, 명배우 찰리 채플린, 구글 창업자 세르게이 브린과 래리 페이지, 애플 창업자 스티브 잡스, 마이크로소프트 창업자 빌 게이츠, 페이스북 창업자 마크 저커버그, 스타벅스 창업자 하워드 슐츠 등 이름만 대면 알 만한 인물이 수도 없이 많다. 그렇다면 무엇이 유대인들을 이토록 우수한 민족이 되게 했을까. 그 요인은 그들의 종교인 유대교의 신앙과 5000년 역사의 지혜서인《탈무드》의 가르침, 하브루타라는 전통적인 유대인 학습법인 토론 수업 등 여러 가지 요인이 있다. 특히, 그중 유대인들은 체면과 허례허식을 경계한다. 이는 현실적인 삶에 도움이 되지 않는다고 생각하기 때문이다. 그런 까닭에 유대인들은 지극히 현실적이다. 현실주의적인 태도는 유대인에게 커다란 영향을 끼쳤다. 이런 그들의 태도는 과거를 단순한 과거로 여기지 않고, 과거를 통해 새로운 것을 알아낸다. 이는 온고지신이란 말처럼 옛것을 미루어 새로운 것을 아는 지혜를 얻기 위한 것과 같다.

　대개의 민족은 과거는 그냥 과거로 묻어두고 역사적인 관점에서

다룬다. 하지만 유대인들은 과거를 현실로 이끌어 내는 탁월함을 보인다. 이것이 유대인이 다른 민족과 뚜렷이 구별되는 점이다. 유대인은 지난날의 수많은 체험을 통해 많은 것을 배울 수 있다고 여기고, 그렇게 실행하고 있다.

유대인에겐 2000년 전이나, 1000년 전이나 그것은 곧 현재이고 미래이다. 그들이 자랑하는 《탈무드》는 5000년 유대인 역사가 담겨있고, 삶이 담겨 있고, 지혜가 담겨 있는 방대한 책이다. 전 세계 어느 나라에서도 찾아볼 수 없는 지혜로운 삶의 가이드북이라고 할 수 있다. 그런데 놀라운 것은 《탈무드》는 과거 어느 순간, 몰아서 쓰여진 것이 아니라는 것이다. 역사가 진행되는 동안 그 시대에 맞게 쓰여지고 수정되었다. 이것이 의미하는 것에 주목할 필요가 있다. 즉, 시대마다 그 시대에 맞는 삶의 지혜가 그대로 투영되었다는 것이다. 그러니까 《탈무드》는 언제나 현실을 반영하는 책이라는 거다. 이는 고정된 것이 아니라 언제나 현재진행이며 미래형이라는 거다.

《탈무드》의 관점에서 보듯이 어느 시대이든 간에 유대인에게는 늘 현실이고, 그래서 현실주의적인 태도로 모든 것을 진행하고 실행해 나가는 민족이 유대인이라는 것이다. 그리고 유대인들은 중용적인 사고방식을 지향한다. 유대인은 오랜 세월을 박해받으며 살아왔다. 그러다 보니 그들은 극단적인 것을 매우 경계하게 되었다. 극단적으로 흐른다는 것은 죽기 아니면 살기라는 양단간의 결정이 따르는 위험한 삶의 플레이이다. 만일 그들이 극단적인 삶을 선택했다면 오늘날 지구상엔 유대인은 존재하지 않았을 것이다. 왜냐하면 유대인은 가는 곳마다 핍박과 박해를 받았기 때문이다. 그러나 유대인은 지혜로운 민족이었으므로 고난과 시련을 극복하는 방법은 중용적 사고에 있다는 것을 알았다. 중용적 사고는 극단적 사고와는 전혀 다른 삶의 패턴이다. 가령 어떤 일에 대해 한쪽으로 치우치는 것이 아니라, 이쪽과 저쪽이 잘 맞을 수 있는 것을 통해 자신이 하고자 하는 일을 진행시켰다. 그것은 일뿐만이 아니라 사람을 대하는 데도 역시 마찬가지였다. 이런 현실적이고 중용적인 사고가 지독한 박해와 시련 속에서도 살아남아, 오늘날 그 우수한 민족성을 맘껏 펼쳐 보이고 있는 것이다.

무엇이든 극단적으로 치우치는 것은 옳지 않다. 그것은 '모' 아니면 '도'라는 것을 규정 지음으로 해서 '개'도 되고, '걸'이 되고, '윷'이 되는 것을 막아버린다. 성공한 사람들은 뛰어난 재능만으로 성공한 것은 아니다. 사람 관계를 잘하는 처세술 또한 능했다는 것을 알 수 있다. 처세술에 능한 사람은 대개가 극단적인 사고 대신 중용적인 사고를 가지고 있고, 그것을 실생활에 그대로 적용시킨다. 중용적 사고는 극단적으로 치우침으로 해서 발생할 수 있는 우를 차단시키는 삶의 장치인 동시에, 인간관계나 일을 성공적으로 이끌어

내는 데에 큰 힘이 되어준다.

유대인의 관점에서 볼 때 체면이나 허례허식은 사람이 살아가는데 있어 아무런 도움도 되지 않는, 그야말로 불필요한 것일 뿐 아무것도 아닌 것이다. 그런 까닭에 현실적이고 중용적인 사고방식을 중시하는 것이다. 그렇다면 우리나라의 경우는 어떠한가. 우리의 선조인 조선 시대 양반들은 체면을 매우 중시해 허례허식을 놓지 못했다. 마치 체면은 양반들이 지켜야 할 기본적인 소양처럼 생각했던 것이다. 그런 까닭에 우스꽝스러운 말로 비가 내리는데도 뒷짐을 지고 걷고, 마당에서 말리던 고추가 비에 젖어도 거둬들이지 않고, 책만 읽는 바보라는 말이 있을 정도다. 이는 매우 비현실적이고, 비생산적이고, 비능률적인 일이 아닐 수 없다. 지금도 나이 든 사람들 세대에서는 체면을 중시 여기고, 허례허식으로부터 자유롭지 못하다. 과거 한때 모 코미디언이 유행시킨 말이 새삼 떠오른다.

"이 나이에 내가 하리."

이 한마디 말엔 많은 의미가 함축되어 있다. 지나친 체면이나 허례허식은 거추장스러운 옷과도 같다. 그런데도 마음과 몸으로부터 떼어내지 않는다면, 스스로를 퇴락시키는 요인으로 작용할 것이다.

그렇다. 150년 전 소로가 말했듯이 불필요한 체면과 허례허식은 벗어버려라. 그렇게 할 때 보다 현실적이고, 확실한 삶의 성과를 얻게 될 것이다.

취함을 경계하기

Henry David Thoreau Walden

나는 언제나 술에 취하지 않은 맑은 정신을 유지하고 싶다. 취기에는 한도 끝도 없다.
현자에게는 물이야말로 유일한 음료라고 생각한다. 포도주는 결코 고상한 음료가
아니다. 한 잔의 따뜻한 커피로 아침의 희망을 꺾어버리거나 한 잔의 차로
저녁의 희망을 부숴버릴 수도 있다는 것을 생각해보라. 그런 음료의 유혹에 빠지면
얼마나 낮은 곳으로 추락하겠는가. 심지어는 음악도 사람을 취하게 한다.
그렇게 사소해 보이는 원인들이 그리스와 로마를 멸망시켰고,
영국과 미국을 멸망시킬지도 모른다. 어차피 취해야 한다면, 자기가 숨 쉬는 공기에
취하는 쪽을 바라지 않을 사람이 어디 있겠는가?

월든 〈더 높은 법칙들〉

'취함'이란 '어떤 기운으로 정신이 흐려지고 몸을 제대로 가눌 수
없게 됨'을 이르는 말이다. 술에 취하고, 음악에 취하고, 분위기에
취하고, 노래에 취하는 등 취함은 기분 좋은 상태를 이르는 말이다.
하지만 취함도 다 같은 취함은 아니다. 술에 취함이 그것이다. 술을
적당히 마시면 혈액순환에 도움에 되어 긍정적인 면이 있다고 의사
들은 말한다. 그런데 취하도록 마시는 것은 좋지 않다. 몸을 상하게
하고 분별력을 잃게 해 사람들에게 피해를 주는 일일 종종 벌어지
기 때문이다. 그런 까닭에 기분 좋게 적당히 마시는 것이 좋다. 수

로는 술 취함에 있어 매우 부정적이다. 그는 취함에 대해 이렇게 말한다.

"나는 언제나 술에 취하지 않은 맑은 정신을 유지하고 싶다. 취기에는 한도 끝도 없다. 현자에게는 물이야말로 유일한 음료라고 생각한다. 포도주는 결코 고상한 음료가 아니다. 한 잔의 따뜻한 커피로 아침의 희망을 꺾어버리거나 한 잔의 차로 저녁의 희망을 부숴버릴 수도 있다는 것을 생각해보라. 그런 음료의 유혹에 빠지면 얼마나 낮은 곳으로 추락하겠는가. 심지어는 음악도 사람을 취하게 한다. 그렇게 사소해 보이는 원인들이 그리스와 로마를 멸망시켰고, 영국과 미국을 멸망시킬지도 모른다. 어차피 취해야 한다면, 자기가 숨 쉬는 공기에 취하는 쪽을 바라지 않을 사람이 어디 있겠는가?"

소로가 술에 취하고 싶지 않은 것은 '맑은 정신'을 유지하고 싶기 때문이다. 취하게 되면 정신이 흐려지고, 기분이 몽롱해져서 마치 공중에 붕 뜬 느낌을 준다. 술을 좋아하는 사람들은 이런 기분 때문에 술을 마신다고 한다. 하지만 소로는 기분이 몽롱해져서 마치 공중에 붕 뜬 느낌이 싫은 것이다. 맑은 정신을 빼앗기는 게 싫기 때문이다. 그러면서 소로는 취기는 한도 끝도 없다고 말한다. 술을 마실 때 취하기 전에는 사람이 술을 먹지만, 그다음은 술이 술을 먹고, 취하고 나면 술이 그 사람을 먹는다고 한다. 이는 소로가 말하듯 술은 한도 끝도 없이 취하게 만드는 요인인 것이다. 그러니 취하는 것이 싫다는 것이다.

소로는 현자(賢者)에게 물이야말로 유일한 음료라고 생각한다고 말한다. 현자란 무엇인가. 어질고 총명해 성인 다음가는 사람을 이르는 말이다. 그런 까닭에 물은 현자에게 있어 유일한 음료라고 한 것이다. 생각해보라. 만일 현자가 술에 취해 몸을 가누지 못하거나, 횡설수설하거나, 실수를 한다고 해보라. 누가 그런 사람의 가르침을 받고 존경을 하겠는가. 현자는 그 어느 때나 맑은 정신으로 올곧고 한 점 흐트러짐이 없어야 하는 것이다. 그런 까닭에 소로는 아무리 마셔도 취하지 않기에 물은 현자에게는 유일한 음료라고 한 것이다.

소로는 이르기를 "포도주는 결코 고상한 음료가 아니다"라고 말한다. 포도주는 비록 알코올 도수는 낮지만 포도주 역시 술이기 때문이다. 또한 소로는 한 잔의 따뜻한 커피로 아침의 희망을 꺾어버리거나 한 잔의 차로 저녁의 희망을 부숴버릴 수도 있다는 것을 생각해보라고 말한다. 그리고 그런 음료의 유혹에 빠지면 얼마나 낮은 곳으로 추락하겠느냐고 말한다. 나아가 심지어는 음악도 사람을 취하게 한다고 말한다. 그렇게 사소해 보이는 원인들이 그리스와 로마를 멸망시켰고, 영국과 미국을 멸망시킬지도 모른다고 말한다. 세계사적으로 볼 때 천년의 로마가 멸망한 것은 술로 인한 쾌락과

도덕적인 결함으로 인해 인간성이 파괴되었기 때문이다. 어디 로마 뿐이랴. 성경에서 말하는 소돔과 고모라도 술 취함과 방탕함으로 멸망하지 않았던가. 이렇듯 지구상에 존재하는 동서고금의 모든 멸망과 쇠함의 원인은 술로 인한 쾌락과 도덕성의 결함이라는 것을 잘 알게 한다.

소로가 술이 그리스와 로마를 멸망시켰고, 영국과 미국을 멸망시킬지도 모른다고 한 것은 지나침을 경계해 이르는 말인 것이다. 그것이 무엇이든 아무리 좋은 것이라고 할지라도 넘침은 해가 되는 법이기 때문이다. 한마디로 말해 사소한 것도 지나치면 사람을 취하게 하니 조심하라는 것이다. 이어 소로는 어차피 취해야 한다면, 자기가 숨 쉬는 공기에 취하는 쪽을 바라지 않을 사람이 어디 있겠는가? 하고 말한다. 그러니까 긍정적인 측면에서 생각하고 자신이 좋아하는 것에 힘쓰라는 것이다. 술 취함이 인간에게 미치는 영향에 대한 몇 가지 말을 통해, 술 취함에 대해 생각해보는 것도 자신의 인생에 있어 매우 의미 있는 일이 될 것이다.

"바다에 빠져 죽는 사람보다 술에 빠져 죽는 사람이 더 많다."

이는 17세기 영국의 성직자이자 역사학자인 토머스 플러가 한 말로, 술이 인간에게 미치는 영향이 얼마나 무서운가를 잘 보여준다. 술로 인해 사망하는 이들이 많은 걸 보면 이는 적확한 지적이 아닐 수 없다. 몸이 망가져 죽음에 이르도록 술을 마신다는 것은 미련하다 못해 어리석은 일이다. 어찌 제 몸 돌보지 못하도록 취하게 술을 마신단 말인가. 설령 죽음에 이르지는 않아도 술에 취하면 개가 된다는 말이 있다.

내가 사는 아파트에 평소에는 예의 있고 반듯하게 행동하는 사람이 술만 마셨다 하면 완전히 다른 사람이 되고 마는 사람이 있다. 나는 그의 그런 모습을 처음 보고 매우 놀랐다. 술이란 도깨비와 같아서 뚝딱 하고 사람을 완전히 다른 사람으로 만들어 버린다는 것을 그를 통해 똑똑히 알았다.

"술이 죄가 아니라 만취할 정도로 마시는 사람이 죄다."

미국 건국의 아버지 중 한 사람인 벤저민 프랭클린이 한 말로, 술은 기호식품이기에 마시는 것은 문제가 되지 않는다. 하지만 만취할 정도로 마시는 것이 문제인 것이다. 그런 까닭에 프랭클린은 술은 죄가 되지 않지만, 만취하는 사람이 죄라고 단정 지어 말한 것이다.

"영혼은 건조할수록 좋다. 어른도 술에 취하면 비틀거리면서 어린아이가 이끄는 대로 끌려간다. 그 영혼이 젖어 있기 때문이다."

그리스 철학자 헤라클레이트가 한 말로, 어른이 술에 취하면 어린아이가 이끄는 대로 끌려간다고 말한다. 이는 무엇을 말하는가. 술 취함으로 인해 판단력이 흐려져 사리 분별력이 떨어짐을 뜻한다. 그런 까닭에 술에 취하면 애가 되고, 개가 된다는 말이 있는 것이다.

"악마가 사람을 찾아다니기에 바쁠 때에는 그의 대리로 술을 보낸다."

이는 프랑스 격언으로 술이 주는 의미, 좀 더 정확히 말하면 술 취함이 인간에게 미치는 영향은 마치 악마의 악행과 같다는 것을 의미한다. 그만큼 술 취함이 인간에게는 치명적인 결함을 줄 수 있다는 것이다.

"취기는 자발적인 광기일 뿐이다."

고대 그리스 철학자 세네카가 한 말로, 술 취함이 얼마나 무서운 것인지를 한마디로 잘 보여준다. 자발적 광기라는 말처럼 술을 취하도록 마시면 그 스스로가 광인(狂人)처럼 변하고 마는 것이다. 술 취함이 인간에게 미치는 부정적인 영향을 다양한 말의 관점에서 살펴보았다. 표현은 다르지만 공통점은 술 취함은 사람의 이성을 잃게 하고, 인간 본연의 자세를 망가트리는 절대적인 요인으로 작용한다는 사실이다.

소로 역시 이 점을 잘 알았던 것이다. 그래서 그는 힘든 노동을 오래도록 하지 말 것을 권고했다. 힘든 일을 마치고 나면 그 힘듦을 한 잔의 술로 달래려다 술에 취함을 무수히 보았기 때문이다.

진정한 술의 맛을 아는 애주가들은 무리하게 술을 마시려고 하지 않는다. 그것은 도리어 술맛을 그릇되게 한다는 것을 잘 아는 까닭이다. 하지만 술맛을 제대로 알지 못하는 이들은 달리는 폭주 열차처럼 마구 마셔댄다. 그로 인해 술맛을 그르치게 되고 자신의 몸가짐을 그르치게 된다. 그런 까닭에 술이 주는 진정한 맛과 즐거움을 제대로 알아야 한다. 그래야 기분 좋게 즐기며 맛있게 마실 수 있다. 다시 말하지만, 술도 음식 중 하나다. 하지만 지나치게 마시면 사람의 혼을 뺄 만큼 치명적이다. 그러니 술을 취하도록 마시는 것을 경계해야 한다. 그것은 곧 자신의 건강을 위하는 일이며, 가족을 위하는 일이며, 모두를 위하는 일임을 명심해야 할 것이다.

순결은 인간의 꽃이다

Henry David Thoreau Walden

우리가 절제할 때는 우리에게 활력과 영감을 준다. 순결은 인간의 꽃이다.
이른바 천재적 능력, 영웅적 용기, 성스러움 같은 것들은 순결의 꽃에서 맺어지는
열매일 뿐이다. 순결의 수로가 열리면 인간은 곧장 신에게로 흘러간다.
순수함은 우리에게 영감을 주고 불순함은 우리를 나락으로 내던진다.

월든 〈더 높은 법칙들〉

소로는 당시 미국 최고의 문학가로 평가받는 에머슨의 영향을 받
았다. 에머슨은 초절주의의 대표자로서 널리 인정받으며 이름을 떨
쳤다. 특히, 에머슨의 《자연》은 소로에게 깊은 영향을 주었다. 소로
는 에머슨의 초절주의 활동에 그 맥을 같이 했는데, 그로 인해 소로
는 에머슨과 더불어 위대한 초절주의 철학자로 평가받으며 미국 르
네상스의 원천이 되었다. 이처럼 에머슨은 소로의 삶과 철학과 사
상과 문학에 깊은 영향을 끼쳤다.

초절주의란 앞에서 이미 언급한 바가 있지만, 다시 한번 간단히

설명하면 19세기 미국 뉴잉글랜드의 작가와 철학자들이 주창한 것으로, 이들은 모든 피조물은 본질적으로 하나이며 인간은 본래 선하며 심오한 진리를 증명하는 데 있어 논리나 경험보다는 통찰력이 더 낫다는 주장을 펼치는 한편 그 믿음에 기초한 관념론 사상체계를 고수한다는 점에서 뜻을 같이했다. 이를 좀 더 부연해서 말하면 사회와 단체가 개인의 순수성을 타락시켰으므로, 인간은 자존(自存)하고 독립적일 때가 가장 최선일 수 있다는 것을 말한다.

초절주의는 콜리지와 토머스 칼라일의 굴절한 초절주의, 플라톤주의 신플라톤주의, 인도와 중국의 경전, 독일의 초절주의 등을 바탕으로 했으며, 뉴잉글랜드 초절주의자들로 해금 해방의 철학을 추구하게 만든 원천이기도 했다.

초절주의자들은 종교문제에도 관여했는데 이들은 18세기 사상의 관습을 거부했다. 이들은 또 무정부주의, 사회주위, 공산주의 생활양식 운동 등 개혁운동의 지도자로 활동하면서 여성참정권, 노동자를 위한 환경개선, 자유종교 진흥, 교육혁신 등 인도주의에 입각한 주장을 내세웠다.

소로가 소박하고 단순한 삶을 지향하고, 노예 문제와 인두세를 반대하는 운동을 펼친 것도 초절주의 사상에 입각한 것이다. 또 소로는 매사에 절제할 것을 주장한 것 역시 초절주의 사상을 바탕으로 한다. 절제는 인간이 지녀야 할 마인드로 식탐, 사치에 대한 욕망, 지위에 대한 욕망, 명예에 대한 욕망 등 탐욕에 따른 것에 절제가 반드시 필요하기 때문이다. 특히, 소로는 순결을 매우 중요시했다. 그는 순결을 인간의 꽃이라고 했다. 이에 대해 소로는 다음과 같이 말했다.

"순결은 인간의 꽃이다. 이른바 천재적 능력, 영웅적 용기, 성스러움 같은 것들은 순결의 꽃에서 맺어지는 열매일 뿐이다. 순결의 수로가 열리면 인간은 곧장 신에게로 흘러간다. 순수함은 우리에게 영감을 주고 불순함은 우리를 나락으로 내던진다."

소로가 순결을 중요시하는 것은 순결은 인간이 신에게 이르게 하는 중요한 수단으로 본 것이다. 또 그는 순수함은 우리에게 영감을 불러일으키지만, 불순함은 우리를 나락으로 내던진다고 말한다. 이는 무엇을 말하는가. 순결해야 함을 이르는 말인 것이다. 정신적인 것이든, 성적인 것이든 그 어떤 것도 순결하기 위해서는 반드시 '절제'를 필요로 한다. 이에 대해 소로는 말한다.

"우리가 절제할 때는 우리에게 활력과 영감을 준다."

소로의 말에서 보듯 절제는 미덕이라는 말이 왜 적합한 말인지를 잘 알게 한다. 절제하지 못해서 생기는 문제점은 화를 부른다는 것이다. 하지만 절제를 하게 되면 화를 부르는 일은 절대 없다. 그런 까닭에 절제는 사람이 살아가는 데 있어 반드시 지켜져야 한다. 그리고 소로는 이렇게 말한다.

"내면에서 동물적 속성은 날마다 소멸하고 신성한 측면은 확립되어 간다고 확신할 수 있는 사람은 축복받은 인간이다. 자신과 결합되어 있는 열등하고 잔인한 동물적 속성 때문에 수치심을 느끼지 않을 사람은 아마 아무도 없을 것이다. 우리는 파우누스나 사티로스 같은 신 또는 반신반인, 즉 짐승과 합체된 신, 욕망의 노예가 된 피조물이 아닐까. 우리의 삶 자체가 어느 정도까지는 치욕이 아닐까 두려운 생각이 든다."

소로가 말하는 "신성한 측면은 확립되어 간다고 확신할 수 있는 사람은 축복받은 인간이다"라는 말은 순결성을 말한다. 그러니까 순결하면 신성하게 됨으로써 신에 가까이 갈 수 있다는 것이다. 하지만 그는 인간은 파우누스나 사티로스 같은 신 또는 반신반인, 즉 짐승과 합체된 신, 욕망의 노예가 된 피조물이 아닐까 생각한다. 이는 순결하지 않다는 것을 의미한다. 그러기 때문에 인간은 수치심을 느끼고, 치욕이라고 여겨 두려운 생각이 든다는 것이다. 그런 까닭에 우리는 정신적으로나 육체적으로나 순결해야 할 필요가 있고, 그러기 위해서는 절제가 필요하다는 것이 그의 생각이다.

"절제는 이성의 허리띠이며, 격정의 신부이며, 영혼의 힘이며, 선과 도덕의 기초이다."

이는 17세기 영국 국교회 신부이자 작가인 제레미 테일러가 한 말로, 이성적인 사람이 그렇지 않은 사람보다 절제력이 더 강하다.

그런 의미에서 이성의 허리띠라고 비유한 제레미 테일러의 말은 매우 타당하다고 하겠다. 그리고 선과 도덕의 기초라는 말 또한 적절한 표현이라고 할 수 있다. 그런 까닭에 절제는 반드시 지켜져야 한다.

"사람은 먼저 자신을 통제할 줄 알아야 한다. 자기 한 몸을 통제하지 못하고 어떻게 남을 통솔할 것인가. 노여움, 그 밖의 격렬한 폭발적인 감정 따위는 모두 자신을 통솔하지 못한 증거이다. 사람은 남한테 저항하는 것보다 먼저 자기 자신에게 저항해야 한다. 나 자신을 극복하는 것이 남에게도 이기는 것이다."

스위스의 사상가이자 법률가이며 《행복론》의 저자인 카를 힐티가 한 말로, 자신을 통제할 수 있다면 성냄도, 지나친 감정도, 탐욕도, 식탐도 다 극복할 수 있다. 자신을 통제한다는 것은 남을 이기는 것보다 더 힘든 일이기 때문이다. 그런 까닭에 노자는 이르기를 "남의 일을 잘 알고 있는 사람은 똑똑한 사람이다. 자기 자신을 잘 알고 있는 사람은 그 이상으로 총명한 사람이다. 남을 설복시킬 수 있는 사람은 강한 사람이다. 그러나 자기 자신을 이겨내는 사람은 그 이상으로 강한 사람이다"라고 했다.

노자의 말에서 보듯 남을 이기는 것보다, 자기 자신을 이기는 것이 얼마나 힘든 일인지를 잘 알게 한다. 이처럼 절제는 자기를 이길 수 있을 만큼 스스로에게 강해야 한다. 그러기 때문에 자신을 이길 수 있도록 노력이 따라야 한다.

"자기 자신을 다스릴 수 없는 사람은 자유로울 수 없다."

이는 고대 그리스 철학자이자 수학자인 피타고라스가 한 말로, 진정으로 자유로우려면 자신을 다스릴 수 있어야 한다는 것이다. 그렇지 않으면, 방종으로 흐를 수 있기 때문이다. 자유는 절제함으로써 진정한 자유를 누릴 수 있는 것이다.

참으로 바른 지적이라고 할 수 있다. 동서고금을 막론하고 개인 사적으로나 국가적으로나 잘못되어 패가망신하고 멸망에 이른 것은 여러 가지 이유가 있지만, 절제하지 못함으로 인한 원인이 가장 크다고 하겠다. 절제는 끊임없이 끓어오르는 욕망의 마그마를 차단할 수 있는 가장 확실한 방법이다. 절제력을 기르기 위해서는 어떻게 해야 할까.

첫째, 마음공부를 통해 자신을 통제할 수 있는 힘을 길러야 한다. 기도함으로써 마음을 맑고 깨끗하게 하고, 묵상함으로써 마음의 평정을 이룰 수 있도록 해야 한다.

둘째, 견물생심이라고 했다. 몸과 마음을 흐리게 하는 책이나 영상물을 멀리해야 한다. 마음으로부터 멀어지면 충분히 자신을 통제할 수 있게 된다.

셋째, 종교생활을 하는 것도 큰 도움이 된다. 종교생활은 몸과 마음을 겸허하게 하는 데 있어 큰 도움이 되기 때문이다

넷째, 자기만의 통제방법을 정해 그에 따라 지켜날 수 있도록 해야 한다. 단, 이는 의지의 문제이니 자신이 극복할 수 있도록 자신의 내면과 수시로 교감하도록 해야 한다.

"행동은 말보다 소리가 크다."

이는 《탈무드》에 있는 말로, 절제력은 실천을 통하지 않고는 기를 수 없다. 행동하지 않으면 그 어떤 것도 이룰 수 없기 때문이다.

그렇다. 절제력은 노력으로 얼마든지 기를 수 있다. 몸과 마음을 반듯하게 함으로써 자신을 절제할 수 있을 때, 비로소 자신을 순결하게 할 수 있는 것이다.

우리는 누구나 자신의 건축가이다

Henry David Thoreau Walden

인간은 모두 자기가 숭배하는 신에게 바칠 육체라는 신전을
자기 나름의 방식으로 짓는 건축가다. 대신 그 신전 가장자리에 망치로
대리석을 박아놓아서 그 자신도 신전을 벗어나지 못한다. 우리는 모두
조각가이자 화가이고, 우리가 쓰는 재료는 우리 자신의 살과 피와 뼈다.
따라서 고결한 정신은 그 사람의 용모를 섬세하게 다듬어놓지만,
천박하거나 감각적인 욕망을 품으면 짐승처럼 변하기 시작한다.

월든 〈더 높은 법칙들〉

도시의 수많은 빌딩을 보면 비슷비슷하거나 나름대로의 특색을
지닌 빌딩도 있으나, 그 가운데에는 특별히 사람들의 시선을 사로
잡는 빌딩이 있다. 미적 감각이 뛰어난 빌딩, 빌딩 외관이 독특한
빌딩, 마천루의 빌딩 등이 바로 그것이다. 이런 빌딩을 짓기 위해서
는 건축가의 능력이 탁월해야 한다. 건축가가 어떤 생각을 하고 설
계를 하느냐에 따라 빌딩의 모습이 결정되기 때문이다.

예를 든다면 프랑스 파리의 랜드마크인 에펠탑은 어떻게 만들어
졌는가. 에펠탑이 세워진 에피소드를 아는 것만으로도, 건축가가

빌딩에 미치는 영향이 얼마나 막대한지를 잘 알게 될 것이다.

1889년 프랑스 정부는 만국박람회를 기념하기 위해 파리 마르스 광장에 기념 조형물을 설치할 계획으로 설계도를 공모했다. 많은 건축가가 공모에 응모했다. 공모전에서 당선되면 건축가로서의 입지가 탄탄해지는 것은 물론 경제적인 부를 쌓을 수 있는 절호의 기회였기 때문이다. 심사 결과 구스타프 에펠의 설계가 1위를 차지했다. 그런데 이때 문제가 생겼다. 그의 철골 설계를 반대하는 여론이 형성된 것이다. 작곡가인 샤를로 구노, 작가인 에밀 졸라, 르콩트 드릴, 기 드 모파상, 알렉산드르 뒤마 등 많은 이들이 반대하고 나섰다. 철골 탑은 격조가 떨어져 예술 도시인 파리의 위상을 크게 추락시킨다는 이유에서였다.

그러나 에펠의 생각은 달랐다. 에펠은 그들이야말로 무엇이 진짜 중요한지 모르는 무식한 사람들이라고 생각했다. 에펠은 자신의 설계를 건축의 '건'자도 모르는 사람들이 왈가왈부하는 것을 불쾌해했다. 그는 자신의 설계야말로 프랑스의 명물이 되어 전 세계적으로 돌풍을 일으킬 것이라고 적극 주장하며 사람들을 설득해 나갔다.

에펠의 주장은 사람들에게 확신을 심어주기에 충분했고 프랑스 정부는 결국 에펠의 설계대로 시공했다. 에펠탑은 건축한 지 2년 만에 완공되었다. 높이 300m의 탑이 도시 한가운데 우뚝 서자 파리 시민들은 열광했다. 세계 어디에서도 볼 수 없는 위대한 건축물이라며 도시는 축제의 분위기에 휩싸였다. 에펠은 열광하는 파리 시민들을 바라보며 크게 감격했다. 그는 에펠탑 완공에 대한 소감을 다음과 같이 밝혔다.

"프랑스는 300m 높이의 돛대에 기를 단 유일한 국가다."

에펠탑은 건축된 지 130년이 지난 지금도 세계 각 나라에서 에펠탑을 보기 위해 매년 수천만 명이 파리를 방문한다고 하니, 가히 놀랄 만하다고 하겠다.

이렇듯 에펠탑처럼 그 빌딩만의 특징을 지닐 수 있는 것은 그 빌딩을 설계한 건축가에 의해서다. 빌딩이 건축가에 따라서 그 특징과 외관의 모습이 달라지듯 사람 또한 그 사람이 지닌 성격이나 재능에 따라 자신만의 특징을 지니게 되고, 그로 인해 그 사람의 역량을 드러내게 된다. 뿐만 아니라 자신의 됨됨이를 올곧게 할 수도 있고, 비인격자처럼 천박하게 할 수도 있다. 이에 대해 소로는 이렇게 말한다.

"인간은 모두 자기가 숭배하는 신에게 바칠 육체라는 신전을 자기 나름의 방식으로 짓는 건축가다. 대신 그 신전 가장자리에 망치로 대리석을 박아놓아서 그 자신도 신전을 벗어나지 못한다. 우리는 모두 조각가이자 화가이고, 우리가 쓰는 재료는 우리 자신의 살과 피와 뼈다. 따라서 고결한 정신은 그 사람의 용모를 섬세하게 다듬어놓지만, 천박하거나 감각적인 욕망을 품으면 짐승처럼 변하기 시작한다."

소로의 말에서 보듯 인간은 누구나 자기가 숭배하는 신에게 바칠 육체라는 신전을 자기 나름의 방식으로 짓는 건축가라는 것이다. 여기서 자신이 숭배하는 신은 종교적인 관점에서 말하지만, 이는 곧 자기 삶의 주체로서의 건축가임을 뜻한다. 즉, 그것은 신에게 바칠 육체라는 신전처럼 경건하고 고결하게 자신의 삶을 건축해야 함을 의미한다. 왜 그럴까. 고결한 정신은 사람의 용모, 즉 그 사람의 삶을 섬세하게 다듬어놓기 때문이다. 하지만 천박하거나 감각적인 욕망을 품으면 짐승처럼 변한다고 말한다.

이렇듯 사람이 됨됨이가 바르지 못하면 천박하게 행동하게 된다. 또 감각적인 욕망을 품으면, 절제하지 못하고 짐승처럼 무분별하게 행동하게 된다. 그런 까닭에 사람은 고결한 정신을 길러야 하는 것이다.

"인간은 석재(石材)이다. 그것을 가지고 신(神)의 자태로 조각하든가, 악마의 모양으로 새기든가, 그것은 각인(各人)의 마음먹기에 달려있다."

이는 영국의 시인 E. 스펜서가 한 말로, 소로가 인간은 자신이 건축하는 육체라는 신전의 건축가라 했듯이 스펜서는 '인간은 석재이고, 그 석재를 자신이 조각하는 조각가'라고 말한다. 그런데 조각하는 사람에 따라 신의 자태로 조각할 수도 있고, 악마의 모양으로 조각할 수 있다고 말한다. 이는 무엇을 의미하는가. 즉, 자신을 신의 자태로 혹은 악마의 모양으로 조각하는 것은 오직 각자에게 달린 문제라는 것이다. 그렇다면 문제는 간단하다. 자신을 신의 자태로 조각해야 한다. 그리고 그렇게 하기 위해서는 자신의 몸과 마음을 정결하게 해야 한다. 이런 관점에서 볼 때 소로와 스펜서는 표현만 다를 뿐 인간이란 존재는 자신이 어떻게 하느냐에 따라, 자신을 바른 사람이 되게 할 수도 있고 그릇되게 할 수 있다는 것을 의미한다고 하겠다. 그러면 소로가 말하는 고결한 정신을 기르기 위해서는 어떻게 해야 할까. 이에 대해 소로는 이렇게 말한다.

"힘든 노력에서 지혜와 순수함이 나온다. 나태에서는 무지와 육체적 욕망이 나온다. 공부하는 사람에게 육체적 욕망은 마음의 나태한 습성이다. 불결한 사람은 보편적으로도 게으른 사람이고, 난롯가에나 앉아 있는 사람이고, 해가 떠도 누워 있는 사람이고, 피곤하지도 않은데 쉬는 사람이다. 불결함과 온갖 죄악을 피하고 싶으면, 비록 그것이 마구간을 치우는 일이라고 해도 열심히 해야 한다."

소로의 말에서 보듯 고결한 정신을 기르기 위해서는 힘이 들어도 노력에 노력을 다해야 한다는 것을 알 수 있다. 힘든 노력에서 지혜와 순수함이 나오기 때문이다. 지혜와 순수함이 맑고 고결한 정신을 만드는 것이다.

현인들이 고결한 정신을 지니는 것은 배움과 수련을 통해 지혜롭고 순수한 마음의 소유자가 되었기 때문이다. 하지만 노력을 게을리하고 나태하면 무지와 욕망에 사로잡혀 정신을 흐리게 하고 짐승처럼 변하게 된다.

사회에 물의를 일으키고 지탄의 대상이 되는 사람들을 보라. 그들에게 지혜니 순수함이니 하는 것은 거추장스러운 옷에 불과할 뿐, 그들의 마음을 온전히 지배하는 것은 악마적 본능이다. 그런 까닭에 힘들고 고통이 따르더라도, 설령 그것이 소로의 말대로 마구간을 치우는 더러운 일이라고 할지라도 마음의 수련과 배움을 통해 지혜와 순수함을 길러야 하는 것이다.

"높은 덕성을 갖는다는 것은 자유로운 정신을 갖는다는 것을 의미한다. 끊임없이 불쾌한 마음에 빠지고, 언제나 사물에 불안감을 가지고, 또 욕심에 사로잡히는 사람은 자유롭고 평안한 정신을 갖지 못한다. 언제나 자기 자신에 대해서 평온을 유지하지 못하고, 자기가 하는 일에 골몰하지 못하는 사람은 보아도 보지 못하는 사람이며, 들어도 듣지 못하는 사람이며, 먹어도 맛을 모르는 사람이다."

이는 《논어》에 나오는 말로, 높은 덕성을 갖는 사람만이 자유로운 정신을 갖는다는 것을 알 수 있다. 하지만 끊임없이 불쾌한 마음에 빠지고, 언제나 사물에 불안감을 가지고, 또 욕심에 사로잡히는 사람은 자유롭고 평안한 정신을 갖지 못한다는 것을 알 수 있다. 여기서 우리가 주목해야 할 것은 '높은 덕성'이라는 말이다. 이는 곧 소로가 말하는 '고결한 정신'을 의미한다. 그런 까닭에 높은 덕성을 가진 사람은 정신이 고결해 삶으로부터 구속받지 않고 평안한 정신을 지님으로써 진정 자유로울 수 있는 것이다.

그러나 높은 덕성, 즉 고결한 정신을 갖지 못하면 매사에 불쾌감을 느끼고, 불안감에 사로잡혀 평안한 정신을 갖지 못한다. 왜냐하면 작은 일에도 마음이 흔들리고, 작은 것에도 욕망을 버리지 못하기 때문에 늘 스스로에게 불만을 지니는 까닭이다. 소로의 말처럼 우리는 누구나 자기 삶의 건축가이다. 자신이 인생을 천박하고 욕망을 품은 짐승처럼 살고 싶지 않다면, 고결한 정신을 갖도록 힘써 노력해야 한다. 그것이야말로 한 번뿐인 자기 인생에 대한 예의이자 기품 있는 삶을 사는 지혜인 것이다.

영혼이 썩지 않게 하라

Henry David Thoreau Walden

감자를 썩지 않게 보존하는 방법에 대해 당신의 생각은 해마다 바뀔지도 모른다.
그러나 영혼이 썩지 않게 하는 방법에 대해서는 수행을 계속하는 일 외에
내가 배운 것은 없다.

소로의 말

몸과 마음을 바르게 하려면 영혼이 맑고 깨끗해야 한다. 그런 까닭에 동서고금을 막론하고 의식 있는 이들은 높은 덕과 고결한 정신을 갖기 위해 고행도 마다하지 않았다. 왜냐하면 고행을 이겨내고 얻는 맑은 정신은 오랜 가뭄 끝에 내리는 단비와 같이 영혼을 촉촉하게 적셔주기 때문이다. 그런 즐거움과 기쁨을 맛본다는 것은 겪어본 사람만이 안다. 그것은 마치 남이 보지 못하는 것을 보는 것과 같고, 남이 듣지 못하는 신비한 소리를 듣는 거와 같고, 남이 갈 수 없는 길을 가는 것처럼 마음을 들뜨게 하기 때문이다.

나아가 현자나 수행자들은 자기만의 눈을 갖고, 귀를 갖고, 자기만의 길을 가고자 함은 물론 자신이 터득한 진리를 사람들에게 전하는 일에 최선을 다했다. 자신이 터득한 진리를 혼자만 지닌다는 것도 낭비이며, 맑은 영혼을 허투루 하는 소모적인 일이기 때문이다.

소크라테스, 플라톤, 아리스토텔레스, 공자, 맹자, 묵자, 증자 등 성인의 반열에 오르고 현인의 반열에 오른 이들은 하나같이 이를 실천했다는 것이 잘 말해준다고 하겠다. 이런 면에서 소로 역시 다르지 않다.

"감자를 썩지 않게 보존하는 방법에 대해 당신의 생각은 해마다 바뀔지도 모른다. 그러나 영혼이 썩지 않게 하는 방법에 대해서는 수행을 계속하는 일 외에 내가 배운 것은 없다."

소로는 감자를 썩지 않게 보존하는 방법에 대해 당신의 생각은 해마다 바뀔지도 모른다고 말하며, 영혼이 썩지 않게 하는 방법은 언제나 변함이 없다고 말한다. 그것은 수행을 멈추지 않고 계속하는 것, 그것이 최선의 방법인 까닭이다.

영혼이 썩으면 그 사람의 몸과 마음이 썩어지고 만다. 그래서 바르지 못한 길로 가기도 하고, 옳지 않은 일에 발을 들여놓기도 하고, 사람들에게 해악을 끼치게 된다. 즉, 몸과 마음이 피폐한 사람이 되고 만다. 그러나 영혼이 맑아지게 되면 몸과 마음에 생기가 돌고, 지혜로운 눈을 갖게 됨으로써 옳고 바른 길에 서서 자신은 물론 타인의 삶에 헌신하게 된다. 이에 대한 이야기이다.

아우구스티누스는 가톨릭 신자들로부터 존경받는 위대한 인물이다. 그의 이름 앞에 거룩하다는 뜻의 '성(Sanctus)'을 붙이는 것은 그가 성인으로서 책임과 의무를 다했음을 의미한다. 아우구스티누스는 교부로서 신학자로서 사상가로서 철저한 삶을 살았다. 그러나 이전의 그의 삶은 더럽고 냄새나는 썩은 영혼의 삶이었다. 청년 시절에 그는 여자와 이교도에 빠져 절제된 삶을 살지 못했다. 그는 수사학을 공부하기 위해 카르타고로 가서 철학에 심취했지만 이교도인 마니교에 빠져 10년 가까이 세월을 보냈다. 열일곱 살에 여자와 동거를 하며 14년을 살았고 아들을 낳았다.

아우구스티누스는 어머니 모니카의 마음을 아프게 하며 불효의 시간을 보냈다. 그의 어머니 모니카는 독실한 그리스도인으로 아들의 타락을 막기 위해 눈물을 흘리며 밤새 기도한 끝에 그를 타락의 구렁텅이에서 건져냈다. 아우구스티누스가 마니교를 떠난 것이다. 그는 밀라노의 주교 암브로시우스에게 세례를 받고 그리스도인이 되었다. 그는 고향으로 돌아와 수도회를 설립하고 수도사 생활에 전념했다. 아우구스티누스는 독실한 믿음으로 깊은 신앙을 갖게 되었고, 히포 레기우스에서 발레리우스 주교에게 사제 서품을 받았다. 이후 그는 마니교를 부정하고 비판했다. 인간의 도덕적 완성을 주장하는 펠리기우스 주의를 비판하며 그리스도의 삶을 주장했다.

그는 모든 삶의 근원은 하나님께 있으며, 하나님의 은총만이 인간을 바르게 하고 죄로부터 구원함을 강력하게 주장했다. 아우구스티누스의 은혜론은 종교 개혁자인 마틴 루터에게도 큰 영향을 끼쳤다. 그는 발레리우스 주교와 공동 주교가 되었으며, 공동 주교가 죽자 히포 교구의 주교가 되었다. 그는 주교로서 신학자로서 사상가로서 활발한 활동을 펼치며 《고백록》, 《행복론》, 《신국론》 등 많은 책을 저술했다.

아우구스티누스는 사람들을 아끼고 사랑했다. 사람이 사람 위에 군림하는 것은 하나님의 뜻에 어긋날 뿐만 아니라 하나님의 사랑을 부정하는 죄악이라고 믿었다. 그의 믿음이 잘 나타나는 이야기가 있다.

427년 게르만족의 한 민족인 반달족이 북아프리카를 침략했을 때였다. 그는 안전한 곳으로 대피할 수 있었지만 피난민들을 기도와 봉사로 섬겼다. 피난민들은 크게 감동하며 그를 높이 칭송했다. 아우구스티누스는 눈감기 직전까지 피난민들을 돌보다 결국, 열병에 걸려 생을 마감했다.

아우구스티누스의 삶은 타락과 회심으로 점철되어 있다. 그가 이교도인 마니교에 빠진 것과 어린 나이에 여자에게 빠진 것은 인생의 흠이었다. 그는 하나님의 은혜를 체험하면서 과거로부터 완전히 벗어나 그리스도인의 길을 걸었다. 그는 신학적으로 크게 영향을 미쳤고, 사상가로서 유익한 저서를 많이 남겼다. 그의 삶은 교회 발전에 막대한 계기가 되었다.

사람은 누구나 죄를 지을 수 있다. 죄를 뉘우치지 못하면 영원히 죄에서 벗어나지 못하지만, 회개하면 용서받고 참된 그리스도인의 길을 걸어갈 수 있다. 아우구스티누스의 신념은 하나님에 대한 믿음에 기초한다. 그는 믿음의 확신에서 벗어나지 않았다. 그는 자신의 믿음에 대해 다음과 같이 말했다.

"신념은 아직 보지 못한 것을 믿는 것이며, 그 신념에 대한 보상은 믿는 것을 보게 된다는 것이다."

아우구스티누스의 신념은 하나님을 향한 굳은 믿음에서 나온 것이며 굳은 믿음에서 그의 위대함은 발현되었다. 아우구스티누스가 성인의 반열에 오를 수 있었던 것은, 과거 자신이 허물을 씻기 위해 기도와 헌신으로 열심을 다했기 때문이다. 영혼이 썩지 않게 하는 방법에 대해서는 수행을 계속하는 일 외에 내가 배운 것은 없다는 소로의 말처럼 그는 수행을 멈추지 않았고, 나아가 성직자로서 본분을 다함은 물론 전쟁으로부터 자유와 평화를 지키기 위해 최선을 다했다. 그로 인해 그는 성인의 반열에 올랐다.

영혼이 깨끗해지면 혜안이 밝아지고 순수한 마음을 갖게 된다. 순수한 마음을 지니게 되면 모든 것이 있는 그대로의 모습으로 보이게 된다. 즉, 거짓 없이 모든 것을 바라봄으로써 올곧은 삶을 살아가게 된다.

내가 순수해지면,
삶의 신비를 풀게 될 것이다
나는 진리 안에 머물고
진리는 내 안에 머물게 되리라

내 마음이 순수해질 때,
나는 안전하고 분별력을 지니며
완전히 자유로워지리라

조화의 원리, 정의,
또는 신성한 사랑을 발견하면
모든 것이 있는 그대로의 모습으로 보인다
착각을 일으키는 이기심과 의견의 매개 없이
바로 볼 수 있기 때문이다

있는 그대로의 모습으로 보면,
세계 전체가 하나의 존재이며
세계의 모든 다양한 작용들은

단일 법칙의 현실인 것이다

이는 영국의 신비주의 작가이자 《생각하는 그대로》의 저자인 제임스 알렌의 시로 순수한 마음이 주제이다. 순수한 마음을 갖게 되면 삶의 신비를 풀게 되고 진리 안에 머물게 된다는 것이다. 그리고 안전하고 분별력을 지니며 완전히 자유로워지고, 모든 것을 있는 그대로의 모습으로 보게 되는데 착각을 일으키는 이기심과 의견의 매개 없이 바로 볼 수 있기 때문이라는 것이다. 나아가 있는 그대로의 모습으로 보면, 세계 전체가 하나의 존재이며 세계의 모든 다양한 작용들은 단일 법칙의 현실이라는 것이다.

제임스 알렌이 이 시를 쓰게 된 것은 오랫동안 수련과 절제 생활을 통해 깨달았기 때문이다. 그는 치열한 삶을 살아가던 중 톨스토이의 글을 읽고 크게 깨달은 후 직장을 그만두고 영국 시골로 가서 최소한의 돈으로 살아가며 절제와 수련을 통해 몸과 마음을 단련하고 순수한 삶을 지향했다. 아우구스티누스의 신앙에 입각한 절제의 삶과 제임스 알렌의 보편적 삶에 입각한 절제의 삶은 환경적인 입장에서는 차이가 있으나 그 본질은 같다.

소로 역시 소박한 삶을 지향했는데 그 또한 절제를 바탕으로 하는 순수한 삶이라고 할 수 있다. 그랬기에 그는 영혼을 썩히지 않기 위해서 끊임없이 수행하라고 말한다. 갈등과 경쟁이 난무하는 현대

사회에서 순수한 마음을 지니고, 올곧게 살아가기 위해서는 몸과 마음을 닦는 일에 게으름이 없어야 한다. 그것은 곧 자신을 위한 최선의 삶이기 때문이다.

제4부

자신이 상상해온
삶을 살려고 노력하라

자신이 상상해온 삶을 살려고 노력하라

Henry David Thoreau Walden

나는 체험을 통해 적어도 다음과 같은 것을 배웠다.
자신의 꿈을 향해 자신 있게 나아가고 자기가 상상해온 삶을 살려고 노력하면,
평소에는 기대하지도 못했던 성공을 거둘 수 있으리라는 것이다.

월든 〈맺는말〉

동서고금을 막론하고 자신의 꿈을 이룬 사람들에게는 한 가지 공통점이 있다. 그것은 생동감 넘치게 꿈을 꾸고, 자신이 상상한 꿈을 향해 구체적으로 계획을 세우고 매진했다는 것이다. 그들은 낮이나 밤이나 자신의 꿈을 상상하며, 자신이 한 일을 점검했다. 그래서 부족하다 싶으면 더욱더 자신을 채찍질하며 다독였다. 그렇게 한 걸음 한 걸음 앞을 향해 나간 끝에, 마침내 자신이 상상해오던 꿈을 이루었던 것이다.

자신이 이루고 싶은 꿈을 상상만으로는 절대 이룰 수 없다. 그것

을 현실로 이룰 수 있도록 '꿈의 엔진'을 가동시켜야 한다. 자동차에 기름이 부족하면 기름을 채워 넣듯, 자신의 열정이 부족하면 열정의 에너지로 가득 채워 넣어야 한다. 이에 대해 소로는 다음과 같이 말한다.

"나는 체험을 통해 적어도 다음과 같은 것을 배웠다. 자신의 꿈을 향해 자신 있게 나아가고 자기가 상상해온 삶을 살려고 노력하면, 평소에는 기대하지도 못했던 성공을 거둘 수 있으리라는 것이다."

소로의 말에서 보듯 자신의 꿈을 향해 나가되, 상상한 삶을 살려고 노력한다면 평소에는 기대하지 못했던 성공을 거둘 수 있다. 이것이 꿈을 이루는 최선의 법칙인 것이다. 그 역시 자신의 말대로 자신이 꿈꾸었던 대로 월든 호숫가에 오두막을 짓고 2년 2개월을 살았으며, 그 후 평생을 강연하고 글 쓰며 소박하고 단순한 삶을 실천했던 것이다.

다음은 소로의 말처럼 자신이 상상한 꿈을 향해 나간 끝에 성공한 이들의 이야기이다. 이들의 삶을 살펴보는 것도 자신의 꿈을 이루고 싶은 이들에게는 큰 동기부여가 될 것이다.

"나의 일은 2시간 동안 존재하는 세상을 창조하는 것이다."

"성공은 위대한 영감의 결과가 아니라 지속적인 노력의 결과이다."

이는 2016년 하버드대학교 졸업식에서 미국 영화계의 거장이자 세계 최고의 흥행감독 스티븐 스필버그가 한 말로, 꿈에 대한 현실적인 욕구가 잘 드러나 있다. 영화 상영시간 2시간 동안을, '2시간 존재하는 세상을 창조하는 일'이라고 비유한 그의 말이, 그가 얼마나 자신의 일을 존중하고 사랑하는지를 잘 알 수 있기 때문이다. 스필버그는 어렸을 때부터 영화에 큰 관심을 보였다. 그는 이미 13세 때 아버지에게 400달러를 지원받아 단편 영화를 찍었을 정도다. 이때 그의 부모는 스필버그에게 공부나 하지 괜한 짓을 한다고 말하지 않았다. 자식이 원하니까 그의 뜻대로 맡긴 것이다. 특히, 그의 어머니는 "No"라는 말을 한 번도 하지 않았다고 한다. 언제나 아들을 믿었고 따뜻한 격려를 아끼지 않았다.

성인이 된 스필버그는 영화감독의 꿈을 펼치기 위해 할리우드를 수시로 찾아갔고, 그런 그를 유니버설 스튜디오 직원으로 알 정도였다. 그러는 가운데 스필버그는 영화 관계자들과 자연스럽게 알게 되었고, 마침내 기회를 얻었다. 그렇게 해서 처음 만든 영화 〈죠스〉가 놀랄 만한 흥행기록을 세웠을 때 그의 나이 고작 20대였다. 그는 단박에 할리우드의 영화계와 영화 제작자들은 물론 언론의 주목을 받으며 촉망받는 감독으로 부상했다. 하지만 그는 그런 찬사에 전혀 동요되지 않았다. 그는 그것을 시작에 불과한 것으로 여기며, 타고난 천재성에도 자만하지 않고 밤낮으로 공부하며 더 좋은 영화를 만들기 위해 매진했다. 그 후 그는 만드는 영화마다 공전의 히트를 치며 세계 영화사에 전설이 되었다. 그의 대표작품으로는 〈인디아나 존스〉, 〈쥬라기 공원〉, 〈칼라 퍼플〉, 〈E.T〉, 〈라이언 일병 구하기〉 등이 있다. 스필버그가 성공할 수 있었던 데에는 그만의 성공요소가 있다.

첫째, 자신을 사랑하고 세상 중심에 서는 꿈을 늘 가슴에 품고 있었다. 둘째, 준비된 미래의 영화감독이었다. 셋째, 자신만의 상상력과 창의력이 뛰어났다. 넷째, 한번 마음먹은 것은 반드시 실행에 옮겼다. 다섯째, 좋은 작품을 보는 예리한 직관력을 갖고 있었다. 여섯째, 쇠붙이도 녹이는 강한 열정을 갖고 있었다. 일곱째, 현실적이고 중용적인 사고를 가졌다.

"나는 밤에만 꿈을 꾸는 것이 아니라 하루 종일 꿈을 꾼다. 나는 먹고살기 위해 꿈을 꾼다."

이 또한 스필버그가 한 말로, 자기가 상상해온 삶을 살려고 부단히 노력했다는 것을 잘 알게 한다. 그는 준비된 영화감독으로서 자신이 이루고 싶은 상상력으로 최고의 영화를 만든 이 시대 최고의 감독이다.

"호텔 벨보이를 할 때 주변에는 나와 똑같은 처지의 벨보이들이 많았다. 그중에는 호텔 경영에 관한 재능이 나보다 뛰어난 사람들도 많았고, 나보다 더 열심히 일하는 사람들 역시 많았다. 하지만 혼신을 다해 성공한 자신의 모습을 그렸던 사람은 오직 나 하나뿐이었다. 성공하는 데 가장 중요한 것은 꿈꾸는 능력이다."

이는 전 세계에 250여 개의 호텔을 세워 호텔왕으로 불리는 콘래드 힐튼이 성공 비결을 묻는 이들에게 그가 한 말이다. 그의 어린 시절은 지독한 가난의 연속이었다. 그는 아버지를 따라 이리저리 유랑하듯 힘겹게 살았다. 그러던 중 31세 때 호텔 벨보이로 일하게 되었다. 힐튼은 손님들의 가방을 들어주고, 객실을 청소하고, 잔심부름을 했다. 다른 벨보이들은 틈만 나면 구석에서 잡담을 하고 시시덕거렸지만, 힐튼은 자신에게 주어진 일에 최선을 다하며 하루가 다르게 성장해 나갔다.

당시 그는 벨보이었시만 세계에서 가장 크고 좋은 호텔을 소유하겠다는 꿈이 있었다. 그는 종이 위에 자신의 꿈을 적고 미국에서 가장 큰 호텔 사진과 나란히 책상에 붙여 두었다. 그는 책상 위에 붙여 놓은 자신의 꿈을 수시로 들여다보며 미래를 그려 나갔다.

그는 게으름을 추호도 허용하지 않았다. 게으름을 자신의 꿈을 가로막는 적으로 간주했던 것이다. 그는 누구보다 열심히 자신의 길을 걸어간 끝에 모블리 호텔을 인수하게 되었다. 꿈만 같은 일이었다. 그토록 원하던 호텔 사업을 하게 된 것이다. 벨보이였던 자신이 호텔의 사장이 된 것이 기적처럼 느껴졌다. 이후 그는 모블리 호텔을 기반으로 해 자신의 신념대로 열정을 다 바친 끝에 전 세계에 자신의 꿈인 250여 개의 호텔을 세웠다.

"내 삶의 철학은 이렇다. 인생에서 이루고자 하는 바에 대해 결심을 굳히고 그런 다음 그 목표를 향해 매진하면 손해 보지 않는다. 어떻게든 성공하니까 말이다."

이는 제40대 미국 대통령을 역임한 로널드 레이건이 한 말이다. 그는 젊은 시절 영화배우로 활동했지만 영화배우로서는 크게 주목받지 못했다. 하지만 그는 영화배우들의 권익 보호를 위해 1947년 미국노동총연맹 산하 영화배우협회장 선거에 입후보해 회장으로 선출되었다. 그 후 그는 영화배우들의 권익을 위해 힘써 일했다. 비록 영화배우로 성공하지는 못했으나 관리자로서의 능력은 탁월했다. 그는 정치에 관심을 가졌는데 1962년 공화당에 입당해 자신의 입지를 굳혀나간 끝에 1966년 제33대 캘리포니아 주지사에 당선되었다.

그는 조세 감면, 고등교육 정책에 열정을 바쳐 캘리포니아주 재정을 적자에서 흑자로 바꾸어 놓으며 많은 인기를 얻었다. 그는 그 여세를 몰아 1968년 공화당 대통령 후보로 나섰으나 공화당 대통령 후보 지명대회에서 제럴드 포드에게 패했다. 하지만 그는 포기하지 않고 1980년 다시 공화당 대통령 후보 지명대회에 도전해 대통령 후보가 되었다. 그리고 당시 민주당 대통령 후보였던 지미 카터를 누르고 제40대 대통령이 되었다.

레이건은 대통령으로 재임하는 동안 민주주의와 공산주의의 냉전을 종식시키며 핵전쟁의 위험으로부터 벗어나게 했다. 이 일로 동유럽은 공산의 독재로부터 벗어나게 되었다. 레이건은 자유민주주의가 공산주의보다 도덕적으로 우월하다고 믿었으며, 미국이 그 선봉에 있음을 만천하에 천명했다. 그의 넘치는 자신감과 정책 수행에 미국 국민들은 열렬한 지지를 보냈다. 레이건은 미국이 세계 최고의 강국임을 미국 국민의 가슴에 새김으로써 자긍심을 한껏 끌어올렸다.

　레이건이 소련을 무너뜨리기 위해 시도한 정책을 살펴보면 그의 전략이 얼마나 치밀했는지 알 수 있다. 그는 소련을 붕괴시키기 위해 아프가니스탄 반군을 지원해 소련의 군사력을 약화시켰으며, 니카라과 공산주의의 반대 세력에게 무기를 제공했다. 카리브해의 섬나라인 그라나다에서 쿠바가 개입한 공산 쿠데타가 일어나자 군대를 보내 무력으로 공산 정권을 전복시키고 자유선거를 통해 자유민주정권이 세워지게 했다. 그가 펼친 정책들마다 성공을 거둘 수 있었던 것은 재임 후 즉각 실시한 군비 확장에 있다. 그는 퇴역한 군함에 최신 전자장치와 미사일을 장착해 활용하며 최신예 무기를 개발해 군사력에서 소련의 우위를 점했다. 그는 공산주의를 몰아내기 위해 치밀하게 전략을 세움으로써 자신의 정책을 완성시켰다.

　강한 미국, 위대한 미국, 세계 경찰국가로서의 미국을 지향한 레이건의 열정을 미국 국민은 잊지 못하고 있다. 레이건의 말에는 강력한 긍정의 힘이 나타나 있다. 그는 역동적이고 강력한 대통령이었으며 성공한 인생이었다.

스필버그, 콘래드 힐튼, 레이건의 성공에서 보듯 저절로 이루어지는 성공은 없다. 세상에 크든 작든 그 어떤 일도 그럴 만한 노력과 힘을 들일 때 이룰 수 있는 것이다. 또한 스필버그, 콘래드 힐튼, 레이건처럼 외적으로 드러나는 커다란 성공이 아니고, 비록 소로처럼 꿈이 소박하더라도 자신이 진정으로 바라는 꿈이라면, 그 어떤 삶일지라도 그에 맞게 최선을 다해 이루면 그 역시 성공적인 삶이라고 할 수 있다. 그런데 이들처럼 노력도 없이 자신이 바라는 삶을 살려고 한다면 이는 그림 속에서 다이아몬드를 채굴하는 것보다도 더 어렵다. 그런 까닭에 자신이 바라는 인생을 살고 싶다면, 자신이 상상한 꿈을 향해 나가되 구체적으로 계획을 세우고 열정을 다 바쳐 매진해야 한다. 이에 대해《누가 내 치즈를 옮겼을까?》로 유명한 미국의 작가 스펜서 존슨은 다음과 같이 말했다.

"멋진 미래의 모습은 어떠한지 그림을 그려라. 현실적인 계획을 세워 그것을 달성할 수 있게 하라. 계획을 지금 이 순간 행동으로 옮겨라."

꿈을 이루고 싶다면 스펜서 존슨의 말처럼 미래의 그림을 구체적으로 그리고, 현실적인 계획을 세워 지금 당장 실천해야 한다. 그것이야말로 꿈을 이루는 가장 확실한 방법인 것이다.

우주의 법칙을 철저하게 지켜 행하기

Henry David Thoreau Walden

생활을 단순화할수록 우주의 법칙은 그에 비례해 간결해질 테니,
고독은 고독이 아니고 가난은 가난이 아니고 약점은 약점이 아닐 것이다.
당신이 공중에 누각을 쌓았더라도, 그 일이 헛수고로 끝날 필요는 없다.
누각이 원래 있어야 할 곳은 공중이다. 이제 그 밑에 토대를 쌓으면 된다.

월든 〈맺는말〉

"단순하고 소박한 자연적인 삶에 대한 감각을 잃고 인위적인 문명만을 추구한다면 무서운 일을 겪게 된다. 그런 까닭에 소박한 상태에 만족하고 단순한 삶을 즐겁게 받아들이도록 해야 한다. 소박한 상태에 만족하고 단순한 삶을 즐겁게 받아들이는 사람은 결코 피곤하거나 지루하지 않을 것이다."

이는 노자가 한 말로, 순리적으로 살되 무리하게 인위를 가하지 말라는 말이다. 순리적으로 살면 잘못되는 일이 없다. 강물이 유유히 흘러가듯 삶 또한 유유히 흘러간다. 그러나 순리를 벗어나 무리하게 인위를 가하게 되면 삶의 질서가 깨지고 만다. 인간의 삶 또한 자연의 원리와 같은 까닭이다. 우리는 지금 자연의 질서를 깨트린 형벌을 톡톡히 받고 있질 않은가. 지구 온난화로 전 세계가 자연재해로 인해 삶을 위협받고 있다. 또한 코로나19라는 전대미문의 바이러스가 창궐해 수많은 사람이 생명을 잃고, 전 세계가 혼란에 빠져 사느냐 죽느냐의 갈림길에서 전전긍긍했다. 다행히도 창궐은 멈추었지만, 아직도 안심할 수 없다. 감염자 숫자가 눈에 띄게 줄었지만 종식된 건 아니기 때문이다.

이 모두는 순리를 거스르고 무리하게 인위를 가해 벌어진 일이다. 지금보다 얼마나 더 잘 살고, 더 잘 먹고, 더 풍요를 누리려고 한단 말인가. 세계는 자국 우선주의로 흘러가고 있고, 경쟁은 그 어느 때보다도 치열하다. 지금은 전 세계가 합심해 망가진 지구를 원상복구시키는 데 힘써야 한다. 그런데 멈추지 않고 지금처럼 나아간다면 앞으로의 미래는 불을 보듯 뻔하다. 희망이 사라지고 말 것이다.

노자는 2500년 전에 '단순하고 소박한 자연적인 삶에 대한 감각을 잃고 인위적인 문명만을 추구한다면 무서운 일을 겪게 된다'고 설파했다. 그리고 그의 말이 현실이 되었다. 소로 또한 노자의 사상과 그 맥을 같이한다. 이에 대해 소로는 다음과 같이 말한다.

"생활을 단순화할수록 우주의 법칙은 그에 비례해 간결해질 테니, 고독은 고독이 아니고 가난은 가난이 아니고 약점은 약점이 아닐 것이다. 당신이 공중에 누각을 쌓았더라도, 그 일이 헛수고로 끝날 필요는 없다. 누각이 원래 있어야 할 곳은 공중이다. 이제 그 밑에 토대를 쌓으면 된다."

소로는 생활을 단순화할수록 우주의 법칙은 그에 비례해 간결해질 것이라고 말한다. 이는 무엇을 말하는가. 지나치지 말라는 것이다. 지금 인류가 처한 위급한 상황은 지나침을 넘어 지구가 병들어서 생긴 결과이다. 즉, 우주의 법칙이 비정상적으로 작동하기 시작했나는 것이다. 애초에 우주의 법칙은 창조주에 의해 정확히 계산된 법칙 안에서 작동되어 왔는데, 오늘날에 와서 인간의 의해 그 법칙에 이상이 생긴 것이라고 할 수 있다.

시 한 줄을 아름답게 꾸미는 것
그것은 내 꿈이 아니다.
월든 가까이 사는 것보다
신과 천국에 더 가까이 갈 수 있는 방법은 없다.
나는 월든의 돌투성이 기슭이고
그 위를 지나는 산들바람이다.
내 우묵한 손바닥에는
월든의 물과 모래가 있다.

월든에서 가장 깊은 휴식처는

내 생각 속에 높이 자리 잡고 있다.

이는 소로의 시로 그의 내면의 세계가 잘 투영되었음을 알 수 있다. 그는 시인이었음에도 '시 한 줄을 아름답게 꾸미는 것 / 그것은 내 꿈이 아니다'라고 표현했다. 그렇다면 그가 바라는 것은 무엇이었을까. 그는 자신이 바라는 심정을 이렇게 표현했다. '월든 가까이 사는 것보다 / 신과 천국에 더 가까이 갈 수 있는 방법은 없다. / 나는 월든의 돌투성이 기슭이고 / 그 위를 지나는 산들바람이다. / 내 우묵한 손바닥에는/ 월든의 물과 모래가 있다. / 월든에서 가장 깊은 휴식처는 / 내 생각 속에 높이 자리 잡고 있다'라고.

그의 내면은 자연과 깊이 동화되어 있다는 것을 알 수 있다. 그는 곧 자연의 일부이고, 자연은 곧 그의 이상이며 꿈이며 가치인 것이다. 그러기에 그는 사람들에게 자신이 지향하는 우주의 법칙을 따르기 위해서는 생활을 단순화해야 한다고 말한다. 물론 그렇게 한다는 것이 보통의 사람들로서는 힘들 것이란 것도 잘 안다. 하지만 그럼에도 해야 한다는 것이 그의 생각인 것이다.

노자와 소로는 2300년이 넘는 시차와 동양과 서양이라는 지역적인 경계선을 넘어 '단순하고 소박한 삶을 지향하는 순리의 법칙', 즉 '우주의 법칙'에 함께 한다는 것에서 놀라지 않을 수 없다.

우리는 너무나 많은 것을 누리며 살고 있다. 그럼에도 행복하지 않다고 말하는 이들이 많다. 그리고 더 많은 것을 소유하기 위해 눈에 불을 켜고 먹이를 찾는 이리떼처럼 눈을 부라린다. 이는 스스로를 능멸하고, 인간이란 존엄함의 가치를 떨어트리는 무지한 일이 아닐 수 없다. 또한 자신을 물질만 탐하는 속물로 여기게 하는 일인 것이다. 참으로 모순적인 삶이 아닐 수 없다.

그렇다면 문제는 간단하다. 지금보다 더 많은 것을 소유하기보다 있는 것에 감사하며, 삶을 최소한 단순화해야 한다. 그리고 우리의 터전인 이 지구를 지키는 일에 최선을 나해야 한다. 그래서 망가지고 깨져버린 지구의 상처 난 몸을 원상복구해야 한다. 그것이 내가 사는 일이고, 우리가 사는 일이고, 나아가 세계가 사는 일이며, 밝은 미래가 보장되는 일이며, 우주의 법칙을 지켜 행하는 일이다.

다음은 크리족 인디언 예언자가 남긴 시다. 비록 짧고 꾸미지 않은 단순한 시지만, 시가 주는 울림은 그 어떤 시보다도 크고 깊다. 나는 처음 이 시를 읽고 마치 시원한 탄산수를 마신 듯 맑아 오는 정신을 느낄 수 있었다. 내가 그랬듯이 이를 마음에 새겨 때때로 음미한다면 누구든 보다 더 현명하게 살아가게 될 것이다.

마지막 남은 나무가
베어진 뒤에야,

마지막 남은 강물이

오염된 뒤에야,

마지막 남은 물고기가

붙잡힌 뒤에야,

그제야 그대들은 깨닫게 되리라.

사람은 돈을 먹고

살 수 없다는 사실을.

마음이 가난한 사람

Henry David Thoreau Walden

마음이 가난한 사람들이 누구보다도 독립적인 삶을 사는 것처럼 보이기도 한다.
어쩌면 그들이 아무 걱정 없이 도움을 받을 수 있을 만큼
마음이 너그러운 사람들인지도 모른다.

월든 〈맺는말〉

마음이 가난하다는 것은 욕심이 없다는 것이다. 그것이 물질이든, 지위이든, 사회적 명예든, 탐하는 마음이 없는 순수한 마음을 뜻한다. 그런 까닭에 마음이 가난한 사람은 자신이 가진 것에 감사해하며 만족하게 살아간다. 또한 남과의 경쟁을 싫어하고, 배려와 양보를 잘 한다. 왜 그럴까. 가난한 마음은 사람을 선하게 하고, 도덕적으로 만들기 때문이다. 그러나 그럼에도 사람들은 마음을 가난하게 하지 못한다. 물질에 대한 욕구와 지위에 대한 욕구, 명예에 대한 욕구가 사람들의 마음 안에 깊이 자리 잡고 있는 까닭이다.

마음이 가난하기 위해서는 욕구로부터 자신을 내려놓을 줄 알아야 한다. 자신을 내려놓으면 탐욕이 그만큼 줄어들기 때문이다.

"심령이 가난한 자는 복이 있나니 천국이 그들의 것임이요."

이는 신약성경 마태복음(5장 3절)의 말씀으로, 마음이 가난하면 천국에 이를 만큼 복이 있다는 것이다. 그만큼 마음이 가난하다는 것은 그 어떤 것보다 스스로를 복되게 한다는 것을 알 수 있다.

"당신이 가장 부유할 때 당신의 삶이 가장 빈곤해 보인다. 당신의 삶이 빈곤하더라도 그 삶을 사랑하라."

이는 소로의 말로, 마음이 가난할 때가 가장 부유하다는 것을 의미한다. 그러니까 가난한 삶은 누추한 것이 아니라 자신을 가장 부유하게 하는 삶이라는 것이다. 그런 까닭에 삶이 빈곤해도 그 삶을 사랑해야 한다는 것이다. 이에 대해 혹자는 이렇게 말할 것이다.

"그게 대체 무슨 말이오? 말도 안 되는 소리 마시오. 그것은 수행자나 현인들이나 할 수 있는 일이오. 그따위 말로 나를 현혹하지 마시오."

이는 가정해서 해본 말이지만 대개는 이처럼 생각할 것이다. 인간은 그렇게 의지가 강하지 못한 까닭이다. 하지만 그럼에도 그렇게 살아야 한다는 것이 소로의 생각이다. 그것이야말로 자신을 위한 최선의 삶이기 때문이다. 그리고 소로는 이렇게 말한다.

"때로는 마음이 가난한 사람들이 누구보다도 독립적인 삶을 사는 것처럼 보이기도 한다. 어쩌면 그들이 아무 걱정 없이 도움을 받을 수 있을 만큼 마음이 너그러운 사람들인지도 모른다."

소로의 말처럼 마음이 가난한 사람은 물질이나 명예나 지위 등에 욕심이 없다. 그런 까닭에 악착같이 돈을 벌어야겠다는 마음이나, 높은 지위에 오르려고 무리하지 않는다. 또 사회적 명예를 얻기 위해 요란을 떨지도 않는다. 그저 강물이 흘러가는 대로 순리적으로 사는 것을 원칙으로 알고 살아간다. 그러니 소로의 말처럼 누구보다도 독립적인 삶을 사는 것처럼 보이는 것은 당연하다. 이처럼 마음이 가난한 사람은 물질이나 지위나 명예 같은 것에 얽매이지 않으니, 그 누구와도 경쟁을 삼지 않은 까닭에 마음이 너그러운 사람인지도 모른다는 소로의 말은 일리가 있다 하겠다.

여기서 한 가지 짚고 갈 것은 소유욕이 나쁘다는 것은 아니다. 문제는 소유욕이 지나치면 문제가 된다는 것이다. 이에 대해 독일의 작가이자 철학자인 프리드리히 니체는 이렇게 말했다.

"소유욕이 나쁜 것은 아니다. 소유욕은 일을 하고 돈을 벌도록 종용한다. 그 돈에 의해 사람은 풍족한 생활을 누릴 뿐 아니라 인간적인 자유와 자립까지도 손에 넣을 수 있다. 그러나 그 소유욕이 정도를 넘게 되면 사람을 노예처럼 부리기 시작한다. 더 많은 돈을 차지하기 위해 자신에게 주어진 모든 시간과 능력을 소모하는 나날이 시작된다. 소유욕은 휴식마저 앗아가고 그 사람을 완전히 구속한다. 내면의 풍요로움, 정신적인 행복, 고귀한 이상과 같이 인간에게 소중한 것들은 완전히 무시되어 버린다."

니체의 말처럼 소유욕이 있다는 건 문제가 아니다. 사람이기에 당연한 것이다. 하지만 소유욕이 지나치면 문제가 야기될 수 있다는 말이다. 즉, 소유욕이 정도를 넘게 되면 사람을 노예처럼 부리기 시작하고, 사람의 소유욕은 점점 더 크게 자라나 탐욕이 기승을 부려댄다. 그렇게 되면 더 많은 돈을 차지하기 위해 자신에게 주어진 모든 시간과 능력을 소모하는 나날이 시작되는 것이다. 그리고 소유욕은 휴식마저 앗아가고 그 사람을 완전히 구속해버리고 만다. 그런 까닭에 내면의 풍요로움, 정신적인 행복, 고귀한 이상과 같이 인간에게 소중한 것들은 완전히 무시된다.

한마디로 말해 완전히 탐욕에 사로잡혀, 인간의 본질마저 잃게 되고 동물적 근성만 갖게 될 것이다. 이는 무엇을 의미하는가. 인간성을 상실해 버린다는 것이다. 그런 까닭에 눈에 보이는 것만 보려고 하지 말아야 한다.

　　보이는 것만 보려고 하지 마라

　　보이는 것만 보려고 하면
　　탐욕이란 손님이 주인 행세를 한다

모든 불행은

보이는 것만 보려고 하는 데서 온다

안 보이는 것도 볼 수 있어야 한다

그래야,

마음의 평정을 이뤄

불행으로부터 자유로울 수 있다

　이 시는 나의 〈보이는 것만 보려고 하지 마라〉이다. 이 시에서처럼 보이는 것만 보려고 하면 탐욕이 주인 행세를 하려고 한다. 그렇게 되면 탐욕에 빠져, 탐욕이 시키는 대로 하게 됨으로써 잘못될 수가 있다. 모든 불행은 보려고만 하는 데서 온다는 것을 알아야 한다. 그런 까닭에 안 보이는 것도 볼 수 있어야 한다. 그렇게 될 때 마음은 평정을 이루게 됨으로써 불행으로부터 자유로워질 수 있다. 그러면 어떻게 해야 소유욕으로부터 벗어나 마음을 가난하게 할 수 있을까. 이에 대해 홍자성은 《채근담》에서 다음과 같이 말한다.

　"욕심이 많은 사람은 돈을 주어도 돈보다 귀한 옥을 주지 않았다고 불만을 갖는다. 이러한 사람은 옥을 주면 그 수효가 적다고 탓할 것이다. 스스로 만족할 줄 모르는 사람에게는 무엇을 주나 늘 부족하다. 이것은 그 근성이 거지와 다름없다. 거지는 무엇을 주나 더 언고 싶어 한다. 마음이 풍족하면 비록 누더기를 걸치고도 따뜻하게 생각하고 나물 반찬으로 밥을 먹어도 맛있다고 한다. 인생을 즐기고 풍족하게 사는 점에서 이런 사람은 왕후보다도 풍족한 사람이다."

이 글에서 보듯 스스로 만족할 줄 알아야 한다. 왜냐하면 만족할 줄 모르면 그 어떤 것을 손에 쥐더라도 늘 부족함을 느끼기 때문에 소유욕을 떨쳐버릴 수 없는 것이다. 그런 까닭에 소유욕을 떨쳐버려야만 만족함으로써 작은 것에도 감사해하며 행복하게 살아가게 된다.

우리는 누구나 이 세상에 태어날 때 빈손으로 왔고, 세상을 떠날 때도 빈손으로 간다. 이것은 자연의 법칙이다. 그런데도 이 사실을 잊고 살아간다. 그런 까닭에 소유욕으로부터 벗어날 수 없는 것이다. 《무탄트》의 저자인 말로 모건은 말한다.

"누구나 빈손으로 왔다가 빈손으로 간다. 빈손임에도 가장 풍요롭게 살고 있는 사람들을 나는 내 눈으로 직접 목격했다."

말로 모건의 말에서 보듯 빈손임에도 가장 풍요롭게 사는 사람들이 있다는 것은, 마음이 가난하기 때문이다.

그렇다. 자신이 진정으로 행복하게 살고 싶다면, 마음을 가난하게 해야 한다. 그래야만 소박하고 단순한 삶에도 감사해하며 만족할 수 있기 때문이다.

깨어 있어야 새벽이 온다

Henry David Thoreau Walden

우리가 자지 않고 깨어 있는 날에야 새벽이 찾아온다.
새벽은 앞으로도 많이 남아 있다.
태양은 아침에 뜨는 별에 지나지 않는다.

월든 〈맺는말〉

"아무리 멋진 갑옷을 두르고 굽이 높은 신발을 신는다 해도 새로운 사람이 될 수 없다. 장신구는 진짜 자신의 모습을 감출 수는 있어도 바꿀 수는 없다."

이는 독일의 위대한 시인인 요한 볼프강 폰 괴테가 한 말로, 새로운 사람이 되기 위해서는 멋진 갑옷을 두르고 굽이 높은 신발을 신어도 될 수 없다고 말한다. 그리고 장신구 또한 진짜 자신의 모습을 감출 수는 있어도 바꿀 수는 없다고 말한다.

이는 무엇을 말하는가. 겉을 아무리 그럴듯하게 꾸며도, 그것은 단지 외적인 모습일 뿐 내면은 아닌 것이다. 새사람이 된다는 것은 그 사람의 내면이 완전히 새롭게 바뀌는 것을 말한다. 즉, 마음이 새로워져야 새로운 사람이 되는 것이다.

새로워진다는 것은 새롭게 거듭남을 의미한다. 새롭게 거듭나기 위해서는 묵은 생각, 낡은 마음을 버리고 새로운 생각, 새로운 마음으로 채워 넣어야 한다. 그러기 위해서는 언제나 마음이 깨어 있어야 한다. 그래야만 새로운 생각, 새로운 마음을 받아들일 수 있는 것이다. 이에 대해 소로는 이렇게 말한다.

"시간이 흐른다고 새벽이 찾아오는 것은 아니다. 우리가 자지 않고 깨어 있는 날에야 새벽이 찾아온다. 새벽은 앞으로도 많이 남아 있다. 태양은 아침에 뜨는 별에 지나지 않는다."

소로가 말하는 새벽이란 깨달음, 즉 새로운 내가 되는 것을 의미한다. 그러니까 지금까지의 나를 버리고 새로운 내가 되기 위해서는 자지 말고 깨어 있어야 한다는 것이다. 그런데 사람들을 어리석게도 이 사실을 잊고 살아간다. 그러다가 문득 잘못되어지고 있다는 걸 느끼거나 잘못되고 나서야 깨닫게 된다. 이에 대해 소로는 이렇게 말한다.

"우리는 길을 잃은 뒤에야, 바꿔 말하면 세상을 잃은 뒤에야 비로소 자신을 찾기 시작하고, 우리가 지금 어디쯤 있는지, 세상과의 관계는 얼마나 무한한지를 깨닫기 시작한다."

소로의 말에서 보듯 인간이란 참으로 어리석은 데가 있다는 것을 알 수 있다. 정작 깨달아야 할 땐 그것을 모른다. 무슨 일이 일어나고 나서야 정신이 번쩍 드는 것이다. 이것이 인간이 어리석다는 방증인 것이다. 이런 경우에 딱 맞는 속담이 있다.

"소 잃고 외양간 고친다."

참으로 절묘한 말이다. 소가 있을 땐 망가진 외양간을 보고도 그대로 두었다가, 막상 소를 잃고 나서야 진즉에 외양간을 고치지 않은 것에 대해 후회를 한다는 이 속담은 인간의 어리석음을 잘 드러낸 말이라고 할 수 있다. 이처럼 인간은 잘못되고 나서야 자신을 돌아보게 된다. 그리고 이렇게 말하곤 한다.

"아, 이럴 줄 알았으면 진즉에 할걸."

이 말에서 보듯 왜 인간은 깨어 있어야 하는지를 잘 알게 한다. 깨어 있지 않으면 낡은 관념에 사로잡혀 더 이상 발전하지 못하고, 자신의 발전을 가로막게 된다. 그런 까닭에 낡은 생각, 묵은 마음을 내버리고 새로운 생각 새로운 마음을 자신 안에 갈아 넣어야 하는 것이다. 이에 대해 소로는 이렇게 말한다.

"사색을 통해 우리는 건전한 의미에서 자신을 벗어날 수 있다. 우리는 정신의 의식적인 노력을 통해 행동과 그 결과로부터 초연해질 수 있다. 그러면 좋은 일이든 나쁜 일이든 모든 일이 급류처럼 우리 옆을 지나쳐 간다."

소로는 말에서 보듯 사색을 통해서 인간은 자신을 벗어날 수 있다는 것을 알 수 있다. 즉, 사색함으로써 낡은 생각과 묵은 마음을 새로운 생각, 새로운 마음이 되게 할 수 있다는 것이다. 그런 까닭에 현인들은 사색하기를 밥 먹듯 했으며, 그로 인해 늘 새로운 생각으로 자신을 무장할 수 있었다. 그리고 그들은 자신들의 깨달음을 사람들에게 전해주었다. 다음은 깨달음의 중요성을 잘 알게 하는 이야기이다.

중국 당나라 때 시인으로 두보와 함께 중국 역사상 최고의 시인으로 추앙받는 이백. 이백이 집을 떠나 상의산에 들어가 글공부에 전념하던 시절이었다. 문재에 뛰어난 그도 매일 똑같은 일을 반복하는 것이 때로는 지겹고 고리타분했다. 참다못한 그는 집에 돌아가기 위해 산을 내려가기로 결심했다. 집에 간다는 생각에 그의 마음은 들떠 있었다. 그가 시냇가에 이르렀을 때였다. 그는 바위에 도끼를 갈고 있는 한 노파와 만났다. 그 모습이 하도 이상해 이백은 가던 길을 멈추고 무슨 일로 도끼를 바위에 가느냐고 물었다.

"할머니, 무엇을 하시기에 도끼를 바위에 가시는 겁니까?"

"바늘을 만들려고 한다."

노파는 바늘을 만들기 위해서라고 말했다. 이백은 의아한 생각에 어떻게 도끼가 바늘이 될 수 있느냐고 재차 물었다.

"바늘을요? 그렇게 해서 언제 바늘을 만들 수 있어요?"

노파는 빙그레 웃으며 말했다.

"그 이유는 간단하단다. 도끼를 갈 때 힘들다고 중간에 포기하지 않으면 된다."

중간에 포기만 하지 않으면 만들 수 있다는 노파의 말에 이백의 가슴은 뜨끔거렸다. 꼭 자신을 두고 하는 말 같았기 때문이다. 순간 열심히 공부를 해야겠다고 생각을 굳힌 이백은 자신에게 깨달음을 준 노파에게 절을 올리고 산으로 되돌아갔다. 이후 그는 이전과는 다른 자세로 학문에 정진한 끝에 최고의 시인이 되었다. 이백이 자신의 뜻을 이룰 수 있었던 것은 깨달음을 얻고 새로운 생각 새로운 마음으로 자신을 이겨냈기 때문이다.

이 이야기의 유래에서 생긴 말이 마부작침(磨斧作針)이다. 도끼를 갈아 바늘을 만든다는 뜻으로 불가능해 보이는 것도 포기하지 않고 끝까지 하면 해낼 수 있음을 의미한다. 깨달음 또한 이와 같다. 학문적인 것이든, 정신적인 것이든 그 어떤 깨달음도 아무리 새로운 내가 되어야겠다고 마음먹어도 새로워지기 위해 노력하지 않으면 절대 새로운 내가 될 수 없다. 몸과 마음을 닦는 일이 힘들고 어려워도 참고 견디어야 한다. 그런 까닭에 수행자들은 자신의 몸에 상처를 내면서까지 깨달음을 얻기 위해 최선을 다했던 것이다. 물론 보통 사람들이 그렇게 하기란 쉽지 않다. 하지만 수행자와 같은 깊은 깨달음은 아닐지라도, 새롭게 살아가는 자신을 위해서라도 늘 깨어 있는 자세로 인생을 살아야 한다. 그래야 보다 더 의미 있는 나로 살아가게 될 것이다.

그렇다. 사람이 동물과 다른 것은 생각하는 존재라는 것이다. 그런 까닭에 낡은 생각 낡은 마음에 묶이게 되면, 그 사람 자체도 고정된 삶에 갇히게 되고 만다. 그렇게 살기를 바라는 사람은 없을 것이다. 그렇다면 문제는 간단하다. 소로가 들려주는 이 말을 마음에 새겨 늘 새로워지기 위해 노력하라.

"시간이 흐른다고 새벽이 찾아오는 것은 아니다. 우리가 자지 않고 깨어 있는 날에야 새벽이 찾아온다."

가고자 하는 길을 주저하지 말고 가라

Henry David Thoreau Walden

나는 평가하고 결정한 뒤, 나를 가장 강력하고 정당하게 끌어당기는 것에 자연스레 끌려가고 싶다. 저울대에 매달려서 무게가 덜 나가도록 애쓰고 싶지는 않다. 어떤 경우를 가정하지 않고, 상황을 있는 그대로 받아들이고 싶다. 내가 갈 수 있는 유일한 길, 어떤 권력도 가로막지 못한 길을 가고 싶다.

월든 〈맺는말〉

자신이 가고자 하는 길을 간다는 것은 무엇보다 뜻있는 일이다. 더구나 그 길이 아무나 갈 수 없는 길이라면 더욱더 그러하다. 그 길을 가기 위해서는 굳은 의지와 신념이 따르고, 용기와 결단력이 있어야 하는 까닭이다. 또 때론 고통과 시련을 겪기도 하고 죽을 만큼 외로울 수도 있다. 그러나 자기만의 길을 걸어가 큰 족적을 남긴 사람들은 그 길을 묵묵히 걸어갔다. 그들이 그렇게 할 수 있었던 원동력은 무엇일까. 소로 역시 이 점에 대해서 같은 입장을 취한다. 그의 생각을 잘 알게 하는 말이다.

"나는 평가하고 결정한 뒤, 나를 가장 강력하고 정당하게 끌어당기는 것에 자연스레 끌려가고 싶다. 저울대에 매달려서 무게가 덜 나가도록 애쓰고 싶지는 않다. 어떤 경우를 가정하지 않고, 상황을 있는 그대로 받아들이고 싶다. 내가 갈 수 있는 유일한 길, 어떤 권력도 가로막지 못한 길을 가고 싶다."

소로의 말을 보면 자신이 가고자 하는 길을 가고 싶다는 강한 의지가 잘 나타나 있다. 그는 자신을 강력하고 정당하게 끌어당기는 그 길을 가고 싶다고 말한다. 그 길이 자신이 가고자 하는 유일한 길이기를 바란다. 그 어떤 권력도 결코 가로막지 못하는 길, 그 길을 가고 싶다고 말한다. 대단한 의지의 표현이 아닐 수 없다.

소로는 자신의 말처럼 노예제도를 반대하고 인두세를 반대했다. 그는 《시민불복종》이란 책을 써서 국가의 부당한 것에 대해서는 불복종으로 맞서야 한다고 말한다. 여기서 말하는 불복종은 납세 거부라는 평화적인 방법으로의 저항을 말한다. 그러니까 개인적인 양심에 따른 저항인 것이다. 또한 그는 하버드대학교를 졸업하고도 자신의 소신대로 콩코드에서 평생을 살면서 강연을 하고 글을 쓰며 소박하고 간소한 삶을 실천했다. 인간이 지닌 욕망을 최소화하며 살았다는 것 자체만으로도 그는 사람들에게 높이 평가되고 있다. 소로의 말처럼 자신이 가고자 했던 길을 당당하게 걸어간 이야기이다.

미국의 위대한 인권운동가 마틴 루터 킹. 그는 어린 시절부터 백인들의 인권탄압 고통으로부터 흑인들을 해방시켜야 한다는 꿈을 꾸었다. 그는 꿈을 이루기 위해서는 배워야 한다고 생각했고 보스턴대학에서 신학박사 학위를 받았다. 이어서 하버드대학에서 철학박사 학위도 받았다. 공부에 대한 그의 집념은 집착에 가까울 만큼 열성적이었고 마침내 침례교 목사가 되었다. 그가 공부에 열정을 다한 것은 자신을 위한 것이기도 했지만, 흑인들의 인권을 되찾고야 말겠다는 강한 신념 때문이었다.

마틴 루터 킹은 비폭력 저항과 인종차별 철폐 및 식민지 해방 등을 주장한 간디의 사상에 깊은 영향을 받았다. 목사가 되어 활동하던 그는 '몽고메리시에서 운영하는 버스에 흑인은 탈 수 없다'라는 규칙에 반대하는 운동을 벌이며 본격적인 흑인 인권운동에 뛰어들었다. 각고의 노력 끝에 그는 투쟁 후 1년 만인 1956년에 승리를 거두었다. 그 후 그는 그리스도교 지도 회의를 결성하고, 인종차별을 반대하는 투쟁을 지도했다. 수차례나 투옥되었지만 그는 굴하지 않고 계속해서 인권운동을 펼쳐 나갔다. 이 일은 결국 존 F. 케네디 대통령의 민권법안 통과의 계기가 되었다. 그는 흑인들에게 가슴 벅찬 희망을 안겨 주었다. 그는 명연설가로도 유명한데 자유를 향한 연설에서 다음과 같이 말했다.

"나에게는 꿈이 있습니다. 그 꿈은 인간이 모두 형제가 되는 꿈입니다. 나는 이런 신념을 가지고 나서서 절망의 산에 희망의 터널을 뚫을 것입니다. 나는 이런 신념을 가지고 여러분들과 함께 나서서 어둠의 어제를 밝음의 내일로 바꿀 것입니다. 우리는 이런 신념을 가지고 새날을 만들어 낼 수 있습니다."

그의 자유를 향한 연설 중 일부분이다. 흑인들의 자유와 평화를 찾기 위한 열망이 느껴지는 대목이다. 연설에서 알 수 있듯이 그는 자신의 개인적인 삶에는 관심이 없었다. 그의 마음은 흑인들의 인권을 되찾기 위한 열망으로 가득 차 있었다. 목숨도 아까워하지 않은 그의 헌신적인 흑인 해방운동은 전 세계인에게 깊은 감동을 주었다. 그는 1964년 노벨평화상을 수상하며 인권운동의 상징으로 떠올랐다. 하지만 애석하게도 헌신적인 삶과 달리 그는 암살로 생을 마감해 많은 이들의 안타까움을 샀다. 그가 죽음도 불사하며 인권운동에 앞장설 수 있었던 것은 무엇 때문일까.

그의 인권운동은 두터운 신앙심과 신념에 기초했다. 강철 같은 신념과 믿음은 강도 높은 압박과 탄압을 버텨내는 힘이 되었다. 그의 죽음은 또 다른 흑인 인권운동의 기폭제가 되었고 사람들은 그의 죽음마저도 거룩하게 여겼다. 한 사람의 위대한 영혼은 수많은 사람을 희망으로 이끄는 강한 에너지를 발한다. 누군가의 가슴속에 영원한 전설로 남아 있다는 것처럼 행복한 일은 없다. 누군가의 가슴속에 영원히 남아 있는 삶이란 얼마나 향기로운 목숨인가. 마틴 루터 킹은 한 사람의 힘이 얼마나 위대한지 분명하게 보여주었다.

마틴 루터 킹처럼 죽음을 무릅쓰고 그 길을 간다는 것은 대단히 용기 있는 일이다. 그것은 하나뿐인 목숨을 내던져야 할 수 있는 일이기 때문이다. 그럼에도 마틴 루터킹처럼 그 길을 걸어간 사람들이 있다. 우리나라 임시정부의 주석 김구가 그러하고, 안중근 의사가 그러하고, 남아프리카공화국의 최초의 흑인 대통령인 넬슨 만델라가 그러하고, 인도 독립의 아버지 마하트마 간디가 그러하다. 이들은 하나같이 조국의 독립과 자유와 평화를 위한 길을 걸어갔다.

자신이 걸어가고자 하는 길은 그 길이 예술의 길이든, 정치의 길이든, 학문의 길이든, 장인의 길이든, 성직의 길이든, 체육인의 길이든, 그 무엇이든 가고 싶다면 그 어떤 힘든 일이 따르더라도 그 길을 가는 것은 그 자체가 의미가 있는 일이다. 물론 그 길이 다른 사람들에게 빛이 되고 소금이 될 수 있다면 더욱더 의미 있는 일이 될 것이다.

구름 속을 아무리 보아도
거기에는 인생이 없다.
우리는 스스로가 인정한 것만을 볼 수 있다.
귀신이 나오든 말든
나의 길을 가는 데 인생이 있다.

그렇게 앞으로 나아가는 동안에는

고통도 있고 행복도 있다.

어떠한 경우에도

인생에 완전한 만족이란 없는 것이다.

자신이 인정한 것을

힘차게 찾아가는 하루하루가

바로 참된 인생인 것이다.

이는 독일의 위대한 시인인 요한 볼프강 폰 괴테의 〈나의 길을 가
는 데에 인생이 있다〉라는 시다. 괴테는 시에서 자신이 가고자 하는
길을 걸어가라고 말한다. 왜냐하면 거기에 자신의 인생이 있다는
것이다. 이 시를 마음에 담아 두고두고 음미하며 자신이 가야 할 길
에 대해 곰곰이 생각해보라. 그리고 마음에 결정이 서면 그 누구의
간섭도 받지 말고 당당하게 그 길을 걸어가라.

진실만이 오래간다

Henry David Thoreau Walden

어떤 일을 아무리 그럴싸하게 포장해도 결국 그 속에 담긴 진실만큼
우리에게 도움이 되는 것은 없다. 진실만이 오래간다.

월든 〈맺는말〉

"나는 진수성찬이 차려진 식탁에 앉아본 적이 있는데, 알랑거리
는 참석자는 많지만 성실과 진실은 전혀 없는 자리였다. 그래서 나
는 굶주린 채 그 썰렁한 식탁을 떠났다. 손님 접대는 얼음처럼 차가
웠다."

어느 날 소로는 사람들이 모여 식사하는 자리에 간 적이 있다. 그
자리에는 그야말로 맛있는 음식이 차려져 있었다. 그러나 그는 음
식을 입에 대지도 않은 채 그 자리를 빠져나왔다. 손님에 대한 접대
가 성의 없었던 것이다. 그는 얼음이 없어도 손님들을 얼려 죽일 수

있겠다고 생각했다. 그리고 그는 이렇게 말했다.

"그들은 포도주의 생산연도나 명성에 대해 떠들어댔지만, 나는 그들이 손에 넣어본 적도 없고 살 수도 없는, 더 오래되고 더 새롭고 순수하고 더 명성이 높은 포도주를 생각했다. 호화로운 생활, 집과 마당, 그리고 여흥은 나에게 아무 의미도 주지 못한다. 언젠가 왕을 방문한 적이 있었는데, 그 왕은 나를 홀에서 기다리게 해놓고 마치 손님을 접대할 능력도 없는 사람처럼 행동했다. 내 이웃 중에는 속이 빈 나무 속에서 사는 사람이 있었는데, 그의 태도는 정말 왕다웠다. 차라리 그 사람을 방문했더라면 더 좋았을 것이다."

소로의 말을 보면 손님을 초대해 놓고는 포도주 생산연도가 어떻다느니, 명성이 어떻다느니 떠들어대지만, 그것은 소로에게는 어떤 감흥도 주지 못했다. 초대한 자의 호화로운 생활이나 집과 마당, 여흥 또한 소로에게는 의미가 없는 일이었다는 걸 알 수 있다. 그러다 보니 소로는 그 자리에 있는 것이 불편했고, 마치 얼음 구들장에 앉아 있는 것처럼 냉랭했던 것이다. 그는 더 이상 내가 있을 자리가 아니라고 여겨 그 자리를 나왔던 것이다. 그리고 그는 차라리 빈 나무 속에서 사는 이웃을 방문했더라면 더 좋았을 거라고 했다.

소로가 이렇게 생각하는 것은 자신을 초대한 사람에게 진실성이 없다고 생각한 것이다. 그저 사람들을 불러 놓고 자신을 과시하는 듯한 모습을 보였기 때문이다. 소로 입장에서는 그의 허세에 구역

질이 날 만큼 불쾌했을 것이다. 왜냐하면 소로에게 과시적인 행동은 한낱 바람에 날리는 먼지에 불과했기 때문이다. 자신을 드러내거나 돋보이려고 과시하는 것은 허세일 뿐만 아니라 내면에 쌓여있는 열등감을 감추기 위한 행동일 뿐이다. 진실성이 없고 가식적인 허세에 대해 고대 로마의 황제이자 철학자인 마르쿠스 아우렐리우스는 이렇게 말했다.

"허세는 무서운 사기꾼이다. 그리고 당신이 하는 일이 가장 가치있는 것이라고 믿을 때야말로 가장 속기 쉬운 때이다."

마르쿠스 아우렐리우스는 허세를 무서운 사기꾼이라고 단정한다. 허세는 자신을 과장하는 행위이기에 자칫 그 행위에 속기 쉽다. 그러니 사기꾼이라고 한 것은 당연하다고 하겠다. 그런 까닭에 소로는 진실에 대해 다음과 같이 말한다.

"어떤 일을 아무리 그럴싸하게 포장해도 결국 그 속에 담긴 진실만큼 우리에게 도움이 되는 것은 없다. 진실만이 오래간다."

소로의 말처럼 아무리 그럴듯하게 포장해도 그것은 진실이 될 수 없다. 하지만 그 속에 담긴 진실은 우리에게 충분히 도움을 준다고 할 수 있다. 그런 까닭에 진실은 변치 않고 오래가는 것이다. 그러나 그 어떤 거짓도 오래가지 못한다. 그것은 진실이 아니기 때문이다. 이에 대해 에이브러햄 링컨은 이렇게 말했다.

"모든 사람을 얼마 동안은 속일 수 있다. 또 몇 사람을 늘 속일 수도 있다. 그러나 모든 사람은 늘 속일 수 없다."

링컨의 말에서 보듯 거짓은 진실이 아니기에 오래가지 못한다. 누군가에 의해서 반드시 탄로가 나기 때문이다. 거짓에 대한 말을 몇 가지 더 살펴봄으로써 우리는 왜 진실해야만 하는가에 대해 다시금 되새기는 기회로 삼아도 좋을 것이다.

"한 가지 거짓말을 참말처럼 하기 위해서는 항상 일곱 가지의 거짓말을 필요로 한다."

이는 종교개혁자 마틴 루터가 한 말로 거짓말은 또 다른 거짓을 낳는 거짓말의 근원이라는 걸 잘 알게 한다.

"거짓말로 땅끝까지라도 갈 수 있으나 다시 돌아오지는 못한다. 거짓말은 그 말한 사람의 눈빛을 비천하게 한다."

이는 러시아의 단편 작가인 안톤 체호프가 한 말로 거짓말로 속일 수는 있어도 회복하기는 힘들다는 말이다.

"한번 거짓말쟁이로 인식되면 아무리 진지한 표정으로 옳은 말을 한다 해도 아무도 믿지 않는다."

이솝이 한 말로 한번 거짓말쟁이는 영원한 거짓말쟁이로 남을 만큼 거짓말은 한 사람의 인생을 완전히 거짓말쟁이로 바꿔 놓는다는 걸 잘 알게 한다. 마틴 루터, 안톤 체호프, 이솝의 말에서 보듯 진실이 아닌 거짓은 '백해무익할 뿐만 아니라, 거짓말쟁이로 인생을 망칠 수도 있다는 것을 잘 알게 한다. 그러나 진실은 사철 푸른 소나

무와 같이 변함이 없다. 그리고 진실은 힘이 세다. 그 어떤 상황에서도 진실하면 반드시 위기에서 벗어날 수 있다. 이에 대한 이야기이다.

독일의 위대한 철학자 임마누엘 칸트. 그의 아버지는 폴란드인으로 고향인 슐레지엔으로 가기 위해 말을 타고 산길을 가고 있을 때였다. 그때 어디선가 강도들이 나타났다.

"가진 것을 다 내놓아라."

서슬 퍼런 강도의 말에 칸트의 아버지는 가진 것을 모두 주었다. 강도는 더 없느냐고 물었고, 칸트의 아버지가 없다고 하자 가라고 했다. 칸트의 아버지가 강도로부터 벗어나 안도의 한숨을 쉴 때 바지춤에 감추어 두었던 금덩어리가 있음을 발견했다. 그 순간 그는 고민을 하다 강도에게로 돌아갔다. 그러고는 이렇게 말했다.

"죄송합니다. 조금 전에는 너무 무섭고 정신이 없어서 숨긴 것이 더 없느냐고 물었을 때 없다고 했는데, 가다 보니까 이 금덩이를 숨긴 것을 알았습니다. 자, 받으십시오."

칸트의 아버지가 금덩이를 건네주었다. 그러자 강도는 빼앗은 물건과 말을 내어주며 엎드려 말했다.

"나를 위해 기도해 주십시오. 당신이 두렵습니다."

칸트 아버지의 진실함에 강도는 이렇게 말하며 머리를 조아렸다. 이 이야기를 통해 중요한 사실을 알게 된다. 즉, 진실은 힘이 세다는 것이다. 그런 까닭에 강도들을 굴복시키고 잃었던 것을 되찾을 수 있었다. 또한 강도가 반성하게 하는 기회까지 주었다.

"삶의 목적은 올바르게 살고, 올바르게 생각하고, 올바르게 행동하는 것이다."

이는 마하트마 간디가 한 말로, 한마디로 말해 진실해야 한다는 것이다. 진실한 사람은 누구에게나 신뢰를 주고, 믿음을 줌으로써 스스로를 믿게 한다.

그렇다. 진실만이 참이며, 옳음이며, 영원한 것이다. 그 어떤 삶을 살더라도 진실하라. 그러면 자신이 바라는 것을 얻게 될 것이다.

무슨 일이든 기초부터 탄탄히 하라

Henry David Thoreau Walden

단단한 기초를 놓기도 전에 아치부터 세우는 것은 나에게 어떤 만족감도 주지 못한다.
살얼음판 위에서 노는 것은 이제 그만두자. 단단한 바닥은 어디에나 있다.

월든 〈맺는말〉

　학문을 하든, 연기를 하든, 노래를 하든, 건물을 짓든 기초가 튼튼
해야 한다. 기초가 튼튼한 학문은 그 어떤 논리에도 흔들림이 없고,
기초가 튼튼한 연기는 반드시 빛을 보게 되고, 기초가 튼튼하게 다
져진 노래는 사람들을 감동시키고, 기초가 튼튼한 건물은 웬만한
지진에도 무너지지 않는다. 왜 그럴까. 기초란 사물의 밑바탕이기
때문이다. 그런 까닭에 무슨 일이든 급하게 서두르지 말고 기초부
터 단단히 다져야 한다. 소로는 이에 대해 다음과 같이 말했다.

　"단단한 기초를 놓기도 전에 아치부터 세우는 것은 나에게 어떤

만족감도 주지 못한다. 살얼음판 위에서 노는 것은 이제 그만두자. 단단한 바닥은 어디에나 있다."

소로의 말에서 보듯, 그는 기초를 매우 중요시한다는 것을 잘 알게 한다. 기초가 부실하면 무엇 하나 제대로 하기란 쉽지 않다. 설령, 어떻게 해서 했더라도 사상누각에 불과하다. 자칫하면 잘못될 수 있는 까닭이다. 그리고 소로는 다음과 같은 얘기를 들려준다.

길을 가던 나그네가 눈앞에 늪이 나타나자, 어떤 소년에게 바닥이 단단하냐고 물었다. 소년은 늘 바닥이 단단하다고 말했다. 그러나 늪에 발을 들여놓자마자, 말의 뱃대끈까지 물이 차올랐다. 그래서 나그네는 소년에게 이 늪이 단단하다고 했는데, 어찌 그렇지 않느냐고 퉁명스럽게 말했다. 그러자 소년은 바닥은 단단하다고 말했다. 그리고 바닥에 닿으려면 아직 멀었다고 말하며, 아저씨는 아직 절반도 가라앉지 않았다고 말했다.

소로가 들려준 얘기를 보면, 기초를 단단히 하기 위해서는 대충 해서는 안 된다는 걸 알 수 있다. 발이 바닥에 닿듯이 시간을 들여 탄탄하게 다져야만 기초가 단단해지게 된다. 그런데 사람 중엔 기초가 다져지기도 전에 성급하게 무언가를 이루려고 한다. 그러다 보니 제대로 이루지도 못할 뿐만 아니라, 설령 이룬다고 해도 금방 무너지고 만다. 그런 까닭에 기초를 단단하게 다져야 하는 것이다. 다음은 기초의 중요성을 잘 알게 하는 이야기이다.

손흥민은 유럽리그에서 뛰었던 아시아권 선수들이나 현재 뛰고 있는 아시아권 선수들 중 단연 최고의 선수라고 세계 언론은 물론 축구 전문가, 팬들로부터 평가받고 있다. 이를 증명하듯 손흥민은 2022-2023 시즌 프리미어리그 득점왕을 차지하며 골든 부츠를 수상했다. 발롱도르 후보 30인에 선정되었으며, FIFA 푸스카스상 수상, 프리미어리그 이달의 선수 3회, 프리미어리그와 UEFA 챔피언스 리그 아시아 국적의 선수 최다 골, 최다 어시스트을 달성했으며, 아시아인 최초 유럽 빅리그 100골 달성, 프리미어리그 100골 달성, 2019년 3월 1일 영국 런던 배터시 에볼루션에서 열린 '런던 풋볼 어워즈 2019'에서 프리미어리그 '올해의 선수'로 선정되었다.

그렇다면 손흥민의 축구 실력은 어디에서 왔을까. 타고난 재능일까 아니면 기본기의 충실함에서 왔을까. 이에 대한 대답은 타고난 재능과 탄탄한 기본기에 있다고 할 수 있다. 손흥민은 기본기가 그 어떤 선수보다도 탄탄하다. 그가 탄탄한 기본기를 다질 수 있었던 데에는 그의 아버지 영향이 절대적이다. 손흥민의 아버지 손웅정은 젊은 시절 축구선수였다. 그는 상무, 현대, 일화 등의 프로 선수를 지냈으며, 국가대표 선수로도 활동했다. 하지만 부상으로 인해 선수 생활을 접어야만 했다.

손웅정은 자신이 직접 아들인 손흥민을 가르쳤다. 그가 가장 주목한 것은 '기본기'였다. 손웅정은 8살의 손흥민에게 매일 같은 동작을 반복하게 했다. 공이 발에서 떨어지지 않게 하기 위해 드리블을 반복해야 하고, 프리킥, 코너킥을 반복해야 하는 등 매일 같은 훈련을 한다는 것은 쉽지 않다. 초인적인 인내와 근성을 지녀야만 해낼 수 있다. 손흥민은 아버지의 기본기 가르침을 무려 8년을 받았다고 하니, 이는 상상하는 것만으로도 고개를 흔들게 한다. 8살에 처음 축구를 시작한 손흥민이 첫 시합을 한 것은 16살이라고 하니 참 대단한 노력이 아닐 수 없다.

손웅정은 자신이 가르치는 제자들에게도 손흥민에게 했듯 똑같이 기본기 훈련에 몰두했다. 그러다 보니 지겨워하는 아이들도 있고, 부모들이 그의 훈련방식을 이해하지 못하는 일도 있었다. 하지만 손웅정은 자신의 훈련방식을 멈추지 않았다. 그렇다면 그는 왜 이토록 기본기에 집중했던 것일까. 이에 대해 손웅정은 이렇게 말했다.

"내가 선수생활을 할 때 나 스스로에 대해 불만이 참 많았어요. 공을 제대로 못 다루었으니까요. 그리고 내가 한 경기를 보면 경기 내용이 너무 싫었어요. 그래서 내가 가르치는 아이들만큼은 나와 정반대의 시스템을 갖고 가르쳐야겠다고 생각했고, 그렇게 가르치고 있습니다. 그리고 축구선수는 공에 비밀이 있는데, 공을 못 다루면 어떻게 축구를 잘할 수 있겠어요. 그걸 극복하는 건 기본기밖에 없습니다."

손웅정의 말에서 보듯 축구에 있어 기본기가 얼마나 중요한지 잘 알 수 있다. 하지만 이를 잘 모르는 사람들은 실전에만 더 신경을 집중하려고 한다. 손흥민은 아버지의 가르침에 대해 이렇게 말했다.

"아버지는 내게 직접 훈련 노트를 그려주시며, 모든 동작이 내 몸에 새겨질 수 있도록 지켜봐 주셨습니다."

손흥민의 말을 보면 기본기의 중요성을 실감할 수 있다. 그리고 그 오랫동안 매일 반복되는 지루하고 짜증이 날 수도 있는 훈련을 잘 견디어 낸 손흥민의 열정과 인내심이 참으로 놀랍다. 또한 손웅정의 제자인 김병연 선수는 그의 가르침에 대해 이렇게 말했다.

"미니게임, 슈팅 연습도 없이 2시간 동안 리프팅만 했습니다. 훈련 내내 볼 컨트롤만 배우니 조바심이 났습니다."

김병연은 손웅정에게 1년 동안 기본기를 배우고, 축구 명문 중학교에 진학하게 됐다. 그리고 나서 그는 이렇게 말했다.

"중학교에 가서 기본기가 왜 중요한지 뼈저리게 느꼈습니다. 손웅정 감독님께 기본기를 1년밖에 배우지 않았는데도 내가 기본기가 뛰어난 편에 속하더군요. 학교에서는 볼 다루는 훈련보다는 체력 위주의 훈련이 많아서 부상이 잦았어요. 그럴 땐 학교에 휴가서를 내고 손웅정 감독님께 훈련을 받곤 했습니다."

김병연의 말에서 보듯 기본기가 얼마나 중요한지를 다시 한번 절감할 수 있다.

기본기를 탄탄하게 다진 손흥민은 중학교 3학년 때 원주 육민관중학교 축구부에 들어갔다. 당시 나승화 육민관중학교 감독은 손흥민을 테스트했는데 그가 볼을 가지고 치고 나갈 때 속도를 보고 단번에 승낙했다고 한다. 그리고 축구 명문 광양제철고와의 경기에서 크게 활약하며 자신의 이름을 알리기 시작했으며, 금강대기, 축구협회장배, 전국체전 등 경기에서 좋은 성과를 거두며 이름을 떨쳤다. 나승화 감독은 축구협회 송경섭 지도 강사에게 U-16(아시아축구연맹에서 주관하는 대회로, 첫 대회는 1985년에 시작되어 2년마다 개최된다.) 대표팀에 손흥민을 추천했고, 마침내 U-16 대표팀 선수가 되었다. 그리고 2008년 송경섭 지도 강사의 추천으로 축구협회 유학프로젝트에 발탁되어 동북고를 자퇴하고 독일 함부르크 유소년 팀으로 들어갔다. 이를 계기로 오늘날의 손흥민이 있게 된 것이다.

손흥민의 경우에서 보듯 기본기는 단순한 기술이 아니다. 기본기야말로 최고의 기술이다. 무슨 일이든 기초가 튼튼해야 한다. 기초가 튼튼하면 반석 위에 세운 집처럼 튼튼해 그 어떤 경우에도 쓰러지는 법이 없다. 이렇듯 기초는 손흥민에게 있어 성공의 큰 밑거름이 되었다.

기초의 중요성을 좀 더 살펴본다면 세계 최고의 축구선수로 평가받는 리오넬 메시 역시 타고난 재능에도 남보다 더 기초를 탄탄하게 다졌으며, 미국 NBA 농구 역사상 최고의 선수로 평가받는 마이클 조던은 사전트 점프를 무려 1m나 함으로써 196cm 키에도 덩크슛에서 발군의 실력을 보여주었다. 또한 그는 골을 잘 넣기 위해 밤잠을 줄이고 공을 던지며 연습한 걸로 유명하다. 이처럼 자기 분야에서 최고가 된 이들은 하나같이 뛰어난 재능에 기초가 튼튼하다는 공통점을 가지고 있다.

그런데 사람 중엔 기초가 갖춰져 있지 않으면서도 좋은 결과가 주어지길 기대한다. 그것도 빨리 이루어지길 바란다. 하지만 그것은 생각에 불과할 뿐이다. 어떻게 기초도 없으면서 좋은 결과가 있길 바란단 말인가. 세상은 공평하지 않은 것 같아도 노력하는 자에게는 반드시 그 대가를 지불한다.

그렇다. 기초를 튼튼히 하고, 자신이 하고자 하는 일에 최선을 다하라. 그리고 한 가지 명심할 것은 소로의 말처럼 "단단한 기초를 놓기도 전에 아치부터 세우는 것"은 어리석은 일이다. 그 아치는 작은 태풍에도 쉽게 넘어진다는 것을 잊지 말아야겠다.

자기 자신의 주인이 되어라

Henry David Thoreau Walden

자기 자신의 주인이 되면 인생의 모든 법칙이 변할 것이다.
고독해도 더 이상 외롭지 않고 빈곤해도 더 이상 가난하지 않으며
연약해도 더 이상 약하지 않을 것이다.

소로의 말

공자는 《논어》〈위정편〉에서 이르기를 내 인생의 나를 주인으로 세우는 서른의 나이를 '이립(而立)'이라고 했다. 이는 무엇을 말하는가. 사람은 자기 나이 서른이면 홀로 설 수 있어야 한다는 것이다. 즉, 자기 인생의 주인으로 살아갈 수 있도록 해야 한다는 것이다. 그렇다면 그렇게 하기 위해서는 어떻게 해야 할까. 서른 전에 자기 인생의 주인이 되기 위한 준비를 철저히 해야 한다. 여기서 분명히 할 것은 저절로 자기 인생의 주인이 될 수는 없다. 각고면려(刻苦勉勵), 즉 고생을 무릅쓰고 부지런히 힘써야 한다. 그렇게 하지 않고

자기 인생의 주인이 된다는 것은 어불성설이다.

그런데 이런 평범한 진리를 잊고 노력도 없이 자기가 원하는 길을 가려고 하는 이들이 있다. 그리고 자신의 뜻대로 되지 않으면 나라를 탓하고, 사회를 탓하고, 남을 탓하고, 환경을 탓한다. 이는 매우 어리석고 부끄러운 일이 아닐 수 없다. 그것은 누워서 제 얼굴에 침 뱉는 것과 다름없다. 자기 인생의 주인으로 살기 위해서는 그것이 무엇이든 피나는 노력을 기울이지 않으면 절대로 살 수 없다. 이에 대해 미국의 시인이자 저널리스트인 파크 벤저민은 이렇게 말했다.

"삶의 주인공이 되어라. 영원히 이어지는 눈길 위에 발자국을 남겨라. 칠흑 같은 어둠이 장막을 뚫고 환한 밝음으로 가는 길을 개척하라."

파크 벤저민의 말을 보면 자기 인생의 주인공, 즉 삶의 주인공이 되기 위해서는 영원히 이어지는 눈길 위에 발자국을 남기고, 칠흑 같은 어둠이 장막을 뚫고 환한 밝음으로 가는 길을 개척하라고 말한다. 이렇게 하기 위해서는 각고면려하지 않으면 안 된다. 그런 까닭에 자기 인생의 주인이 되기 위해서는 뼈를 깎는 노력을 기울여야 하는 것이다.

동서고금을 막론하고 학문이든, 문학이든, 경제든, 정치든, 의학이든 어느 분야에서든 자기 인생의 주인으로 당당하게 살았던 사람들이나 살고 있는 사람들을 보면, 뼈를 깎는 노력을 아끼지 않았다는 것을 알 수 있다. 그런데 자기 인생의 주인으로 살았던 이들에겐 한 가지 뚜렷한 공통점이 있다. 그것은 자기 인생을 자기 삶의 법칙에 따라 좌지우지하며 자신이 원하는 방향으로 삶을 끌고 갔다는 것이다. 그들이 자신의 인생을 자신이 원하는 방향으로 끌고 갈 수 있었던 것은 무슨 연유에서일까. 그것은 그들이 자기 인생의 주인이 되기 위해 노력하던 중에 길러진 힘에 있다. 그들은 그 힘이 어떻게 작용하는지를 경험을 통해 알게 되었던 것이다.

소로는 이에 대해 다음과 같이 말한다.

"자기 자신의 주인이 되면 인생의 모든 법칙이 변할 것이다. 고독해도 더 이상 외롭지 않고 빈곤해도 더 이상 가난하지 않으며 연약해도 더 이상 약하지 않을 것이다."

소로의 말에서 중요한 사실을 알 수 있다. 자기 자신의 주인이 되면 인생의 모든 법칙이 변할 것이라는 말이다. 이 말은 무엇을 의미할까. 그것은 앞에서 말한 바와 같이 자신의 삶을 자신이 원하는 방향으로 좌지우지할 수 있다는 말이다. 그러니까 자신이 원하는 방향으로 자기만의 인생의 법칙을 적용할 수 있다는 것이다. 그런 까닭에 자기 자신의 주인이 되면, 고독해도 외롭지 않고 가난해도 가난하지 않으며 연약해도 더 이상 약하지 않다는 것이다.

한마디로 말해 자신의 주인이 되면 자신의 인생을 자신이 마음먹은 대로 컨트롤할 수 있음을 뜻한다. 다음은 자기의 주인이 되어 자신의 인생을 자신이 원하는 대로 살면서, 후회 없는 삶이란 어떤 것인지를 잘 알게 하는 이야기이다.

공자는 중국 춘추전국시대의 교육자이자 철학자이며, 사상가이다. 또 학자이자 유교의 시조이다. 그는 창고를 관장하는 위리와 나라의 가축을 기르는 승전리 등의 말단관리로 근무했다. 40대 말에 중도의 장관이 되었으며, 노나라의 재판관이며 최고위직인 대사구(지금의 법무부장관)가 되었다. 하지만 그는 곧 자리에서 물러났다. 노나라의 세 권세가인 삼환의 세력을 약화시키는 데 실패함으로써 실각을 당했기 때문이다. 그 후 공자는 정계 진출을 꾀했으나 뜻을 이루지 못했다.

공자는 6예, 즉 예(禮), 악(樂), 사(射: 활쏘기), 어(御: 마차술), 서(書: 서예), 수(數: 수학)에 능통했으며, 역사와 시에 뛰어나 30대에 훌륭한 스승으로 이름을 떨쳤다. 공자는 모든 사람이 배우는 데 힘쓰기를 주장했으며, 배움은 지식을 얻기 위한 것만이 아니라 인격을 기르는 거라고 정의했다. 그는 평생을 배우고 가르치는 일에 전념해 3,000명이 넘는 제자를 두었다고 한다. 공자는 인(仁)을 매우 중시해 이를 바탕으로 실천함으로써 인격적으로 완성을 이루고, 예를 다함으로 사회질서의 확립을 강조했다. 말하자면 도덕적 이상국가를 실현하는 것을 궁극적인 목표로 삼았던 것이다. 이렇듯 공자는 철저한 현실주의자로 그의 사상은 실천하는 것을 근본으로 한 도덕이 핵심을 이룬다.

공자의 사상을 근본으로 하는 유교는 조선 시대 태종의 숭유억불 정책에 의해 확산 유지되었으며, 유교의 근본이 되는 '인의예지(仁義禮智)'는 양반가에서는 반드시 익혀야 하는 의무라고 해도 지나침이 없다. 충(忠), 효(孝), 예(禮)를 매우 중시해 임금에게는 충성을 다하고, 어버이에게는 효를 다하고, 예를 엄격히 해 이를 적극 장려했다. 관혼상제(冠婚喪祭) 또한 중시해 이를 엄격히 지키게 한 것도 유교사상에 기반을 둔다. 이와 같이 공자의 유교사상은 일상에서 그대로 실천되었으며, 그것을 덕목(德目)으로 했다는 것에 그 의의가 있다고 하겠다. 물론 그에 따른 부작용도 있었지만, 그것은 인간의 과욕이 빚은 일이기도 했다. 어쨌든 공자가 유교의 시조로 동양사상에 끼친 영향은 절대적이라고 할 수 있다.

마르쿠스 아우렐리우스는 로마 황제이자 사상가이다. 그는 청년기에 노예 출신의 스토아 철학자인 에픽테토스의《담론》을 즐겨 탐독했다. 이후 스토아학파 철학자가 되었으며, 40세에 황제에 즉위했다. 그는 수많은 법령을 만들었으며 철저하게 법을 집행했다. 그는 민사법의 비정상적인 법률과 가혹한 조항을 삭제해 노예를 비롯한 과부, 소수민족들을 보호했다. 상속 분야에서 혈연을 인정한 것도 그의 업적이다. 그는 로마의 시민의 권리를 보호함으로써 그들의 행복한 삶을 법률적으로 보장해준 존경받는 황제였다.

마르쿠스 아우렐리우스는 인간이 진실에 이르는 길은 인간이 인간으로서의 정도에서 벗어나지 않는 일이라고 말하며, 신의 가르침에 따라 이성적으로 생각하고 행동하라고 말한다. 그는 최고의 권력을 가진 황제였지만 그 역시 사람이기에 고뇌로부터 자유롭지 못했다. 그는 집무 중에도 전쟁터에서도 늘 사색하며 진실에 이르는 길을 찾고자 부단히 노력한 지성과 인품을 지닌 철학자였다. 저서로는 유명한《명상록》이 있다.

공자와 마르쿠스 아우렐리우스의 경우에서 보듯 자기 자신의 주인으로, 동서고금의 다양한 분야에서 성공적인 인생을 살았던 이들은 자신의 인생의 법칙에 따라 살았던 것이다.

"우리가 가진 것은 오직 지금뿐이다. 현재에 몰두하고 있다면 잘 살고 있는 것이다. 어제 무슨 일이 있었건, 내일 무슨 일이 생기건, 개의치 마라. 오늘 해야 할 일을 성실히 할 때 행복과 만족을 찾을 수 있다. 어린아이들에게 깃들인 가장 경이로운 아름다움은 현재에 온전히 몰두한다는 것이다. 하자고 마음먹은 일에 아이들은 정신없이 몰입한다. 딱정벌레를 관찰하건, 그림을 그리건, 모래성을 쌓건 간에 말이다. 우리는 어른이 되면서 한꺼번에 여러 가지 일을 걱정하고 생각하는 기술을 배운다. 지나간 문제와 앞으로의 걱정이 뒤엉켜 우리의 현재를 점령하기 때문에 우리는 비참해지고 무력해진다. 그뿐인가, 우리는 즐거움과 행복을 미루는 법도 배운다. 언젠가는 모든 게 한결 나아질 거라고 믿으면서 말이다. 지금을 충실하게 누리고 살면 우리의 마음에서 두려움이 사라진다. 본래 두려움이란 어느 날 갑자기 생길지도 모르는 좋지 않은 사태를 걱정하는 것이다."

이는 동기부여 전문가인 앤드류 매튜스가 한 말로, 자기 주인으로 살기 위해서는 지금 충실히 해야 한다. 그 일이 학문이든, 예술이든, 문학이든, 정치든, 경제든, 철학이든, 사상이든, 봉사활동이든, 강연을 하는 일이든 그 무엇이든 간에 지금 충실해야 하는 것이다. 마치, 어린아이가 자신이 하는 일에 쉽게 몰두하듯이 자기가 하는 일에 집중해서 몰두해야 한다. 그랬을 때 자신이 원하는 바를 이루고 자기 인생의 주인공으로 거듭나게 된다. 그리고 지금을 충실하게 누리고 살면 우리의 마음에서 두려움이 사라진다. 이는 고독해도 더 이상 외롭지 않고 빈곤해도 더 이상 가난하지 않으며 연약해도 더 이상 약하지 않을 것이란, 소로의 말처럼 자기 인생을 자신이 의도하는 인생의 법칙대로 이끌어 갈 수 있기 때문이다.

그렇다면 문제는 간단하다. 물론 그렇게 한다는 것은 쉽지 않지만, 자기 자신의 주인이 되어 인생을 자기가 원하는 대로 살고 싶다면 지금 자신이 하는 일에 충실해야 한다. 자신이 할 수 있는 한 최선의 노력을 다 쏟아부어라. 이것이야말로 자기 자신의 주인으로 살아가는 가장 확실한 방법인 것이다.

부록

참된 나로 이끄는
소로의 49가지 문장

01   대부분의 사람은
      절망의 삶을 묵묵히 살아가고 있다.
      소위 체념이라는 것은 고착된 절망에 불과하다.
      우리는 절망의 도시를 떠나 절망의 시골로 들어가서,
      밍크와 사향쥐의 용기에서 위안을 찾아야 한다.
      진부하지만 무의식적인 절망은
      인류의 경기와 오락이라고 불리는 것 밑에도 숨어 있다.
      거기에 놀이는 전혀 없다.
      놀이는 노동 뒤에 오는 것이기 때문이다.
      하지만 절망적인 행동을
      하지 않는 것이 지혜의 한 특징이다.

02   잘못된 편견은 지금이라도 버리는 게 낫다.
      아무리 오래된 사고방식이나 행동방식이라고 해도,
      입증되지 않으면 믿을 수 없다.
      오늘은 모두가 한목소리로 진실이라고 말하거나
      묵인하는 것일지라도 내일은 거짓으로 판명될 수 있고,
      밭에 단비를 뿌려줄 구름이라고 믿었던 것이
      사실은 연기처럼 덧없이
      사라질 단순한 의견으로 밝혀질 수도 있다.

03   대부분의 사치품과 이른바 생활 편의품은
      대부분 필수불가결한 것도 아닐뿐더러
      오히려 인류의 진보에 걸림돌이 되고 있다.
      사치품과 생활 편의품에 대해 말하자면,
      역사상 현명한 사람들은 가난한 사람들보다
      더 소박하고 궁핍한 생활을 했다.

중국, 인도, 페르시아, 그리스의 고대 철학자들은
외적으로는 누구보다도 가난했지만
내적으로는 누구보다도 부유한 사람들이었다.

04   오늘날 철학을
가르치는 사람은 있어도 철학자는 없다.
하지만 한때는 철학을
삶에서 실천하는 것이 존경받을 만했으니까,
철학을 가르치는 것도 존경할 일이기는 하다.
철학자가 된다는 것은 단지 난해한 사상을
주장하거나 어떤 학파를 세우는 게 아니라,
지혜를 사랑하고 그것의 가르침에 따라
소박하고 독립적인 삶,
관용과 신뢰의 삶을 살아가는 것을 뜻한다.
그것은 인생의 문제를 이론적으로
그리고 실제적으로 해결하는 것이다.

05   우리가 숭배하는 것은
미의 여신이나 운명의 여신이 아니라
유행의 여신이다.
이 유행의 여신이 절대적인 권위를 가지고
실을 잣고 천을 짜고 옷감을 재단한다.
파리의 우두머리 원숭이가 여행용 모자를 쓰면
미국의 모든 원숭이가 그대로 따라 한다.

06   나는 남의 도움을 빌려 이 세계에서
아주 단순하고 정직한 일을 해내는데

이따금 절망할 때가 있다.
우선 그들을 강력한 압착기에 넣어
낡은 관념을 모두 머리에서 짜내어,
그런 생각이 다시는 두 발로 일어나서
돌아다닐 수 없게 해야 할 것이다.

07   집을 마련하고 나면 농부는
      그 집 때문에 더 부자가 되는 게 아니라
      오히려 더 가난해질 수도 있다.
      실제로는 집이
      농부의 주인 노릇을 하기 때문이다.

08   화학은 공부해도
      빵 굽는 법을 배우지 못하고,
      기계학은 배워도
      제 눈 속에 티끌은 보지 못하고,
      자기가 지금 어떤 악당의 위성 노릇을
      하고 있는지도 깨닫지 못한다.
      식초 한 방울 속에
      우글거리는 괴물들은 연구하면서,
      주위에 우글거리는 괴물들에게
      자신이 잡아먹히고 있는 줄은 알지 못한다.

09   인간의 발명품들은
      진지한 일에서 우리의 관심을 빼앗아가는
      예쁘장한 장난감이기 십상이다.
      이런 것들은 개선되지 않은 목적을

달성하기 위한 개선된 수단에 지나지 않는다.
그 목적이란 것도,
기차가 철도를 따라가다 보면
어렵지 않게 보스턴이나 뉴욕에 도착하듯,
이 새로운 발명품이 없어도
쉽게 도달할 수 있는 것들이다.

10   요컨대 우리가
소박하고 현명하게 산다면
이 땅에서 생계를 꾸려가는 일은
고생이 아니라 오락이라고,
나는 신념과 경험으로 확신한다.
소박한 민족에게는 일상적인 노동이
인위적인 생활을 하는
민족에게는 기분전환과 같을 것이다.
나보다 더 쉽게 땀을 흘리는 사람이 아니라면,
굳이 이마에 땀을 흘려서
생계를 꾸려 나갈 필요는 없다.

11   흔히 볼 수 있는 협력은
지극히 부분적이고 피상적인 협력일 뿐이다.
진정한 협력은 거의 없지만,
설령 있다손 치더라도 인간의 귀에는
들리지 않는 화음처럼 없는 것이나 마찬가지다.
신념을 가진 사람이라면 어디서나
한결같은 신념을 갖고 협력할 것이고,
신념이 없는 사람은 어떤 무리와 어울리든

나머지 사람들과 마찬가지로 대충 살아가려 할 것이다.
협력하는 것은 가장 낮은 의미에서만이 아니라
가장 높은 의미에서도 '함께 살아가는 것'을 의미한다.

12   부패한 선행에서
풍기는 냄새만큼 고약한 악취는 없다.
그것은 인간의 썩은 고기요, 신의 썩은 고기다.
누군가가 나를 도와주겠다는 의도적인 목적을 가지고
내 집으로 오고 있다는 것을 알게 되면,
나는 입과 코와 귀와 눈을 흙먼지로 가득 채워
결국 질식시키는 아프리카 사막의 메마르고
뜨거운 모래바람을 피하듯 필사적으로 달아날 것이다.
그가 베푸는 선행에 약간이라도 은혜를 입었다가는
그 선행에 스며 있는 바이러스에
내 피가 감염될까 두렵기 때문이다.
아니, 그런 경우가 닥치면 나는 차라리 악행을 참고 견디겠다.

13   인간은 의식적인 노력을 통해
삶을 향상시키는 능력을 지녔다는 사실보다
우리에게 고무적인 것은 없다.
어떤 그림을 그리거나 조각을 만들어
어떤 대상을 미화하는 것은 대단한 일이다.
하지만 우리가 사물을 보는 매체와
대기 자체를 조각하고 그릴 수 있다면
그것은 훨씬 더 영광스러운 일이며, 실제로 우리는 그렇게 할 수 있다.
하루의 질적 수준에 영향을 주는 것,
바로 그것이 최고의 예술이다.

14   내가 숲속으로 들어간 것은
인생을 의도적으로 살고 싶었기 때문이다.
즉, 인생의 본질적인 사실에만 직면해도
인생의 가르침을 배울 수 있는지 확인해보고 싶었고,
죽을 때 내가 인생을 헛산 게
아니었다는 것을 깨닫고 싶었기 때문이다.
나는 삶이 아닌 삶을 살고 싶지 않았다.
삶이란 매우 소중한 것이기 때문이다.

15   간소하게, 간소하게, 간소하게!
일을 백 가지나 천 가지가 아니라
두세 가지로 줄이도록 하자.
백만 대신 대여섯까지만 세고,
계산 결과는 엄지손톱 위에 적어두도록 하자.
문명생활이라는 이 험한 바다 한복판에서는
먹구름과 폭풍과 암초 등 수많은 사항을 고려해야 한다.
따라서 배가 침몰해 항구로 돌아가지 못하는
사태를 피하려면 추측항법으로 살아가야 하니까.
계산을 잘하는 사람이 아니면 성공하기 힘들다.
간소화하고 또 간소화하자.
하루 세끼를 먹는 대신, 필요하다면 한 끼만 먹자.
백 가지 음식 대신 다섯 가지로 만족하자.
다른 것들도 그런 비율로 줄이자.

16   왜 우리는 이렇게 바쁘게,
인생을 낭비하며 살아가는 것일까.
배가 고프기도 전에

굶어 죽겠다고 작정이라도 한 듯하다.
우리는 제때의 바늘 한 땀이
나중에 아홉 땀의 수고를 덜어준다고 하면서도
내일의 아홉 땀을 덜기 위해
오늘 천 땀의 바느질을 하고 있다.
일을 두고 말하자면, 우리는 늘 일에 허덕이지만
막상 중요한 일은 하나도 없다.
무도병에 걸려 머리를 가만히 놔두지 못할 뿐이다.

17   오늘날 진실은
거짓된 것으로 여겨지는 반면
허위와 망상은 건전한 진리로 여겨지고 있다.
인간이 진실만을 꾸준히 관찰하고
망상에 빠지지 않는다면,
인생은 우리가 아는 그런 것들에 비해
동화나 『아라비안나이트』처럼 흥미로울 것이다.
우리가 불가피한 것과 존재할 권리가 있는 것만 존중한다면
음악과 시가 길거리에 울려 퍼질 것이다.
또한 서두르지 않고 현명하게 살면,
위대하고 가치 있는 것만이 영원하고
절대적인 존재이며 사소한 두려움과 사소한 쾌락은
현실의 그림자에 지나지 않는다는 것을 알게 될 것이다.

18   사색을 통해 우리는
건전한 의미에서 자신을 벗어날 수 있다.
우리는 정신의 의식적인 노력을 통해 행동과
그 결과로부터 초연해질 수 있다.

그러면 좋은 일이든 나쁜 일이든
모든 일이 급류처럼 우리 옆을 지나쳐간다.

19   하루를 자연처럼 유유히 살아보자.
철도 위에 견과류 껍질이나 모기 날개가
떨어질 때마다 탈선하는 기차처럼 되지는 말자.
아침 일찍 일어나서 식사를 하든 거르든 관계없이,
마음을 어지럽히지 말고 조용히 평온하게 지내보자.
친구가 오든 말든, 초인종이 울리든 말든,
애들이 울든 말든, 하루 종일 즐겁게 보내기로 결심하자.
우리는 왜 물결에 휩쓸려 떠내려가야 하는가.
정오의 얕은 여울에 자리 잡은 점심이라는
이름의 무서운 격류와 소용돌이에 압도당하지 말자.
이 위험만 뚫고 나가면 우리는 안전하다.
나머지 길은 내리막이니까.

20   고전이란 인류의 가장 고귀한
사상의 기록이 아니고 무엇이겠는가?
고전이야말로 아직까지
사라지지 않고 남아 있는 유일한 신탁이며,
그 안에는 델포이나 도도나도 줄 수 없는
가장 최근의 질문에 대한 답이 들어 있는 것이다.
고전연구를 그만두는 것은 자연이 오래되었다고 해서
자연에 대한 연구를 그만두는 것과 마찬가지다.

21   사람들은 진리가 멀리 있다고 생각한다.
      태양계의 변두리에,
      가장 먼 별 뒤쪽에, 아담 이전에,
      최후의 인간 다음에 있을 거라고 생각한다.
      확실히 영원 속에는 진실하고 숭고한 무언가가 있다.
      하지만 이 모든 시간과
      장소와 계기는 바로 지금 여기에 있다.
      신 자신도 지금 이 순간 절정에 이르러 있고,
      모든 시대의 흐름 속에서
      지금보다 더 신성한 때는 없을 것이다.
      그리고 우리는 우리를 에워싸고 있는 현실이
      계속 우리에게 스며들어 거기에 흠뻑 젖어야만
      비로소 숭고하고 고결한 것을 이해할 수 있다.

22   제대로 된 독서, 즉 참된 책을
      참된 정신으로 읽는 것은 고귀한 운동이며,
      이 운동은 현대의 풍습이 높이 평가하는
      어떤 운동보다도 힘든 노력을 요구한다.
      그것은 운동선수가
      참고 견뎌야 하는 것과 같은 훈련을 요구하며,
      목적을 달성하겠다는 의지를 평생 일관되게 간직해야 한다.
      책은 그것이 쓰였을 때와 마찬가지로
      차분하게 시간을 들여 정성껏 읽어야 한다.

23   이른바 훌륭한 독자라고
      일컬어지는 사람조차 좋은 책을 읽지 않는다.

24 　우리가 각자의 내면에 말하지 않아도
　　존재하고 말을 초월해 존재하는 것과
　　친밀한 교제를 즐기고 싶다면
　　우리는 침묵을 지켜야 할 뿐만 아니라
　　상대의 목소리를 도저히 들을 수 없도록
　　몸이 멀리 떨어져 있어야 한다.

25 　우리는 길을 잃은 뒤에야,
　　바꿔 말하면 세상을 잃은 뒤에야
　　비로소 자신을 찾기 시작하고,
　　우리가 지금 어디쯤 있는지,
　　세상과의 관계는 얼마나 무한한지를 깨닫기 시작한다.

26 　우리는 허례허식을 고집하고 체면을 차리면 안 된다.

27 　시 한 줄을 아름답게 꾸미는 것
　　그것은 내 꿈이 아니다.
　　월든 가까이 사는 것보다
　　신과 천국에 더 가까이 갈 수 있는 방법은 없다.
　　나는 월든의 돌투성이 기슭이고
　　그 위를 지나는 산들바람이다.
　　내 우묵한 손바닥에는
　　월든의 물과 모래가 있다.
　　월든에서 가장 깊은 휴식처는
　　내 생각 속에 높이 자리 잡고 있다.

28 이른바 정신적인 삶을 추구하는 본능과
    원시적이고 야만적인 삶을 갈망하는 본능이
    나 자신 안에 공존하는 것을 느끼곤 했다.
    나는 이 두 가지 본능을 둘 다 존중한다.
    나는 선한 것 못지않게 야생적인 것을 사랑한다.

29 우리의 삶은 놀랄 만큼 도덕적이다.
    미덕과 악덕 사이에는 한순간의 휴전도 없다.
    선이야말로 결코 실패하지 않는 유일한 투자다.

30 나는 언제나 술에 취하지 않은
    맑은 정신을 유지하고 싶다.
    취기에는 한도 끝도 없다.
    현자에게는 물이야말로 유일한 음료라고 생각한다.
    포도주는 결코 고상한 음료가 아니다.
    한 잔의 따뜻한 커피로 아침의 희망을 꺾어버리거나
    한 잔의 차로 저녁의 희망을
    부숴버릴 수도 있다는 것을 생각해보라.
    그런 음료의 유혹에 빠지면
    얼마나 낮은 곳으로 추락하겠는가.
    심지어는 음악도 사람을 취하게 한다.
    그렇게 사소해 보이는 원인들이
    그리스와 로마를 멸망시켰고,
    영국과 미국을 멸망시킬지도 모른다.
    어차피 취해야 한다면, 자기가 숨 쉬는 공기에
    취하는 쪽을 바라지 않을 사람이 어디 있겠는가?

31   우리가 낮과 밤을 기쁘게 맞이하고
        삶이 꽃이나
        달콤한 풀처럼 향기를 발산한다면,
        그래서 삶이 더 유연해지고
        더 별처럼 빛나고 더 영원해진다면,
        그런 삶이야말로 성공한 삶이 아니겠는가.
        온 자연이 우리를 축하하고,
        우리는 시시각각
        자신을 축복할 이유를 갖게 될 것이다.

32   음식의 진정한 맛을
        분별하는 사람은
        결코 폭식가가 될 수 없고,
        음식의 진정한 맛을
        분별하지 못하는 사람은
        폭식가가 되지 않을 수 없다.

33   힘든 노력에서
        지혜와 순수함이 나온다.
        나태에서는
        무지와 육체적 욕망이 나온다.

34   인간은 모두 자기가 숭배하는
        신에게 바칠 육체라는 신전을
        자기 나름의 방식으로 짓는 건축가다.
        대신 그 신전 가장자리에
        맏치로 대리석을 박아놓아서

그 자신도 신전을 벗어나지 못한다.
우리는 모두 조각가이자 화가이고,
우리가 쓰는 재료는
우리 자신의 살과 피와 뼈다.
따라서 고결한 정신은
그 사람의 용모를 섬세하게 다듬어 놓지만,
천박하거나 감각적인 욕망을 품으면
짐승처럼 변하기 시작한다.

35 우리가 절제할 때는
우리에게 활력과 영감을 준다.
순결은 인간의 꽃이다.
이른바 천재적 능력, 영웅적 용기,
성스러움 같은 것들은
순결의 꽃에서 맺어지는 열매일 뿐이다.
순결의 수로가 열리면
인간은 곧장 신에게로 흘러간다.
순수함은 우리에게 영감을 주고
불순함은 우리를 나락으로 내던진다.

36 나는 체험을 통해
적어도 다음과 같은 것을 배웠다.
자신의 꿈을 향해 자신 있게 나아가고
자기가 상상해온 삶을 살려고 노력하면,
평소에는 기대하지도 못했던
성공을 거둘 수 있으리라는 것이다.

37   생활을 단순화할수록
       우주의 법칙은
       그에 비례해 간결해질 테니,
       고독은 고독이 아니고 가난은 가난이 아니고
       약점은 약점이 아닐 것이다.
       당신이 공중에 누각을 쌓았더라도,
       그 일이 헛수고로 끝날 필요는 없다.
       누각이 원래 있어야 할 곳은 공중이다.
       이제 그 밑에 토대를 쌓으면 된다.

38   매사에 흠만 잡는 까다로운 사람은
       천국에 가서도 흠만 잡을 것이다.

39   삶이 아무리 초라하더라도
       외면하지 말고
       당당히 받아들여 살아야 한다.
       자신의 삶을 회피하거나 욕하지 말라.

40   어떤 일을
       아무리 그럴싸하게 포장해도
       결국 그 속에 담긴 진실만큼
       우리에게 도움이 되는 것은 없다.
       진실만이 오래간다.

41   마음이 가난한 사람들이
       누구보다도 독립적인 삶을
       사는 것처럼 보이기도 한다.

어쩌면 그들이 아무 걱정 없이
도움을 받을 수 있을 만큼
마음이 너그러운 사람들인지도 모른다.

42   당신의 삶이
      빈곤하더라도 그 삶을 사랑하라.

43   옷이든 친구든,
      새것을 얻으려고 너무 애쓰지 마라.
      헌옷은 뒤집어 입고,
      옛친구에게 돌아가라.
      세상은 변하지 않는다.
      변하는 것은 우리 자신이다.

44   더 높은 차원에서 아량을 베풀면
      더 낮은 차원에서는 아무도 손해를 보지 않는다.
      쓸데없이 남아도는 부로
      살 수 있는 것은 없어도 되는 사치품뿐이다.
      영혼의 필수품을 사는 데에는 돈이 필요 없다.

45   단단한 기초를 놓기도 전에
      아치부터 세우는 것은
      나에게 어떤 만족감도 주지 못한다.
      살얼음판 위에서 노는 것은 이제 그만두자.
      단단한 바닥은 어디에나 있다.

46   우리가 자지 않고
       깨어 있는 날에야 새벽이 찾아온다.
       새벽은 앞으로도 많이 남아 있다.
       태양은 아침에 뜨는 별에 지나지 않는다.

47   나는 진수성찬이 차려진
       식탁에 앉아본 적이 있는데,
       알랑거리는 참석자는 많지만
       성실과 진실은 전혀 없는 자리였다.
       그래서 나는 굶주린 채 그 썰렁한 식탁을 떠났다.
       손님 접대는 얼음처럼 차가웠다.

48   나는 평가하고 결정한 뒤,
       나를 가장 강력하고 정당하게 끌어당기는 것에
       자연스레 끌려가고 싶다.
       저울대에 매달려서 무게가
       덜 나가도록 애쓰고 싶지는 않다.
       어떤 경우를 가정하지 않고,
       상황을 있는 그대로 받아들이고 싶다.
       내가 갈 수 있는 유일한 길,
       어떤 권력도 가로막지 못한 길을 가고 싶다.

49   열정을 상실한 사람은 노인과 같다.